ちくま文庫

すべての季節のシェイクスピア

松岡和子

筑摩書房

目次

第二幕　闇こそ輝く

すべての季節のシェイクスピア

プロローグ　私のシェイクスピア事始め

私のシェイクスピア事始めの思い出は、記憶の時間の隅っこで恥ずかしさに身を縮め、ぽっと顔を赤らめている。

今さらそれを引っ張り出してくるのは、ちょっと酷な気がしないでもないけれど、シェイクスピアが、いかに右も左も分からぬ嬢ちゃんでもやがてその魅力の世界に迎え入れてくれるかという証しではあるのだから、「出ておいで」と声をかけることにしよう。

十九の春も夏に近いころ、だったと思う。私は東京女子大の英文科に進学していた。そうは言っても、まだイギリス文学、アメリカ文学のいずれを勉強するつもりなのか、小説、詩、戯曲、評論、英語学のどれに興味があるのか、自分でも皆目分からず、ただエイゴの好きな高校生の延長だったにすぎない。

それでも、殊勝なことを考えた――いやしくも英文科の学生ならば卒業までにシェイクスピア作品のひとつも原文で読んでおかなきゃ恥ずかしい（この発想自体がなんとも単純で野暮ったくて、恥ずかしいのだが……）。

それならば、というわけでシェイクスピア研究会に入ろうと思った。どうしようかな、といささかの迷いもあった。通称「シェイ研」は、あまたあるクラブの中でも秀才が集まっているというもっぱらの噂で、ついていけるかどうか不安だったからだ。そんなわけで、私としては入る前から落ちこぼれの心境だったのだけれど、行ってみないことには話にならない。ある日の放課後、いや、昼休みだったか、「まあ、見学のつもりで」と己れをなだめすかし、意を決して研究会に出た。

木漏れ日が射し込む明るい教室には、先輩たちが円く並べ替えた机を前に坐っていた。メンバーは十人もいただろうか。テクストは『ハムレット』。

みんなはもう四月から読み始めていたから、悲劇もいよいよ展開しようとしているあたりで、その日開かれていたページは一幕五場、先王の亡霊が、弟のクローディアスに殺されたいきさつを王子ハムレットに向ってこと細かに語り、復讐を促しているのだった。

なにしろこちらはシェイクスピアはおろかエイゴで戯曲を読むのも初めてときている。「このフレーズのジョン・ドーヴァー・ウィルソンの解釈は云々……」とか、「3

という数字はマジック・ナンバーでかんぬん……」などという、私にとっては初耳だらけの言葉が飛び交い、ひたすら恐れをなした。目はもう「点」である。それでもなんとかそのテン目を凝らして難しい字句を追う。

そして、果樹園で午睡をしている先王ハムレットにクローディアスがこっそり忍び寄り、耳に毒薬を注ぎ込んだことが告げられるくだり。私のテン目は in the porches of my ears という単語の連なりのところではたと立ち止まった。

そこで、私は思わず言ってしまったのだ。

「あら、ears って複数になってる。片方の耳に毒薬を流し込んで、それから頭を逆に向けて、もう一方の耳にも流し込んだんでしょうか」

言った途端に後悔した。言わなきゃよかった。その場の空気が一瞬白け、ひやっとこわばった感じになった。だが、その一拍の次には、何事もなかったかのように亡霊の台詞は読み進まれた。私の言葉は完全に無視されたのだった。

私にしても、クローディアスがこの期に及んでそんなご苦労さまなことをしたのかと、本気で疑問に思ったわけではない。耳といえば自動的に左右ペアになったそれが頭に浮かぶのが普通だから、多分シェイクスピアもその「普通」の勢いで「ears」と複数にしてしまったのだろう。現に、いまだかつて劇中劇の場でゴンザゴーの両耳に毒が注ぎ込まれるという演出は見たことがない。

恐らくその時の私は、あまりに生真面目な研究会の雰囲気が窮屈で、それをちょっと揉みほぐすつもりだったのだろう（思えば、新入りのくせに、いや、新入り以前のくせに、ずいぶん大それたことを考えたものだ）。そして、先輩たちに「あら、ホント、この通りに演ったらおかしいわね」とかなんとか言ってアハハと笑ってもらえばそれでよかったのだ。

ところが、無視。惨めだった。

その日の研究会がその後どんなふうに進行し、どこまで読んで終わったか、何ひとつ憶えていない。多分私の頭の中は恥ずかしさと後悔と惨めさで真っ白で、一刻も早く教室から逃げ出したいとそればかり考えていたからに違いない。

とにかく私はその一回かぎりで「シェイ研」をやめてしまった……つもりだった。そのままだったら、私のシェイクスピアとのおつき合いも、それきりで終わっていたかもしれない。

だがその年の秋ごろだったろうか、「シェイ研」の先輩たちに廊下で呼び止められた。たった一度だけ研究会に顔を出し、不埒なコメントをつけてドロンしてしまったけしからぬ下級生に、翌年の公演の『夏の夜の夢』に出ないか、というのだ。もちろん私は堅くご辞退申し上げた。冷汗ものの記憶が蘇ってきたからだ。第一、読解すら覚束ない原文の台詞だ、憶えられるわけがない。

あとになって分かったのだけれど、「シェイ研」は慢性的な部員不足に悩んでおり（どこの大学でも、文科系のクラブは大方そういう傾向にあるようだ）、公演の準備に取り掛かる段になると、たとえ一回かぎりであれ部会に出た人間はまず捕まえて放さないのだった。

というわけで、結局私も逃げ切れなかった。もうどの役を演るかも決っているという。

ボトム。

もしも私がその時すでに『夏の夜の夢』をちゃんと読んでいたならば、いくら当時はちょっと太めだとは言え、花も恥らう乙女である、三枚目中の三枚目、機屋のボトムなんか演るのは嫌だと恐らく言い張っただろう。だが、幸か不幸か私は無知であった。読み合わせに入ってからびっくり仰天しても、もうあとの祭り。じたばたしても追いつかない。

そうは言っても、度胸を決めるまでは時間がかかった。舞台稽古の段階になっても、まだもじもじしたり、ひとりでフイてしまったりで、先輩たちは随分はらはらし、気を揉んだらしい。チャペルに隣接した講堂での本番の舞台がはねてから、「実はね……」と演出担当の先輩に打ち明けられたものだ。

男装の麗人ならぬ私の男装ボトムの結果は？

自分の口から言うのもなんだけれど、これが結構受けたのですね。

この年の後半から翌年ほやほやの四年生になるまでの期間は、春公演の『ロミオとジュリエット』の大道具作りに明け暮れたと言っても過言ではない。

ハムレットの父王の両耳は、私にとってはロバの耳どころかシェイクスピアの世界への入口だったのである。

第一幕　男と女の力学

『ロミオとジュリエット』 別れがこんなに甘く切ないなら

私が勤務する医歯系大学教養部の選択のクラスで、『ロミオとジュリエット』を読んだことがある。二年生だが、一浪、二浪、学卒の学生もいるので、平均年齢は十九歳か二十歳。

最初の授業のとき、この作品についてどんなことを知っているか、みんなに書いてもらった。

三十五人の学生のうち、さすがに原文を読んだことのあるものはひとりもおらず、翻訳を読んだというのも六人だけ。

フランコ・ゼフィレッリが監督し、オリヴィア・ハッセーがジュリエットを演じた映画や、イギリスのBBCが製作したテレビ版を見た人も六人である。

あとは読んだことも見たこともないのだが、そういう人でも大まかなストーリーは知っており、なかにはバルコニー・シーンのジュリエットの台詞「なぜあなたはロミオなの？」だけは憶えていたりして、この主人公たちの知名度の高さに改めて感心したものだ。

それでは、という訳で、今度は翻訳を読むのを宿題にし、一番印象に残った場面、好きな場面はどこかを次の週に書いてもらった。

出席者には入れ代りがあり、人数も三十一人とやや減っているのは、他の講義や実験の課題が多くて本が読めなかったせいだろう。

ひとりで何場面挙げてもいいと言った結果、そのベスト3は……。

1　五幕三場、キャピュレット家の墓所でふたりが死ぬ大詰め。（十三人）

2　一幕一場、キャピュレット家の舞踏会でふたりが出会う場面。（七人）
　二幕二場、バルコニー・シーン。（これも七人で、タイ。）

3　三幕五場、ジュリエットの寝室、後朝（きぬぎぬ）の別れの場。（五人）

いずれも昔から名場面としてよく知られているシーンで、時代や世代は変っても、そこにそなわる人の心を動かす力は変らず、みんなロマンティックな場面が好きなのだな、とこれまた改めて感服。伊達に名場面と言われているわけではないのだ。

それぞれに付けられたコメントでは、まわりの人物、特にマキューシオとジュリエットの乳母が面白いという意見や、言葉遊びをはじめとして意外に喜劇的なトーンが強いのに驚いたという感想が目についた。その半面、登場人物で死ぬ人間が多いのにびっくりしたり、と読んでみての発見が多い。

また、ロミオはジュリエットに出会う直前までロザラインという女性に恋こがれているのだが、女子学生のなかには、ジュリエットに会った途端に「いともやすやすと初めの恋の相手を忘れてしまう」ロミオは「残念」だとか（こう書いた学生は😢と涙マークまでつけ足している）、「こういう男の人がいるなんて信じられません」とか、ジュリエットに「あっさり一目惚れするのが何とも不思議でたまらない」と書いた人が三人もいて、可愛い。

この感想といい、学生たちの多くが好きな場面、印象深い場面として挙げたものといい、やはりロミオとジュリエットの恋愛のピュアさが「今どきの」若い人々をも打つことが分かる。

演出家の蜷川幸雄は一九七四年に日生劇場の舞台で『ロミオとジュリエット』を手掛けたが、演出方針としてこの作品をどう捉えようとしたかを語っている（『シアター・クリティック・ナウ'88　シェイクスピア——演出の時代』にて）。

「なぜこの物語がルネッサンス時代から今まで生き残ってきたのか、これは一種の伝説化なのだろうか、観客はどういう思いでこの作品を見てきたのか、と考えた。少年少女が死を賭して自分たちの愛を貫くということは、日常を生きるものにとって羨ましい人生に見えたはず。そういうふうに捉えれば、今の物語になるかもしれない」私のクラスの学生の「純愛にあこがれる」という言葉が、蜷川の考えを裏付けている。

かく言う私も、この芝居で好きな場面はどこですか、と同じ質問をされたなら、バルコニー・シーン、とりわけその終りの部分を挙げるだろう。

キャピュレット家の庭園に面したジュリエットの部屋は二階にある。舞踏会が終ったあともその場を立ち去りがたいロミオは、高い石塀を乗り越えて庭園に忍び込む。バルコニーに立つジュリエットとの愛の語らい、結婚の約束。奥から乳母の呼ぶ声がし、別れの言葉を投げたジュリエットはいったんは部屋に引っ込むが、すぐまたバルコニーに出てきてロミオに声をかける。

「明日は何時に使いを?」

「九時に」

「ええ、きっと。それまで二十年もあるみたい。なぜあなたを呼び戻したのかしら、忘れてしまった」

「思い出すまでここにいよう」

「じゃあ、忘れたままでいる。いつまでもそこにいてほしいから。どんなにあなたと一緒にいたいか、それだけを思いながら」

「いつまでもここにいよう、いつまでも忘れていてもらうために。ここ以外に家があることなど忘れたままで」


たとえ一晩でも好きな人と別れていることの辛さ、名残り惜しさを、これほど見事に描いた対話があるだろうか。

このやりとりは、電話世代の今の恋人たちにも十分通用する。

「じゃあ、明日またね」といったん受話器を置きかけて、相手の名を呼び「あ、ちょっと待って、切らないで……あら、何故切らないでって言ったのか忘れちゃった」「思い出すまで切らないよ」「忘れたままでいようっと。そうしたら、ずうっと切らないでいてくれるでしょ」……という訳だ。

バルコニーのシーンが好きだと言った女子学生のひとりも「ジュリエットのセリフ

がよい……これくらい可愛いことが言えれば彼も喜ぶだろうに。いつも『可愛気がない！』と言われている私には参考になる（？）場面だった」と書いているくらい。

好きということで言えば、あまたあるジュリエットの台詞の中でも、ほとんど叫び声ほどの短さのたったひと言が私はとても好きだ。

それはこの悲劇の最後の場面、キャピュレット家の墓地で彼女が仮死状態から目覚め、傍らに愛するロミオの屍とその手の中の毒薬の瓶を見つけ、それが空っぽだと気づいたときに、思わず彼女の口をついて出る言葉である。

日本語訳では「おお、ひどい」とか「ああ、意地悪なお方」という言葉に移されているもので、原文では O churl! そのまま文字どおりに訳せば「ああ、ケチ！」あるいは「ケチン坊！」となる。

自分もロミオの死因となった同じ毒薬で死にたいのに（その気持ちは「毒薬の一滴 drop」という語に friendly という形容詞がついていることから痛いほど伝わってくる）、彼が全部飲み干してしまい、瓶にはもうひとしずくも残っていない。あとを追おうにもこれでは手立てがない。そこで、なぜ私の分も取っておいてくれなかったの、と死んだロミオをなじるわけだが、その言葉が「ケチ」……。

なんだかダダをこねているみたいでとても可愛い。

このひと言でジュリエットがまだ少女、いやむしろほんの子供だということに改めて思い至る。

シェイクスピアが『ロミオとジュリエット』を書くにあたり下敷にしたのは、おおもとのイタリア小説のフランス語訳を経て、一五六二年にイギリスで出版されたアーサー・ブルックの長編詩『ロミウスとジュリエットの悲劇の物語』である。

この原作では、二人の恋人の出会いから死までの一連の出来事は九カ月にわたって起こり、ジュリエットの年齢は十六歳だ。

それをシェイクスピアは五日に短縮し、ヒロインも十四歳の誕生日まで二週間あまりと一層若く、幼くしている。

主人公たちの若さは、シェイクスピアがこの悲劇で最も強調したかったことのひとつなのだ。

そして、速度。

四、五日でもまだ時の歩みは遅いとでも言いたげに、ジュリエットは（そしてロミオも）いつも急いている。修道僧ロレンスの諫めの言葉にもかかわらず、彼らには待つということができない。それが悲劇の速度を速めることにもなるのだけれど。

ふたりはキャピュレット家の舞踏会で初めて会い、一目で恋に落ち、その晩遅くジュリエットの部屋のバルコニーの上と下で愛を確かめ合う。ジュリエットは、ロミオの気持ちに変わりがなければ「明日」結婚しようと言う。翌日の朝、ロミオの返事をもらうために使いに出した乳母の帰りが遅いといってジュリエットは苛々している。また、初夜を待つ彼女は「走って、速く、炎の脚の若駒たち」と時間に鞭を当てるような台詞を吐く。

若さと性急さ。そこには不純なものやためらい、迷いが入り込む余地は全くない。ジュリエットは初心(うぶ)で純粋だ。品の悪い冗談を言って喜ぶ世間ずれした乳母と終始一緒にいながらも……。

だが彼女は、ロミオに恋をしたときから変化しはじめる。あくまで純粋さは保ちながらも決して初心ではなくなるのだ。

舞踏会がお開きになり、客たちが退出するとき、ジュリエットは「あの方のお名前を伺ってきて」と乳母に言いつけロミオのもとへ行かせるのだが、その前にまず二人ほどの若者の名前を尋ねる。言わば当て馬。本命は一家の仇敵モンタギュー家のひとり息子ロミオだと分かる。運命の皮肉を嘆くのを乳母に聞きとがめられた彼女は、一緒に踊った相手から教わった歌の文句だと嘘をつく。

初心とはほど遠いアタマの働かせかたではないか。

つい数時間前に、親の勧める男（パリス伯爵）なら好きになってみようと言い、しかしそれも母の許す程度まで、と言ったジュリエットはもうどこにもいない。ここから親の目をあざむいて恋する男と結婚するまでは、ほんの一歩だ。

ロミオと共に一晩過ごしたあと、彼との離別を思って悲嘆に暮れているジュリエットのところに母キャピュレット夫人がやってきて、パリスとの結婚が決まったことを告げる。そのときのジュリエットの言葉は全て、表面上はティボルトの死を悲しんでいるように受け取れながら、実は結ばれたばかりの夫との別れと彼の追放を嘆いているという二重性をもっている。それどころか、一族の仇としてのロミオを憎悪していると親たちに信じさせるように装った言葉すら吐くのだ。

話は飛躍するようだが、臨床心理学者の河合隼雄氏は、『子どもの宇宙』（岩波新書）の中で、秘密を持つことが子供の自我の確立と成長に大きな役割を果たすということを述べている。ジュリエットを見ているとそれが納得できる。彼女が急成長するのは、恋をしたからだけでなく、それを秘密にしているということも関わっていよう。『ロミオとジュリエット』を読んでつくづく思うのは、ジュリエットは早死にしてよかった、ということだ。

彼女はいろいろな意味で末オソロシイ子供である。大人になるまで生きていたらどれほどすごいファム・ファタールになったことか！

ロミオとの恋でも、常にイニシャティヴをとっているのは彼女のほうである。愛し合えば結婚するというのが当時の常識だったとは言え、「結婚」という言葉を先に口に出すのもジュリエットなのだ。

熱烈な相思相愛だから目立たないけれど、愛を誓うなら、いつも形を変える月に賭けて誓うのはイヤ、と言ったり、私の神であるあなた自身に賭けて、と言ったかと思うと、すぐさま、やっぱり誓いはやめてくれ、とくる。後朝の別れの場面でも、鳴いているのはナイチンゲールだ、いややっぱりヒバリだ、とロミオを翻弄する。

相手を翻弄しようというつもりなど全くないだけに、そして、何の計算も働いていないだけに、天性の恋上手と言える。故に末おそろしい。

だが、繰り返して言えば、どれほど大人そこのけの知恵を働かせて周囲の者をあざむき、たくまずして恋の手管を弄そうとも、ジュリエットはあくまでも純粋で一途だ。成熟と名付けてもいいほどの考え方や言葉や振る舞いと、ところどころできらめく子供らしい無邪気さや可愛いらしい態度——その混在がジュリエットの魅力になっている（「ウグイスだ、ヒバリだ」も心底ロミオの身を心配する真心とワガママの混在である）。

ロレンスからもらった薬を飲む直前のジュリエットの長い独白にも、大人顔負けの大胆さと子供のおびえや不安が余すところなく描かれている。

ロミオとジュリエットの若さ、純粋さ、性急さ、幸福の絶頂から絶望のどん底と死への急転直下などを鮮やかに際立たせるために、シェイクスピアがふたりの周りに配するのは、俗っぽい乳母や恋愛を徹底して性愛のレベルで見ようとするマキューシオ、恋人たちを暖かく見守り助けようとはするが分別の勝ったロレンス、そして老いた親たちである。

『ロミオとジュリエット』が書かれたのは一五九五年前後、シェイクスピアが三十歳をこえたばかりのころというのが定説だ。

すでに『ヴィーナスとアドーニス』などの長編詩、『ヘンリー六世』や『リチャード三世』などの歴史劇、そして『間違いの喜劇』や『恋の骨折り損』を書きおえた時期である。

歴史と人間の残酷、愚かしさなどを書き得たうえで、なおこれほど純粋で若い恋に立ち返り、死を目前にして「ケチン坊！」と言うヒロインの可憐な心に入り込めるとは、なんとすごい三十歳！

成熟したまなざしがなければ、これほど多様な脇役たちは書けないだろうし、初々しい心がなければこれほど初々しい恋人たちを書くこともできないだろう。そのまなざしと心が、ジュリエットという、言わば直線と曲線の入り混じった人物のなかに結晶している。

『夏の夜の夢』　何もかもが二重に見える

隣りの席の中年の男性が話しかけてくる。カジュアルな白いポロシャツ、堂々とした体格は、劇場よりもむしろゴルフ場のグリーンのほうがお似合いといった感じだ。「あまり遠くないところに住んでいるので、ここにはよく芝居を見にくる。私にとってシェイクスピアは難物だけど、これは大笑いできる喜劇だからいいね」

並んで座っている奥さんは英語（つまり国語）の先生だという。「『フォースタス博士』は見ましたか？　とても素晴らしいのよ。私たちは二度も見たわ。是非ご覧なさい」

隣り同士で話しているのに、大声を張り上げないと掻き消されてしまう。開幕まえの客の出入り、立ったり坐ったりのざわめきや、お喋りのせいだけではない。幕が上がるまでまだ優に三十分はあろうというのに、舞台の左右に陣取った小編成のオーケストラが、ポップにアレンジしたメンデルスゾーンの「真夏の夜の夢」の序曲を大音響と言っていいほどの音量で賑やかに演奏しているからだ。

ここはシェイクスピアの生地ストラットフォード・アポン・エイヴォンのロイヤル・シェイクスピア劇場。時は一九八九年八月、快晴の土曜日のマチネである。

永年にわたって幾度もイギリスを訪れてきた人たちは、異口同音に「夏のストラットフォードはひどくなった」と言う。時を追ってこの瀟洒な町がどんどん観光地化してゆくのを嘆いているのだ。

けれど、アテネという共同体の長シーシアスの結婚祝いと夏至祭のめでたさが重なった楽しい劇『夏の夜の夢』を見る心理的背景としては、浮き浮きした観光気分も決して悪くはない。

もちろんこの「夢」には多分に「悪夢」の要素も潜んでいるのだけれど。

さて、オーケストラのメンバーが手を休めるとともに始まったロイヤル・シェイクスピア・カンパニー（RSC）の『夏の夜の夢』はとびきり素敵な舞台だった。演出はジョン・ケアード。日本でも上演された『レ・ミゼラブル』をトレヴァー・ナンと共同で手掛けた気鋭の演出家である。

そもそもこの芝居は、妖精が出てきたり、恋の花の魔力によって恋人同士が相手を取り違えたり、人間の頭がロバのそれに変ったりと、内容が荒唐無稽でファンタジー性が強いため、メタシアター的な枠を設定しないと今日の舞台では成立しにくいという見方があり、特に最近の日本での上演では、全体を劇中劇として入れ子の構造にすることが多い。

たとえば出口典雄演出による劇団シェイクスピアシアターの公演では、若者たちが集まるバーというのがその枠で、全体をバーテン＝パックの見る夢にして効果を上げた（一九七五年。その後も同じ演出で度々再演）。また、やはり八九年の七月、東京グローブ座で上演された木野花演出の舞台も、とある会社の余興大会の準備風景という外枠のなかで、要領の悪いドジなＯＬが「夏の夜の夢」を妄想するという設定だった。

一方このＲＳＣ版『夏の夜の夢』はそういう仕掛なしでズバリと正面突破。ただし衣装は現代風で、すでに陽気で華やかな音楽のバイブレーションに感染している私たちの意識は、タキシード姿のシーシアス（ジョン・カーライル）、白い上品なイヴニング・ドレスに身を包んだヒポリタ（クレア・ヒギンズ）を見た途端に、難なく眉唾の壁を飛び越えてしまうのだった。

舞台の背後全面には白い幕が張り巡らしてある。その切れ目から現れたこのふたりの正装からは、四日後に迫った結婚式の前祝いが宮廷中で行われていることがうかがえる。

ところが妙なことに、ヒポリタは見るからに不機嫌でツンツンしているのだ。少なくとも私がそれまでに見た『夏の夜の夢』では、序幕のこのカップルは例外なくアツアツだったのに……。だが、考えてみれば、アマゾンの女王ヒポリタにとってこの結婚は、シーシアス軍との「敗戦」の結果であり、シーシアスにとっては略奪結婚なのだ。それに、彼らが目下夫婦喧嘩中の妖精界のオーベロンとティターニアの人間界におけるカウンターパートだとすれば（シーシアスとオーベロン役、ヒポリタとティターニア役はダブルで、それぞれ同じ役者が演じる）、始めのうちは両者がしっくりいっていないという解釈も納得がゆく。

しかも、ヒポリタのこのムクレぶりが、終幕で全ての男女が和解するまでのこの芝居全体にアリストパネスの『女の平和』的な色合いを帯びさせることになるのだ。

ハーミアとライサンダーの恋に対するイジーアスの反対、職人たちの芝居の稽古の打ち合せなどの場が終ると、するすると白い幕が上がり、そこはアテネの森。

上手下手と中央に錬鉄の螺旋階段が組み込まれ、壊れたピアノだのチェロだのがガラクタと一緒に山と積み上げてある。

ここで最初に聞こえてくるのは、意外や意外、目覚まし時計のけたたましい音！夜の世界の始まりだ。

ガラクタ山の中ほどの層に寝ていたパック（リチャード・マッケイブ）がむっくりと起き上がる。まるでたすきをかけるような動作で彼は背中に羽根をつける。いかにも「やれやれ、出勤か」といった態なので、ふと『テンペスト』でプロスペローにこき使われるエアリエルの姿がオーバーラップしてしまう。

パックを始め妖精たちの衣装も白と黒で、女の子のフェアリーはバレエのチュチュ風、男のフェアリーはダブッとした白いつなぎのような服に擦り切れたタキシード、みんなかげろうめいたかわいい羽根を背につけているのだが、よく見るとそれもつぎはぎだらけ。おまけに顔までどろんこで、揃いも揃ってワルガキといった雰囲気だ。妖精界の王と女王のいさかいのせいか、男の妖精はオーベロン側、女の子の妖精はティターニア側にきっぱりと分かれている。まさしく『女の平和』。

太目あり、チビさんあり、黒人ありというフェアリーに取り巻かれたティターニアは、なんとなく世界各国の貧しい子供たちを養子にしたお母さんのようにも見える。

そんな森に駆け込んでくるヘレナとディミートリアスは、なんとパジャマ姿だ。ふたりとも取るものも取りあえずハーミアとライサンダーを追ってきたという格好である。当のハーミア、ライサンダーはトランク類を何個もぶらさげていて（一応これからの「生活」を考えた駆け落ちにしてあるところが面白い）、それが森を駆け巡るうちにどんどん汚れてボロボロになってゆく。

職人たちがまた傑作で、ひとりひとりがくっきりした個性的な輪郭をそなえている。たとえば、劇中劇でライオン役を振られるスナウトは、「ちょっとアタマの足りない若い男の子」という解釈で演る場合が多いのだが、ここではボケ老人すれすれのお爺さん。台詞の覚えが悪いのもむべなるかな。どんなふうにライオンを演ったらいいかと演技をつけるボトム（デイヴィッド・トラフトン）は、彼の背後にまわって両手を取り、まるで「二人羽織」。彼を骨なしの人形を動かすようにあしらって満場の笑いを誘った。

出たがり屋、やりたがり屋、エネルギー過剰なボトムの姿も、一幕二場の稽古打ち合せのシーンで早くも視覚的に印象づけられる。ピラマスの髭は「麦わら色、黄褐色、唐紅、フランス金貨色」のどれにするかと言うとき、彼は持ってきた箱をやおら開け、いろんな色のつけ髭を取り出して次々といちどきにつけてみせる。顎のあたりは満艦飾。ほとんど馬鹿正直な戯曲の読みが抜群の効果を上げたものだ。

パックのいたずらでこのボトムが変身するロバの頭がまた実によくできていて、目が動き、耳が動き、鼻づらが動き、歯までむき出す。観客は大人も子供も大喜びだ。ピーター・ブルック演出の『夏の夜の夢』に登場するロバ化したボトムの姿、サーカスのクラウン風の丸い鼻をつけ、とんがった耳を表す帽子を被っただけのシンプルさとは対照的だ。

このロバの頭はやがて小さな相似形となって増殖する。ティターニアにかしずく蜘蛛の糸やからしの種など四人の小妖精たちは実際に幼い子供によって演じられ、妖精界の多様さを彩っているのだが、ティターニアとボトムが愛し合うあずまやの場では、四人がみんなかわいいロバ頭なのだ。

『夏の夜の夢』は、一説には一五九〇年代半ばに貴族の結婚祝いの演目として書かれ、その貴族の館の大広間で初演されたと言われている。『シェイクスピアの祝祭喜劇』の著者シーザー・L・バーバーは、その推測をさらに押し進め、豆の花や蜘蛛の糸たちは貴族の親戚の子供たちが扮したのではないかと考える。

ジョン・ケアードはそういう説を踏まえて子供たちを登場させたのだろう。

『夏の夜の夢』のなかでは、森における四人の恋人の眠りと目覚めは二度繰り返される。

二幕二場から三幕二場にかけて描かれる第一の眠りと目覚めを経験するのは、ハーミア、ライサンダー、ディミートリアスの三人である（もちろんその間にティターニアも、オーベロンの手で恋の花の汁をまぶたに振りかけられて、ロバ頭のボトムにぞっこん参ってしまう)。パックが恋の花の汁を塗り間違えたため、ライサンダーは目覚めて最初に見たヘレナに夢中になり、ハーミアを置き去りにする。パックは、その過ちを正すために、今度はディミートリアスの目にも花の汁を振りかける。目を覚ました彼がヘレナに惚れなおしたのはいいが、彼女を巡ってライサンダーとディミートリアスが激しい恋の鞘当てを演じるはめになる。そこへハーミアが現れて、掛値なしのてんやわんや、恋も友情も吹き飛んでしまう。

私がこれまでに見た数々の『夏の夜の夢』のなかでも、最もアナーキーに狂騒的にこの場面を演出したのは、来日したリンゼイ・ケンプ・カンパニーだった。ケンプ演出のディミートリアスは、パッチリ目を開けるやいなや、あろうことか、まず最初にライサンダーを見てしまうのだ。単に恋の相手個人の取り違えに留まらず、性をも取り違える……。一見シェイクスピアの原作から大きく逸脱しているようだけれど、人間の認識の不確かさや情熱のいい加減さが不気味なまでに描かれたこの作品の本質を、見事に突いていたと思う。

第二の眠りと目覚めは、三幕二場の終りから四幕一場で起きる。オーベロンは、醜いロバにうつつを抜かしているティターニアが哀れになり、「目の迷い」を解く草の汁で彼女を正気に戻してやる。オーベロンにその草を託され、四人の男女を一か所に集めて眠らせたパックは、その絞り汁をライサンダーの目蓋にたらす。ちなみに、一九九二年八月に日生劇場で上演された『野田秀樹の真夏の夜の夢』でも、目覚めたライさんがまっ先に見るのはデミさん――野田は場を割烹料理屋に移し、若者二人を板前にしたので名前もこうなる――で、あっと驚くてんやわんやだった。

朝になって目覚めた四人は、それぞれ正しい相手を得てめでたし、めでたし、となるわけだが、ケアードはその前にちょっと心にくい動きを入れた。ディミートリアスの「歩きながらぼくらの夢の話をしよう」という言葉をきっかけに揃って退場しようとするとき、ライサンダーはヘレナの手を、ディミートリアスはハーミアの手を、うっかり取ってしまうのだ。そのまま二、三歩進んでから一斉にはっと我にかえり、照れ笑いを浮かべながら手をつなぎなおす。

この場の「何もかもが二重に見える」というハーミアの台詞、「（ディミートリアスが）私のものであるような、ないような」というヘレナの台詞が、ひとりでにふうっと動きのなかに溶けこんだような具合だった。

ディミートリアスが言うように、彼らは、そしてボトムは、夜の森で体験した迷妄や混乱や不和を「夢」だと思っている。

夢とは本来眠っているあいだの脳の働きで、眠りの中に閉じ込められているはずのもの。けれどこの芝居においては、闇夜の目覚めのうちに実際に起こった出来事が、魔法を解かれ、朝になって振り返ると、すべて不確かな「夢」。そう思えるのは、それらがふたつの眠りに閉じ込められているからに他ならない。ただしディミートリアスに掛けられた魔法は最後になっても解かれず、ヘレナは一度しか眠っていない。このふたりはちょっと歪んだカップルだ。

宮廷―夜の森へ（目は覚めている）―眠り―闇夜の目覚め（魔法による混乱）―眠り―朝の森（目は覚めている）―宮廷

このようなシンメトリカルな劇の構造と夢の構造とを重ね合わせたシェイクスピアのたくらみは見事と言う他ない。

ところで、先ほど引いた「何もかもが二重に見える」だが、ジョン・ケアードはこの台詞を演出上のキイ・ワードにしたに違いない。その痕跡は随所に見て取れる。たとえば――抱腹絶倒の楽しい劇中劇の最中に、目立ちたがり屋のボトムは何かというとシーシアス夫妻のところへ行ってあれこれ説明するのだが、ヒポリタと目が合うと、ふたりとも「？」という顔をする。「いやいや、そんなはずはない」とばかりにボトムはぶるんと首を振る。「冗長にして短き爆笑悲劇」が終ると職人たちのバーゴマスク・ダンスがあり、しまいには見物の貴族たちも仲間入りする。そこでもいつの間にかボトムとヒポリタが手をつないでいて、またもやお互いに「?」

思わずウナったのは、賑やかな饗宴がお開きとなり、一同が退場し、パックの露払いでオーベロンたちが現れ、闇の時間の到来を告げたときだ。オーベロンの「館の部屋という部屋に祝福を」のところで再び白い幕が上がり三つのベッドが現れる。そのベッドは「森」の中に組み込まれているのだった!

この「二重性」の要はシーシアス=オーベロン、ヒポリタ=ティターニアという配役のダブリングである。

そこで、改めてピーター・ブルック演出の『夏の夜の夢』の影響力の大きさを思わずにいられない。一九七〇年に初演され、イギリス国内と世界各地で五三五回も上演されたあの文字どおり革命的な舞台である。

どう「革命的」なのかとなると、サーカスの発想を取り入れたこととか、シェイクスピア劇の台詞の喋り方を一変させたこととか、ヤン・コットの『シェイクスピアはわれらの同時代人』にインスパイアされてこの劇の「美醜の別はなく、ただ溺愛と解放があるだけの性の暗黒界」を浮かび上がらせたことなど、枚挙のいとまがないのだが、私見では、影響力の深さ、広さ、永続性を考えると、このダブリングが第一(ちなみにブルックはフィロストレイトとパックもダブルにした)。

何しろ『夏の夜の夢』が初演されて以来四百年近くたつのだから、このダブリングを行ったのはブルックが最初というわけではないだろう。ケンブリッジ大学トリニティ・ホール・カレッジのピーター・ホランド博士は、シェイクスピア自身の劇団でもこの二組のカップルはダブルで演じられただろうと言っている。だが、ブルックの『夢』が初演された当時の劇評の抜粋にいくつか当ってみると、必ずこのダブリングへの言及があるので、これが画期的な配役だったことは容易に想像がつく。

先に述べたケアード演出におけるボトムとヒポリタの「?」も、ヒポリタ役とティターニア役のダブリングがあって初めて成り立つのである。

ピーター・ブルック演出の『夏の夜の夢』が日本にやってきたのは一九七三年だが、アラン・ハワードとジェマ・ジョーンズそれぞれの二役を見た者は、ほとんど全て目の鱗が落ちる思いをしたに違いあるまい。言わばそれまでは並列的に描かれていた人間世界と妖精界が、立体的な奥行きをもって一挙に立ち上がってきたのだから。

目にまぶしいホワイト・ボックス、大きな唇の形をした深紅の羽根のブランコ、アクロバティックな役者たちの動き、妖精たちが手に持ったヒュルヒュルと不思議な音を立てる柔らかなプラスチックの管などは、今なお目に焼き付き、耳にこだましている。

『夏の夜の夢』の上演に関しては、ブルック以前とブルック以後というふうにくっきりと線を引くことができる。

七十八名もの執筆者を動員しサミュエル・ライターが編集した『地球をめぐるシェイクスピア（*Shakespeare Around the Globe*）』という本がある。第二次大戦後に舞台化された「注目に値する」五百二本のシェイクスピア劇の上演記録を収め、個々の舞台の演出上の特徴や装置などの細部にも触れた有難い一冊だが、そこに取り上げられている『夏の夜の夢』の舞台数は、一九四五年のジョン・ギルグッド、ネヴィル・コグヒル演出によるものに始まり全部で二十三本。その二十三本におけるオーベロン、ティターニア、シーシアス、ヒポリタのキャスティングを見れば、ブルック以前と以後の違いは一目瞭然である。

ブルック以前の十三本（その中にはフランスの女性演出家アリアーヌ・ムヌーシュキンが演出した太陽劇団の舞台も含まれている）でオーベロン／シーシアス、ティターニア／ヒポリタをダブルにしているのは一本もない。ゼロである。皆無。ところがブルック以後の九本では、五本までがこの四役のダブリングを行っているのだ。なあんだ、5／9じゃない、などと言ってはいけない。二十三のリストの最後は、一九八二年にビル・ブライデンが演出しロンドンのナショナル・シアターで上演されたものだが、この項の執筆に当ったサミュエル・ライターが「過去二十年間でシーシアス／オーベロン、ヒポリタ／ティターニアをダブルにしなかった数少ない舞台のひとつ」とわざわざ断っているのだ。このことからも分かるように、ブルック以後はこの四役をダブルにする方がスタンダードになったのである。

ブルックは、この二組のカップルが、いずれもいさかいを経て「完璧な」結婚に至り、男女の真の合一が何によって成り立っているかを「発見」しようとしている点で緊密な関係を持っている、という趣旨の説明をしているが、ダブリングによってくっきり立ち現れてくるのは、すでに見てきたとおり、当の四人の相関関係だけではない。『夏の夜の夢』という劇そのものの構造、この劇の鏡に映る世界や人間の意識の構造、そして私たちが抱える様々な二重性――昼と夜、意識と無意識、目覚めと夢、etc.――などが鮮やかに浮かび上がってくるのだ。

■ピーター・ブルックに訊く

ピーター・ブルックは、一九九一年、第七回の京都賞（精神科学・表現芸術部門）を受賞した。その授賞式と記念公演、およびワークショップを終えた彼は、フランスへの帰途、東京に立ち寄った。幸いにも私は、あるインタヴューの場に同席させてもらえることになった。しかも、質問時間のお裾分けにもあずかれるという。チャンス！「ブルック以後」の『夏の夜の夢』に決定的な影響を及ぼしたシーシアス／オーベロン、ティターニア／ヒポリタのダブリングについて尋ねてみよう。一体どんなふうにこのアイディアが浮かんできたのか、かねがねそれを知りたいと思っていたのだ。

一年に数えるほどしか身につけないというネクタイを締めたブルックは、同じく珍しいスーツ姿。だが、初対面であることを忘れさせるほど温かいまなざしで質問に答えてくれた。

——どんな風にこのアイディアが浮かんできたか——いつも答えるのに苦労する問題です。と言うのは、どんなアイディアであれロジカルなプロセスの結果ではないからです。まず言えるのは、私はある方向に向けて一所懸命あれこれやってみる。それは、基礎になる下地作りとして絶対に必要なことなのです。

たとえば、今、夜の真っ暗な部屋に居るところを想像してみて下さい。そして、ドアを見つけなくてはならないという状況。なにしろ墨を流したような闇だから、いきなりこっちへ行って「あ、ここがドアだ！」というわけにはいかない。

（と、ここでブルックはやおら椅子から立ち上がり、窓辺へ行く。窓だの壁だのを押しながら——）

ここを押してみる。こっちを押してみる。ちょうど夏場のハエみたいなものです。何時間も体当りして、ハエは馬鹿だからね。しかし、ここを押して、こっちを押して、こっちも、こっちも……とやっていると、突然、ドアが見つかる。こういうことは全ての芸術作品に起こるものです。そこで、これが私のアイディアだ、こっちへ行けばいいんだ、となる。押し続ける、答えはそこにある。だが、どこも押さずにじっと椅子に坐ったきりでは駄目なのです。

（ブルックはそう言って、微笑みながらまた腰を下ろした）

だから、いいアイディアというものはリハーサルの間に浮かんでくるのです。あなたや、彼女や、私から浮かんでくるのではない。みんなで疑問を出し合う。ただし、肝腎なのは頭を使うということです。

『夏の夜の夢』をやったときも、私はとにかくテクストを読んだ。読んで、読んで、考えた。そして行き着いたのは、一種の否定的な結論です。ネガティヴな結論。つまり、それまで劇場で見てきたようなものでは駄目だということ。何故か？

それまで私が見てきた『夏の夜の夢』では、例外なく十九世紀のバレエのような衣装を着た妖精が出てきた。別に十九世紀のバレエの伝統に異議を唱えているわけではありませんよ。ただね、テクストを読んでみる、重要なものが見えるような気がする、そして舞台を見る。違うんだな、これが。これじゃない。ネガティヴなわけです。これでいいわけがない、と。こんなはずではない、と。では、そういう舞台をコピーしないでやるとすると……あとに残るのはゼロです。じゃあ、そのゼロ状態に何を注ぎ込めばいいか。

さて、そこでダブリングのことですが。この芝居の最も深いテーマは愛です。愛とは何か？　答えはいろいろでしょう。いろいろあっていいのです。愛というのは様々な形で理解することができる。心の寛い愛もあれば自分本位の愛もあり、友愛もあれば精神的な愛もある。シェイクスピアは、自分本位の愛、嫉妬深い愛、正直な愛、精神的な愛、神的な愛などの関係を示す芝居を、軽やかな形で書いた。それこそが『夏の夜の夢』という芝居が示そうとしていることなのです。それを人間を通して描いている。ところでその人間ですが、これがみんな同じタイプというのではない。下世話な人間も出てくれば宮廷人も出てくる。ゲームのように愛や恋とたわむれる時間のある人間がいる。それは労働する人間にはできないことです。

そして、この精神的（スピリチュアル）な愛というのがある。それがあるイメージを通していろいろに表現される。そのイメージとはスピリット（妖精）のイメージです。

そこで、この多様な愛に統一を与えるものは何か、となる。その答えは私が出したものではない。戯曲の中にあるのです。戯曲に目を向ければ、シェイクスピアの構想が見えてくる。シェイクスピアの構想とは、この芝居では全てがある大きなイヴェントを巡って起こるということです。そのイヴェントとは結婚。幕が開くと、二人の男女が現れる。二人はこれから結婚しようとしている。この二人が理解すべき一番大切なことは、結婚を間近に控えどんな夢を見るかということです。結婚するとはどういうことか？　人間存在そのものの中に、二人の人間が一緒になるということの中に、何があるのか？　愛ゆえに、愛を通して一緒になるのです。シーシアスはヒポリタに向って、あなたと結婚するのだと言っている。ヒポリタも、あなたと結婚すると言っている。すると、その途端に、このテーマに邪魔が入る。イジーアスが娘を連れて侵入してくるからです。ここから、ひとつの夢として、いくつものドアが一斉に開く。あらゆることが一人一人の人間の中にあるのです。スピリット（妖精）が彼らの中にいる。それぞれ異なったすべての愛が彼らの中にある。これが私の密かなアイディアでした。

けれど、これをあからさまに、たとえば「ああ、これはシーシアスの夢なんだ」というような見え透いた形では出さないよう気をつけなくてはなりません。とにかく、これが私の秘密の織り糸でした。

しかし、ダブリングには別の面もあるのです。実際的な面です。ご承知のとおり、芝居を作る場合、想像力が生んだアイディアと実際的な事情を常にブレンドしなくてはなりません。

実際的な面というのはね、芝居には重要な役も――シェイクスピアの場合はどの役も重要なのですが――小さな役もあり、うまい役者もまずい役者もいるということ。シーシアスとヒポリタというのは小さな役です。従って（ダブリングをしないと）大抵あまり面白くない役者が演ることになる。ところが、『夏の夜の夢』という芝居はこの二人で始まり、この二人の結婚で終わるのです。小さくても重要な役なのに、面白くない役者が演ると、観客の興味は薄れてしまう。

そこで、このふたつの役を面白くしたい。面白くするためには最高の役者が欲しい。このふたつの条件を結び付けるとダブリングになる。二役を与えられれば、役者としてもずっと面白くて中身の濃いことができるわけです。私たちがこの芝居を上演したとき、まず最初にふたりのメジャーな役者のシーシアスとヒポリタが登場したので、観客はとても面白がった。そして、森の中でオーベロンとティターニアとして再び出て来ると、ますます面白くなる。これが実際的な面です。

実際的な面はもうひとつある。仮に六人の役者で二十四の役を演るのと、二十四人の役者で二十四の役を演るのとではどちらがいいかと言うと、大方の場合、六人で演ったほうがいい。

と言うのはね、役者が長いこと楽屋にじっと坐って出を待ち、それから舞台に上がって自分の持場を演ってまたすぐ退場する、これほど破壊的なことはないんです。百年前、いや五十年前だったら事情は違っていました。役者は小さな役を振られても誇りを持っていた。辛抱強く待って、舞台で一所懸命やって、また楽屋に戻って待つ。それでも大きなプライドが持てた。ところが今日ではそうはいかない。三時間待った挙げ句、舞台に出ている時間は五分ということになると、役者はうんざりしてしまう。すると、その役者の演技も芝居全体も悪いエネルギーで駄目になってしまうのです。

一方、少人数のグループでたくさんの役を演ると、役者たちは芝居全体のエネルギーを感じるのです。そのエネルギーは観客にも伝わり、観客も一緒になって楽しむ。役者が早変わりで舞台に登場すると、観客もゲームに巻き込まれるからです。昔の観客はこういうゲームへの参加は望まなかったかもしれない。一人の役者が一人の人物になりきるというイリュージョンの方を好んだかもしれない。でも今はその正反対です。

南アフリカの芝居に『ウォサ・アルバット』というのがあるんです。即興がもとになった素晴らしい芝居でね、南アフリカの黒人の町の生活を描いたものです。これをふたりの役者が演る。三十人か四十人の登場人物をたったふたりで演るのです。役者にとっては、困難だがエキサイティングな作品だし、何より観客が大喜びです。あ、また別の人物になってる、とね。観客もゲームに参加しているからです。

と言うわけで、ダブリングには様々な面がある。効果は多面的なのです。

Everything seems double.

ハムレットが『夏の夜の夢』を演出すると、こうまで辛口になるのか。

ハムレット、すなわち一九八八年に来日公演したイングマール・ベルイマン演出の『ハムレット』で、主人公のデンマーク王子を演じたペーター・ストルマーレである。

演出家ピーター・ブルックは、ポーランドの学者ヤン・コットの『シェイクスピアはわれらの同時代人』に触発されて、伝説的な『夏の夜の夢』の舞台を作った。コットは、この作品について「シェイクスピア劇の中で最もエロティック」とか、「動物性の世界」という指摘をしている。ストルマーレ演出の『夏の夜の夢』を目の当たりにすると、「動物的エロティシズム」に関するかぎりブルックですらハンパに思えてくる。

雅楽が流れる中、和服姿のハーミア（香月弥生）やヘレナ（松浦佐知子）も、森の中ではジーンズやミニスカートに着替え、本能がむきだしになる様を表す。妖精王オーベロン（山崎清介、シーシュースとの二役）とパック（上杉祥三）の手で恋の花のしずくをまぶたに塗られたティターニア（加納幸和、ヒッポリタと二役）とロバの頭をつけられたボットム（高瀬哲朗）も、終始激しくセックスにはげむ。（役名表記は高橋康也訳による）

ロマンティックな面、おとぎ話的な面、幻想的な面を徹底して排除した刺激に富んだ『夏の夜の夢』。だから、クモの糸やカラシの種などの妖精も登場しない。逆に劇中劇はむしろシリアスに演じられ、精神性のある純愛はフィクションの中でしかありえないことを示す。

甘さは消してあるが、劇中劇の演者たちが運び込み、パックが様々に姿を変えて出入りする大きなつづらをかなめとし、劇の魔法、森の魔法は存分に楽しめる。訳・高橋康也、美術・小竹信節。

『オセロー』

殺すなら明日にして、今夜は生かして！

「ねえ、デズデモーナとオセローっていくつくらいだと思う？」と私は娘に訊いてみた。

「うーん、そうだナ、デズデモーナが十八でオセローは四十くらい」

一九八九年の夏、私はそのころまだ高校二年だった娘と一緒にロンドンとストラットフォードを訪れ、毎晩劇場通いという幸福な二週間を過ごしたのだが、彼女にもそのほとんど全部に付き合わせてしまった。ストレート・プレイばかりではエイゴが苦手の彼女に気の毒だし、それにもちろん私自身も見たかったので、『レ・ミゼラブル』とか『オペラ座の怪人』などのミュージカルも織り込みながら。

その中の一本がロイヤル・シェイクスピア・カンパニー（RSC）の『オセロー』だった。

演出はトレヴァー・ナン、主演のオセローはアメリカの黒人オペラ歌手ウィラード・ホワイト、イアゴーはイアン・マッケラン、そしてデズデモーナはイモジェン・スタッブス、エミリアはゾーイ・ワナメイカーという豪華なキャストだ。

これだけの顔ぶれが揃えば評判も上々で、上演の場がストラットフォードの小劇場ジ・アザー・プレイスということもあってチケットはあっという間に完売。中は自由席なので、開演一時間前にはもう長い列ができていた。

ほぼ正方形の舞台を三方から客席が囲む。と言っても一列目は舞台と同じ平面に組まれているので、手を伸ばせば「劇」に触れられそうな感じだ。

実は、ジ・アザー・プレイスはこの公演のあと一旦その務めを終えて閉場されることになっていた。改築のためである。再開場は二年後の九一年。満員の観客の中には、日本の小劇場にも通じる親密な雰囲気をそなえたこの空間とのしばらくの別れを惜しむ人もいたに違いない。

さて、まず登場するのはイアゴーとロダリーゴーだが、驚いたことにイアゴーは、アメリカの南北戦争当時の北軍の制服を着ている。トレヴァー・ナンは、シェイクスピア時代の「現代劇」を視覚的には南北戦争の中に置いたのだ。そして効果音も。そう言えばデズデモーナがオセローに殺される前に歌う「柳の歌」も、黒人霊歌を思わせるような旋律だった。軍服以外の衣装や装置もその設定にふさわしい簡素なもので、言わば削ったままの板とか生なりの白などが基調になっている。それらに染められた空気が、『オセロー』の世界をますます身近かに感じさせる。

ところでデズデモーナとオセローの年齢。

私の娘が見た『オセロー』はあとにも先にもこの舞台だけで、だから良くも悪くも何の予備知識も先入観もない。大まかな筋だけは前もって話しておきはしたけれど……。従って、彼女が主役ふたりの年齢を十八と四十くらいと言ったのは、見たままの印象なのだ。

正直に言って、私はこの舞台を見るまでは、彼らの年齢についてあまり深く考えたことはなかった。

イモジェン・スタッブスのデズデモーナが初めて舞台に現れたときにまず打たれたのは、その初々しい若さ。少女と言っていいくらいの若さである。ウィラード・ホワイトが演じる中年のオセローと並んだ姿をみて「わあ、ほとんどロリータじゃない！」と思ったものだ。

新鮮だった。そして、デズデモーナの歳が気になってきた。

それまで私が見て印象に残っていたデズデモーナたち——新珠三千代、坂東玉三郎、ローレンス・オリヴィエ主演の映画のマギー・スミス、フランコ・ゼフィレッリ監督のオペラ映画『オテロ』のカティア・リチャレッリ——いずれも若く美しかったが、その若さは少女を思わせるものではなかった。花ならば満開か八分咲きといったところで、むしろ成熟した女性という雰囲気を漂わせていたように思う。

だが、考えてみれば、シェイクスピアは戯曲の中でオセローには「さかりのついた若い血はもう涸れ果てた」（一幕三場）とか「もう年齢も峠を越した——いや、それほどでもないが」（三幕三場）と彼自身に言わせており、イアゴーもオセローとデズデモーナの歳が釣り合わないことを強調している。一方デズデモーナが「若い」ということは、様々な人物の口を通して繰り返し語られるのだ。

となると、花ならつぼみのデズデモーナがこれまでにももっと大勢現れていてもいいはずなのに、先に挙げたいくつかの例からも明らかなとおり、大人の女性としてのイメージが定着しているようだ。何故？

その一因はデズデモーナに冠せられる形容の言葉にもあるかもしれない。

「優しい」「美しい」「清らか」。人の欠点には敏感なイアゴーも彼女の美点は認めており、「心が広く、親切で、感受性が強く、実に気立てがいい」と言っている。オセローが彼女への賛辞を惜しまないのは言うまでもない。妻に裏切られたと思い込み、彼女が「腐って地獄に堕ちればいい」と呪いながらも彼は言う。「素晴らしい女、美しい女、可愛い女」、そして「針仕事がうまく、音楽に秀で……知性は高く、想像力も豊か」だと。

これらの形容は、デズデモーナについて度々言われる「若い」ということとは必ずしも矛盾しない。

だが、「貞淑」「徳高い（virtuous）」、あるいは「完璧な女性」となるとどうだろう。夫に浮気の疑いをかけられ、その非難を浴びながらもじっと耐え、夫を愛し抜く貞淑な妻というデズデモーナの全体像を支え、少女というよりは成熟した女性像を紡ぎ出す言葉ではないだろうか（ちなみに、このvirtuousという言葉はキャシオーしか口にしない）。

オセローとデズデモーナの結婚生活は極めて短い。ほんの数週間ではなかろうか。密かに結婚式を挙げた翌日オセローはキプロス島へ発つ。それからしばらくしてデズデモーナも夫のあとを追うのだが、「予定より一週間早く着いた」ということ以外それまでにどれほどの時間が流れたかについては何も語られていない。そして、キプロス島に着いてから大詰めのデズデモーナとオセローの死までは二日足らずなのだ。

このふたりが長く結婚しているような錯覚を起こさせる心理的な時間と、短く凝縮された劇のプロット上の時間の二重性は、『オセロー』を論じるときには常に問題になる点だが、デズデモーナの「若さ」と「成熟した女性」の矛盾もこの二重の時間に呼応しているように思う。

嫉妬のために逆上したオセローは、ヴェニスからの使者ロドヴィーコーたちの面前でデズデモーナを打つ。そのすぐ後、エミリアとふたりきりになったデズデモーナは、すべては自分の至らなさのせいだとしょんぼりし、健気に言う。

「小さな子供にものを教える時は、優しい言い方で簡単なことから始めるでしょう。あの人にもそんなふうに叱ってくれればよかったのに、だって私、叱られるのに慣れていないんだもの」(四幕二場)

この台詞はもちろん言葉の綾として解釈し、「オセローが大人の私をまるで子供のように扱った」という趣旨を汲み取ることもできる。現に今日まで数多く登場した「成熟した女性」としてのデズデモーナにとっては当然そうなるだろう。

だが、トレヴァー・ナンは恐らくこの台詞を敢えて額面どおりに取り、デズデモーナの二重性のうちの「若さ」の方に重きを置いて、少女のようなデズデモーナを造形したと思われる。

よく知られているように、十七世紀半ばまでのイギリスでは、女性の役を演じるのは声変わり前の少年俳優だった。そのことを考え合わせてみても、シェイクスピア自身、十代のデズデモーナを念頭に置いて『オセロー』を書いたと見ることができるのではないだろうか（三十代の女性を主人公にした『アントニーとクレオパトラ』が書かれた時期には、シェイクスピアの劇団にはよほど演技力のある少年俳優がいたのだろう。この作品と創作年代が近いと思われるのが『マクベス』である。もしかしたらマクベス夫人も同じ少年俳優が演じたのかもしれない）。

あとで述べるようにデズデモーナの生への傾き、「生きたい」という希求には目をみはるものがある。全身で生に向うその姿勢といい、父親に内緒で結婚してしまう大胆さといい、彼女と『ロミオとジュリエット』のヒロインには共通する要素がきわめて多い。ジュリエットは十四歳。デズデモーナは、彼女とはほんの二、三歳しか年の違わない「姉」——トレヴァー・ナン演出の『オセロー』は、そう解釈できる可能性を教えてくれた。

『オセロー』というのは厄介な芝居だ。

先に述べた時間的な矛盾（よく考えればデズデモーナがキャシオーと不義を働いたと疑いをはさむ余地など全くない）、オセローがあまりにも易々とイアゴーの奸計にはまってしまう謎などを含め、腑に落ちないことが多すぎる。もっともシェイクスピアの劇作りの魔法に飲み込まれ、舞台を見ているときはそんな疑問符はかき消されてしまうのだけれど。

ともあれあとから考えると、ああすればよかったのに、こうすればよかったのに、あんなことしなきゃよかったのに、という要素が山ほどあって、歯ぎしりしたくなるくらいだ。その一端はデズデモーナ自身の態度もあるのだが、これも彼女を「子供」のように描くことによって納得のゆくものになる。

たとえば、すでに疑惑と嫉妬の毒をひとしずくイアゴーによって注ぎ込まれ、明らかに不機嫌で苛々しているオセローに向って、デズデモーナがキャシオーの復職を訴える場面（三幕三場）。

彼女は「今夜、お食事のとき？」「じゃあ、明日のお昼？」「あら、じゃあ明日の夜、それとも火曜の朝、火曜のお昼か夜、水曜の朝！……でも三日を超えてはだめ」とキャシオーを呼び戻してくれと畳み掛ける。

「大人」のデズデモーナがこれをやると、へたをすると鈍感の気配が漂ってしまう。夫の不機嫌に気づかない無神経な女になる危険がある。だが、この場面で少女っぽいイモジェン・スタッブスのデズデモーナからまっすぐ伝わってくるのは「子供」の一途さ、無邪気さ以外の何ものでもない。自分にとってこの上なく大切で、大好きなふたりの男をなんとか仲直りさせたいという澄んだ熱意そのものだった。何の他意もない素直な「おねだり」。

この舞台には、思えば少女としてのデズデモーナをくっきりと印象づける忘れがたい場面があった。

イアゴーとエミリアに付き添われて初めてキプロス島に上陸したとき、彼女は出迎えたキャシオーから、トルコ艦隊との戦いのさなかに嵐の海でオセローの船とはぐれたことを告げられ顔を曇らせる。片やキャシオーがエミリアに歓迎のキスをしたのをきっかけに、イアゴーは女一般に対する品の悪い冗談を言い始める。デズデモーナも機知で応戦する。傍白で「楽しくはないけれど、わざと楽しそうにして気を紛らそう」と言ってはいるものの、夫の生死も分からないときにこんなにはしゃいでいいのかしら、と思わずにはいられないちょっと妙な場面だ。ところがこれが瞬間元気になる「子供」、いま泣いたカラスがもう笑う「子供」だと許せてしまう。

その上、トレヴァー・ナンは、その直後ふと我に還った彼女が心細さにシクシク泣き出すという演出をとる。見ていても抱き締めてあげたくなるような可憐さだ。そう、いま泣いたカラスがもう笑い、いま笑ったカラスがもう泣く無邪気さ、子供っぽさ。

それを見たキャシオーは自分の上着を脱いで彼女の肩に羽織らせ、慰めの言葉をかけてキャンディー(!)をプレゼントするのだ。言うまでもなく、ここでイアゴーの傍白が入る——「女の手を取ったな。いいぞ、ひそひそ声で話せ。こういうちいさな蜘蛛の巣を張ってキャシオーというでっかいハエを捕まえてやる……」(二幕一場)

このキャンディーがのちの「柳の歌」の場面で生きてくる。

エミリアとふたりきりになったデズデモーナは、ふと思い出したようにいたずらっぽく笑い、引きだしを開ける。そしてキャシオーからもらったキャンディーの箱を取りだし、まるで内緒ごとを打ち明けようとしている小さな女の子のように、エミリアの手にもキャンディーをひとつ渡すのだ。つかの間の平安。このさりげない小道具の使い方によって、夫の嫉妬と怒りがどれほど激しいかも知らず、間もなく殺されることなど夢にも思っていないデズデモーナの天真爛漫さがひしひしと伝わってきて、涙を誘われたものだ。

このようにトレヴァー・ナンは、戯曲には書かれていない小さな場面を織り込み、と言うよりは、台詞の行間を膨らませて、少女としてのデズデモーナを強調した。

そうすると、そもそもデズデモーナはオセローの身の上話とそこに現れた彼の人柄に恋をしたということが素直に信じられるのだ。

と言うのも、たとえばマギー・スミスのデズデモーナは、清潔で気品があるとはいえ同性の私から見てもうっとりするほど官能的なので、まるで黒豹のように精悍なオリヴィエのオセロー像と相俟って、「オハナシだけじゃないでしょう、彼がセクシーだから恋したんじゃないの？」とイアゴー氏と同じ低次元のかんぐりをしたくもなるのだ。

従って、このRSC版の舞台では、人種の違い、肌の色の違い、年齢の違いを超えたオセローとデズデモーナの愛はますます特別なものになる。その特別さが生来ねたみ深いイアゴーには我慢ならなくなるのだ。

彼は、自分自身の経験から、男も女も移り気なもの、夫婦の契りは脆（もろ）いもの、ねたみと嫉妬は誰にでも取り付くもの、と思い込んでいる。自分が感じることは必ず他人も感じ、自分が経験したことは間違いなく他人も経験するという揺るがぬ確信がある。そうでなくてはああも自信を持って奸計を巡らすことはできないだろう。彼は、手に触れるものを全て金に変えたミダス王のように、関わった者全てを自分の同類に変えてしまう。自分のレベルまで引きずり下ろさなくては気がすまない。エミリアがデズデモーナに「男なんてみんな胃袋、私たち女は食べ物に過ぎない。私たちをがつがつ食べて、おなかが一杯になったら吐き出すんです」（三幕四場）と言うのを聞き、この世界をくれると言われれば絶対浮気をする、と言うのを聞くと、根は善良なエミリアですらイアゴーの毒に染まっていると思い知らされる。

イアン・マッケランは終始無表情に、むしろ淡々とした態度で、およそ悪意というもののないこの「特別な」ふたりを、そしてキャシオーとロダリーゴーを、まるで赤児の手をひねるように易々と陥れていった。その淡々ぶりがかえってすさまじい。キャシオーを酔わせる場面では、ポンポンと音を立てて何本もの赤ワインの栓を抜き、それをドボドボと勢いよくホウロウの洗面器（！）に空けてキャシオーに勧めるのだ。このときも、なんだかついでにやっているふうに投げやりなのだった。

少なくとも私にとって『オセロー』という芝居が厄介なのは、先ほど言ったいろいろの理由のほかに、オセローという人物そのものの摑みにくさがある。それはハムレットの分かりにくさとも違う。オセローに対しては、どんな名優が演じようとも、「バカだなあ」という思いをぬぐい切れないのだ。それに加えて、どんなに高潔な人間でも、嫉妬に駆られる姿は醜いということもあるだろう。

だが、デズデモーナは好きだ。イモジェン・スタッブスが演じた彼女の新しい面を見てますます好きになった。

デズデモーナがオセローに絞め殺される直前に吐く言葉は、ごく短いながらシェイクスピアの全ての台詞のなかでも最も魅力ある、そして強いインパクトの籠るもののひとつだと思う。先ほど、デズデモーナは「生きること」を全身で希求している点でもジュリエットに通じると言ったが、その表れである言葉。

「殺すなら明日にして、今夜は生かして！」オセローが「いや駄目だ、そんなにもがくと……」と言葉を詰まらせ、なおも両手に力を込めると、「せめてあと半時間！」

Kill me tomorrow: let me live tonight!

ああ、こんなにも生きたがっているのに……。今夜生きられたらどうするつもりだったのだろう。幼さの残るデズデモーナの口からこの言葉が洩れるとき、その死の無念さは一層つのる。

第二幕　闇こそ輝く

『リチャード三世』　歩きながら俺の影法師を眺めていられるよう

　四角い平土間舞台の中央には、裸電球がたったひとつ天井から吊り下がっている。舞台奥上段の上手と下手に陣取った小編成のバンドが、クラリネットとドラムの音を響かせ、それをきっかけに明りが徐々に消えて闇。再びドラムが響き、その中に足音の響きがコツコツと鋭く切り込む。一気に明りが入ると、電球の光を斜め上から受ける位置にグロスターが立っている。

　一九九二年夏、ストラットフォードのジ・アザー・プレイスで上演されたサム・メンデス演出の『リチャード三世』の幕開きである。

　丸坊主の頭、グレーのバーバリの長いコート、重たげな革のブーツ。手にした細いステッキで中背のずんぐりした体を支えている。

　グロスター役はサイモン・ラッセル・ビール。彼の身長の何倍もの濃く長い影が、床から背後の壁へと伸びている。

不敵な表情を浮かべたきらきら光る眼。その眼であたりを睥睨し、絹の声と称される艶やかな声で“Now is the winter of our discontent...”と語り出す。この瞬間から、サイモン・ラッセル・ビールのグロスターは観客の心をわしづかみにしてしまう。特異な風貌や射るような眼光と相俟って、その握力は最後までゆるまない。

この冒頭の場面をはじめとし、サム・メンデス演出の『リチャード三世』は「影」を強調し、巧みな照明で様々な影を様々な面に投影した舞台だった（ちなみに、ローレンス・オリヴィエが制作・監督・主演した映画の『リチャード三世』でも、影は随所で効果的に使われている）。

『リチャード三世』には、「影（shadow）」という言葉が開幕後ほどなくして二度出てくる。二度とも主人公グロスター公爵（のちのリチャード三世）自身の口から吐かれ、印象的なくっきりした残像を私たちの心に焼きつける。

一度目は冒頭の独白の中ほどで。

「我らの不満の冬」も終り、兄エドワードが王位に就いてヨーク家に「栄光の夏」が巡ってきた。しかし、自分は安穏な平和時には向かない人間だ、と彼は言う。

「ところが俺は――色事の似合う柄ではないし、

己惚れ鏡にうっとりするような出来でもない――
俺ときたら――このお粗末な姿かたち。すまし返った
浮気女の前を、見得を切って歩く色男の自信もない――
この俺は――美しい均整を奪い取られ
不実な自然の女神のぺてんにかかり
不細工にゆがみ、出来そこないのまま
月足らずでこの世に送り出された。
そんな俺が無様（ぶざま）にびっこを引いて通りかかれば、
犬も吠えかかる――そんな俺だ、
のどかな笛の聞こえるやわで平和なご時世だ、
暇つぶしの楽しみといえば
陽だまりの己れの影法師でも眺めながら
そのおぞましさを種に、出まかせの歌でも歌うしかない」（一幕一場）

二度目に「影」が出てくるのは通称「求愛の場（wooing scene）」と呼ばれる一幕二場の最後。グロスターの手で殺されたヘンリー六世の棺が、セント・ポール寺院から

遺骸の埋葬地チャートシーへ運ばれようとしている。付き添っているのは、喪服に身を包んだレイディ・アン。ヘンリー六世の子息エドワードの未亡人である。彼女の夫もまたグロスターに命を奪われたのだ。グロスターは、そのアンを妻に迎えようともくろむ。言葉たくみに言い寄り、遂に彼女を陥落させてしまう。

求愛には最もふさわしくない状況で、しかも相手の女からは義父と夫の仇として呪いの言葉と唾を吐きかけられながら、あざやかに目的を果たす。グロスターの「演技力」と悪の魅力がひときわ輝く場面である。

グロスターは自分の口説き落しがあまりにうまくいったことに気をよくし、鏡を注文したり仕立屋を大勢呼んでお洒落の勉強でもしようかと言う。そして——

「鏡を買うまでだ、せいぜい輝いていろ、美しい太陽、歩きながら俺の影法師を眺めていられるよう」

この二箇所で言われる「影」は、月の光が落す影でもなければ、いわんや蠟燭やランプなど人工の明りの影でもない。さんさんと太陽が降り注ぐ日盛りの、輪郭もくっきりと黒々とした影である。

グランカスター家を追い落したヨーク家一門にとっては「不満の冬」は去ったが、グロスターは不満のかたまりだ。特に最初の独白では、エドワードを this sun of York

と太陽になぞらえ、自分の影法師を my shadow in the sun と言っているので、彼自身が、薔薇戦争の果てにようやく訪れた平和な陽射しの中の暗鬱な影という強烈なイメージを生む。そして、この影は間もなく劇世界全体を覆いつくすのだ。

狂暴な野心を胸に秘め、王位への階段を血まみれにしながら昇って行く容貌怪異なグロスター。身体的な劣等感をバネにして野望の実現にはずみをつける。「悪党となり、この世のあだな楽しみを憎んでやる」と言うグロスターだが、これはまた何と魅力に溢れた悪党だろう。

この人物の場合、悪とはモラルにとらわれない自由奔放さの現れである。己れの欲望に忠実なことの具現である。権力欲、支配欲——欲しいものは手段を選ばず手に入れねば気がすまない。はた迷惑の極みだが、凡人にはできないことだ。加えてその水際だった演技力。レイディ・アンを口説くときのみならず、彼の優れた役者ぶりは随所で発揮される。そしてエネルギー、機知とユーモア。典型的なマキャヴェリアンとして、彼が悪業を重ねてゆく様を目の当たりにするのは爽快ですらある。悪が輝く。

このように特異な魅力をそなえた『リチャード三世』だから、演じる俳優にもひと癖もふた癖もあるキャラクターが要求される。

私が初めて見た『リチャード三世』は、歌舞伎の故中村勘三郎（十七代目）が演じたものだ。劇場は開場間もない日比谷の日生劇場。訳・演出は福田恆存だった。その時のパンフレットが残っているが、それには「本邦初演」とうたってある。一九六四年といえば私はまだ大学生で、S席はおろかA席のチケットも買える身分ではなかった。パンフレットの表紙裏に貼り付けたチケットには「C¥800」とある。遥か彼方から見下ろした舞台のことは大方おぼろに霞んでしまっている。憶えているのは、初日が開いて二週間以上たっていたのに勘三郎には台詞が入っておらず、プロンプターの声が劇場にトドロクようで、随分はらはらさせられたことだ。だが、ころっとした体軀も手伝って、なんとも言えない愛敬のあるグロスターという印象はしっかり記憶に残っている。

歌舞伎と言えば、やはり故人となった尾上辰之助の『リチャード三世』も、一九八〇年十一月に池袋のサンシャイン劇場で見ている。坪内逍遥の訳だったが、少しも古めかしく感じなかった。だが、辰之助のグロスターは悪の輝きは薄かったように思う。

残念ながら名演の誉れ高い仲代達矢のリチャードは見そびれたが、私にとって日本の『リチャード三世』で最も印象深いのは、一九八七年、シェイクスピア・シアターが出口典雄の演出で上演した舞台だ。青山円形劇場の中央に組み上げた冷たく鈍く光る金属のステージは階段状で、まさしく権力への階段を象徴していた。そこを昇り降りするリチャード役は河上恭徳。冒頭、その頂上から登場する彼の姿は、スモークの焚かれた逆光の中に浮かび上がり、影法師そのものだった。河上は、どす黒い野望を内にたぎらせる陰湿な悪党を過不足なく造形していた。

一九八八年、新大久保に東京グローブ座が開場した。その柿落し公演の第一弾は、来日したイングリッシュ・シェイクスピア・カンパニーの『薔薇戦争七部作』。『リチャード二世』、『ヘンリー四世』の一部と二部、『ヘンリー五世』、『ヘンリー六世』を二部構成にしたもの、そして『リチャード三世』までを一挙に上演するという壮大な歴史絵巻である。演出はマイケル・ボグダノフ。リチャードを演じたのはスキン・ヘッドのアンドリュー・ジャーヴィスで、その容貌には迫力があるのだが、演技が単調でいささか小粒という感は免れなかった。それは、薔薇戦争という大きな流れのひと齣として組み込まれたせいで、『リチャード三世』という劇そのものが、独立した悲劇として屹立する力を相対的に弱めてしまったことも作用したかもしれない。

一九九〇年の秋には、グローブ座にロイヤル・ナショナル・シアターがやってきた。デボラ・ウォーナー演出の『リア王』とリチャード・エア演出の『リチャード三世』の二本という豪華なプログラム。俳優も豪華だった。イアン・マッケランとブライアン・コックスという現代のイギリス演劇界の名優が二人も顔を揃えたのだ。『リア王』では主役のブリテン王をコックスが、忠臣ケントをマッケランがそれぞれ演じ、『リチャード三世』ではマッケランがグロスターに、コックスがその腹心バッキンガムに扮した。

視覚的には一九三〇年代風に統一した世界の中、グロスターはナチの将校を連想したくなる軍服姿で登場する。イアン・マッケランのグロスターは、冷徹なテクノクラートだ。wooing scene でのアンの口説き落しも、マッケランの年齢と持ち味のせいで、冷たい論理で攻め落とすという感じだった。雑誌『タイム』は、アメリカ公演のこの舞台の評で「ユーモアがない」という言葉を使っているが、戯曲自体に描かれたグロスターの黒いユーモアも、確かに「ない」と言いたくなるほど冷え冷えとしている。もちろん、これはこれでひとつの解釈。ぞっとするような冷血漢のリチャード三世だった。

とびきりユニークな『リチャード三世』は、やはり一九九〇年の十月から十二月にかけて、ところも同じグローブ座で上演された野田秀樹翻案・演出の夢の遊眠社版だ。例によって思いきりノダナイズ。薔薇戦争の「薔薇」からの連想の故か、舞台を日本の華道界に移し、王冠を巡る抗争を家元の跡継ぎ争いに変換してある。そこでタイトルも『三代目、りちゃあど』。

おまけに、この主人公が果たして本当に極悪非道な悪漢かどうか、有罪か無罪か、を争点とした裁判劇という枠組が設けられている。検事はシェイクスピア、弁護人はマーチャンと呼ばれる『ヴェニスの商人』のシャイロックで、これには野田自身が扮した。シェイクスピアには足の悪い弟リチャードがいたという説を踏まえ、その弟への憎しみから同名のリチャード三世を世に並ぶ者のない悪党にした、という話になる。段田安則のシェイクスピアと上杉祥三のりちゃあどが少年時代に還り、「妄想だけ」をもじった「孟宗竹」の林を昇ってゆく和解の幕切れは、胸がきゅんとするような美しさだった。

と、こうしてあのリチャードこのリチャードと突き合わせてみると、サイモン・ラッセル・ビールがいかに多面的な主人公を作り出したかがよく分かる。中村勘三郎にも通じる愛敬もあり、悪を楽しむゆとりもそなえている。wooing scene では、マッケランとは対照的にむしろ「熱い」。と言っても無論アンに対する情熱を感じさせるのではなく、この女を「落す」ことへの情熱だ。アンはまるで彼の催眠術にかかったように、彼の誘いに傾いてゆく。歌舞伎の色悪に通じる魅力だ。

ビールのグロスターを前にした客席には、特に前半、笑いが絶えない。ユーモアが生きている。見ている方も、「やれ、やれ、もっとやれ。行け、行け、行くところまで行け」という気持ちになる。独白によって観客に打ち明けられる彼の目論みが、その通り実現してゆくさまが小気味よい。人間の心理と状況を自在に操るさまに快哉を叫びたくなるくらいだ。

私が初めてサイモン・ラッセル・ビールを見たのは、一九九一年の夏、ロンドンのバービカン・センターの大劇場で上演されたチェーホフの『かもめ』の舞台でだった。彼は劇作家志望のトレープレフに扮していた。

『かもめ』は、渇望が満たされず思いや努力が報われない人々のロンドと言えようが、ビールは、トレープレフこそがそのロンドの中心に居ること、振り向いてくれない者を求める輪は彼から始まることを教えてくれたのだった。もっとも、私は前半を見ている時点では、寡聞にしてトレープレフを演じているのが誰なのか名前も知らなかった。抑制の効いたただならぬ表現力に息を呑み、休憩時間にあわててプログラムに目を走らせ、サイモン・ラッセル・ビールという名前をしっかり頭に刻み込んだものだ。

それから数日後、やはりバービカンの小劇場ザ・ピットでシェイクスピアの『トロイラスとクレシダ』を見た。今度はサイモン・ラッセル・ビールが演じるサーサイティーズ役もお目当てのひとつ。あらゆる権威と美名の衣を剝ぎ取る目と舌鋒を持つ皮肉のかたまりサーサイティーズ。トレープレフを「静」だとすれば、この異形の道化に扮したビールは「動」。同じ俳優とは思えないほどの変身だった。

ビールに『リチャード三世』を演らないかと持ちかけたのは、この『トロイラスとクレシダ』を演出したサム・メンデスである。ビール本人は「まだ若すぎると思った」と言っているが（一九九二年八月二日付『サンデー・タイムズ』REVIEWページ）、彼の歳は、一四八三年に王位に就いたときのリチャード三世と同じ三十一である。若いと言えばメンデスもそう。この時点でまだ二十七歳である。

サム・メンデスは、サイモン・ラッセル・ビールというたぐい稀な俳優に出会い、『リチャード三世』を手掛けたいという演出家としての野心を燃やしたに違いない。

メンデスの演出は、詳細に戯曲を読み込み、その解釈を簡素な舞台に大胆に具体化していた。

いくつかの例を挙げよう。

二幕一場、病身のエドワード王は、王妃エリザベスとその弟たちをはじめとする臣下を集め、それまで反目しあっていた人々を和解させる。そこへグロスターが入ってくるのだが、その前にメンデスは効果音としてやかましく吠え立てる犬の声を入れた。私たち観客は、それによって「俺が通りかかれば犬も吠えかかる」という彼の独白の中の言葉を思い出すし、先王の未亡人マーガレットに「犬」とののしられたことも思い出す。ほんの数秒間の「音」だが、グロスターという人物のイメージ作りには効果満点だった。

三幕一場、エドワード四世が病没したのち、幼い二人の王子がロンドンへ呼び寄せられる。サム・メンデスは、この場で背後の壁に大きな変化をつけた。人の幅ほどの丈高い長方形の切り込みが五列並び、その奥は深紅に彩られている。グロスターは、王子たちに歓迎の印として真っ赤な風船を与える。風船――子供の好きな玩具。赤――血の色。稚気にも富み華やかだが、不気味さの潜む装置と小道具だ。

この場で弟王子ヨーク公は無邪気にグロスターと軽口を交わし、「僕が小さくて猿みたいだから、叔父さまの背中におぶってもらったらいいと、お兄さまは思っているんだ」と言う。せむしのグロスターの前では「背中（shoulders）」という言葉はタブーである。グロスター自身も並居る廷臣たちも、高貴な少年のこの言葉に顔色を変え、表情をこわばらせるに違いない。映画『リチャード三世』の、この場面のオリヴィエの顔つき目つきは本当に恐い！

だが、メンデスは、言葉だけではなく、グロスターの盛り上がった背中にヨーク公をぱっと跳び乗らせたのである。致命的なおんぶ。ビール扮するグロスターの笑顔が凍り付く。目から憤怒がほとばしる。オリヴィエに優るとも劣らぬ恐ろしさ。グロスターは王子たちをロンドン塔に幽閉し、その間に王位に就くことを画策する。

機知や活力といった「才能」を武器に、グロスターが最高の名演技を見せるのが三幕七場だ。二人の僧侶という脇役、僧服という衣装、祈禱書という小道具、バッキンガムという相手役、そしてロンドン市長と市民という観客――これらを揃えて演じられる大芝居である。

メンデスは、グロスターが腹心のケイツビーとラトクリフを僧侶に変装させるというふうにこの場を作った。部下にまで演技をさせ、彼の「大芝居」の演劇性を強調する工夫ではある。

グロスターの野心の的はただひとつ、玉座に就くこと。それをはばむ者は、情け容赦なく死に追いやる。だが、そんな王位への渇望はおくびにも出さず、彼は、民衆の支持を受け、求められて不承不承王位に就くという「体裁」を取ろうと計るのだ。ロンドン市長と市民たちを前に、グロスターは、腹心バッキンガム公という息の合った相手役を得て、王位などには全く関心を持たない敬虔で清廉潔白な人物という役を演じる。市長と、いわば「さくら」であるバッキンガムとの懇請に対するグロスターの謙虚な返事。殊勝である。

信心深く無欲な人物を完璧に演じたのが効を奏し、民衆から請われて不本意ながら玉座に就くという体裁もとれた。グロスターは舞台上でひとりほくそ笑み、してやったりと本心をむきだしにする。

この場面のサイモン・ラッセル・ビールの演技もまたグロスターのそれにふさわしい見事さだった。「イングランド王リチャード万歳」の歓呼を受け、翌日戴冠式を行うことも決まる。立ち去ろうとする市長の一行の背に向って「私はまた神へのお勤めに戻ろう」と言ったあと、彼は僧帽をむしり取り、くるっと客席を向いて床に両膝をつくなり「イェーッ！」と叫んで両のこぶしをぐいと胸元に引き付けた。「やった！」とガッツ・ポーズでもしかねない勢いに、鬼気迫るものを感じると同時に胸のすく思いがしたものだ。

四幕二場の戴冠式の場面も、印象的な「影」の先導で始まった。舞台奥にふたつ並んだ玉座。そのひとつには、虚ろな眼差しをしたアンがすでに坐っている。リチャードは、正面の客席中央から登場する。その背後からは強烈な照明。黒々とした彼の影が平土間舞台の奥まで伸び、ふたつの玉座をも呑み込む。不吉でまがまがしい影は、暗い罪に彩られた彼の治世を暗示していた。

リチャードの野望は叶い王座に就いたものの、彼の上昇もここまでで、あとは転落への道をたどることになる。

王子エドワードはまだ生きている。その暗殺をバッキンガムにほのめかすときに彼が口に出す言葉――「俺は王になりたいのだ」「俺は王か？　そうか――しかし、エドワードは生きている」――は、ダンカン王を殺し、玉座に昇ったマクベスが、バンクォー殺しの計画を胸に秘めて吐く「こうしているのでは何にもならない。安心してこうしているのでなければ（To be thus is nothing, / But to be safely thus.）」という台詞の先触れである。

そして、刺客ティレルによる幼い王子たちの殺害。メンデス演出のティレルは、子供用のパジャマを持ってきて暗殺の遂行を報告した。

無邪気な子供まで殺すこの時点から、『リチャード三世』という劇そのものとリチャードの人物像のトーンに変化が起きる。彼がそなえていた妙な明るさも、一種の愛敬（たとえば先に述べた「求愛の場」のあとの独白に見られるはしゃぎぶり）も、そしてユーモアも消え、残酷さがのさばりだすのだ。「やれ、やれ、もっと」という観客（読者）の気持ちは、「もういい加減にしてくれ」という気持ちへとUターンする。そのUターンは、王位に昇りつめたリチャードがそこから下降しはじめる劇の動線と軌を一にしている。

独白というものは、観客の中にそれを語る人物への共感を、場合によっては共犯心理を、植え付ける働きを持っているが、いま言ったUターン以後リチャードの独白は目に見えて減り、そこで語られる内容も事務的で魅力に乏しくなる。これも観客のリチャード離れにひと役買っている要素だろう。サイモン・ラッセル・ビールのリチャードに対しても、客席からの笑いは消える。それに伴って、リチャードはどんどん独りになってゆく。王妃アンは死に（リチャードによる謀殺とも解釈できる。サム・メンデスは、王妃となったアンの面前で、リチャードが「噂を流せ、妻のアンが重病だと」とケイツビーに命じる演出を取り、謀殺をはっきりさせると同時に彼の冷血漢ぶりを強調した）、腹心だったバッキンガムも去る。

「影（shadow）」という言葉がこの劇のひとつの鍵になっていることはすでに述べたが、私見では、もうひとつのキーワードは「憎悪（hate）」である。『リチャード三世』には hateful、hated、hatred といった派生語を入れると「憎悪」という言葉が二十九回も出てくる（初めて読んだころ、気になっていちいち数えてみたのだ。我ながらご苦労さまと言うか、暇だったと言うか……。この項を書くに当り改めて『シェイクスピア・コンコーダンス』に当って確かめた）。他のシェイクスピア劇と比較してみると極端に多い。ちなみに『リチャード三世』の次に hate とその派生語が多出する作品は『コリオレイナス』で二十二回。その他の作品では頻度はぐっと落ちる。

『リチャード三世』は hate に満ちている。『ヘンリー六世』三部作の中で、様々な人物が王位と権力を巡ってお互いに乱反射させていた「憎悪」が、『リチャード三世』に至ってきりきりと絞り込まれ、多くの人物の憎悪がこの悪玉ひとりに集中するということだろうか。

『リチャード三世』の前史の「憎悪」をここで一身に背負っているのは、ヘンリー六世の妃マーガレットだ。『リチャード三世』は、シェイクスピアの歴史劇の中では女性の登場人物が異例に多く、マーガレット、王妃エリザベス、アン、ヨーク公爵夫人（エドワード王、クラレンス、リチャードらの母）と四人も出てくる（エドワード四世の愛人であり、次いでヘイスティングス卿の愛人にもなるジェーン・ショーアを入れると五人。彼女は、人々が噂をするという形でしか登場しないが、重要人物だ）。数が多いばかりでなく、彼女たちが果たす役割も大きい。男たちの権力闘争の犠牲者として、グロスターの暴虐と酷薄を際立たせる役を担っているのだ。

サム・メンデスの舞台では、マーガレットの描き方が、老いたカサンドラといった感じで面白かった。ぼさぼさの髪、くたびれたカーディガンという姿で仇敵たちへの恨みと呪いを吐き散らすかつての王妃は、周囲の人間からはほとんど狂女扱いされる。それをものともせず、彼女はグロスターをはじめとする敵たちに予言めいた呪いを浴びせかける。メンデスは、その一人ひとりが非業の死を遂げる都度、くり返しマーガレットを登場させ、死にゆく者が彼女の呪いを思い出す台詞と、彼女の呪いそのものをダブらせ、二重奏のように響かせた。駄目押しでくどいと見る向きもあるかもしれないが、劇全体に因果の巡りを基調低音のように流す効果があったと思う。

まさしく因果は巡る。幼い王子たちを除き、誰もが何らかの悪をなしてきたのだ。たとえば『ヘンリー六世』に登場するマーガレットは、「ああ、女の皮をかぶった虎の心!」と言われたほど残酷な猛女である。

そして、マーガレットをはじめとする生者の憎悪・死者の憎悪が、目に見える形でリチャードという人物一点に集中するのが最終幕である。リチャードは、ランカスター家のリッチモンド(のちのヘンリー七世)との戦いを翌日にひかえ、ボズワースの平原に野営する。テントの中で眠りにつくが、夢枕に次々と彼の手で殺された者たちの亡霊が現れる。シェイクスピアは、ヘンリー六世、その王子エドワード、クラレンス、バッキンガム、アンなど、十一名の亡霊を登場させている。彼らはリチャードとリッチモンドの枕べに交互に現れ、リチャードには絶望と死の呪いを浴びせ、リッチモンドには勝利と希望を約束する。

「代りの馬をよこせ！　傷をしばってくれ！」と叫んで悪夢から醒めたリチャードは、長い独白を語る。悪逆非道な暴君が、初めて良心の呵責を感じ恐怖を味わう。そして言うのだ——

「ああ、駄目だ、むしろ自分が憎い／この手で憎むべきことをしたからだ！」

先ほど私は、『ヘンリー六世』で乱反射していた多くの人物の憎悪が『リチャード三世』に至ってこの悪玉ひとりに集中する、と言った。また、最終幕ではマーガレットを筆頭に、生者のみならず死者たちの憎悪がリチャードという人物一点に集中する、とも。そして、そう、遂にリチャードがリチャード自身を憎むことになる。二十九にのぼる「hate」とその派生語のうち、二つは彼が自らに向けるものなのだ。憎悪の集中もここに極まったというべきだろう。

リチャード・エア演出によるロイヤル・ナショナル・シアターの『リチャード三世』では、真っ赤なテントの下でこの場は演じられた。原作では一人の亡霊がまずリチャードに呪いをかけ、次にリッチモンドに勝利の約束をする。そして消える。次の亡霊が現れ、また消え……と十一人。すべての亡霊がリチャードへの呪いを「絶望して死ね」という言葉で結び、リッチモンドに向っては「生きて栄えよ」とか「戦って勝利せよ」と言う。

だが、エアは、亡霊の数を減らし、全員を一度に登場させた。リチャードの背後に居並ぶ彼らは、まず一人ずつ順番にリチャードに向って恨みと呪いの言葉を浴びせ、それから一斉にリッチモンドの方を向いて、また一人ずつ希望に満ちためでたい言葉をかける。結果として、リチャードのみが悪夢にうなされ、リッチモンドは死者の霊に守られながら夢ひとつ見ずに熟睡したという印象になる。原作の十一人の人物の亡霊を七人に減らしたサム・メンデスのこの場の処理も、エアと同じである。原作どおりだと繰り返しが多くだれる危険、あまりにシンメトリカルで流れが硬直する危険があるため、大方の上演ではこのような工夫がされているようだ。

だが、この場の亡霊の人員整理（?）は現代の上演に始まったわけではない。十八世紀に活躍した劇作家・俳優・桂冠詩人コリー・シバー（一六七一―一七五七）は、シェイクスピアの『リチャード三世』を改作した際、十一名の亡霊をたった四人に整理し、しかもリチャードのもとにしか現れないように変えた。オリヴィエの映画でも亡霊は四人である。

さて、幼いふたりの王子の殺害を折り返し点として観客（読者）の気持ちはUターンすると言ったが、言わばリチャードの悪業につき合いきれなくなった我々観客の共感を再び一挙に引き戻すのが、最終幕のリチャードの台詞である。

「馬だ！　馬をよこせ！　代わりに俺の王国をくれてやる、馬！（A horse! A horse! My kingdom for a horse!）」

リッチモンド軍の兵士に囲まれ「人間わざとも思えぬ」奮闘ぶりを見せるリチャード。だが馬は殺され、その身を支えるのは自らの足のみ。「死の喉元で」リッチモンドを探し求める彼の凄絶な叫びである。

リチャードは、悪夢から醒めたとき「代わりの馬をよこせ！　傷をしばってくれ」と叫んだが、その悪夢は正夢だったのだ。

数あるシェイクスピアの台詞の中でも、こんなにも即物的でありながら、こんなにも深い絶望が籠り、これほど人間のなすことの虚しさを表現した台詞も稀なのではないだろうか。亡霊たちの「絶望して死ね」という呪いの実現にふさわしい台詞であり、玉座という高みから地面の泥の中への転落を鮮やかに描ききっている。

ジ・アザー・プレイスの平土間全面を覆うイングランドの地図。それをくるくると巻きはがし、板がはずされると、湿ったように見える黒土が姿を現す。直前の場面では、その地図＝イングランド全土の上に立っていたサイモン・ラッセル・ビールのリチャードは、この土の中をのたうち回りながら“A horse! A horse!”と叫ぶ。リチャード三世という人物は、悪を輝かせるばかりか、絶望の只中にあっても最後の閃光をきらめかせるのだった。

■サム・メンデスに訊く

ロイヤル・シェイクスピア・カンパニーの『リチャード三世』は、ジ・アザー・プレイスで幕を開けたあと、ロンドンのドンマー・ウェアハウス劇場での公演を経て、早くも半年後の一九九三年二月に東京にやってきた。演出家のサム・メンデスも一緒である。

彼に会ってびっくりした。若い。まだ二十七歳だとは聞いていたし、チラシの裏の写真でその風貌も見ていたが、「実物」は学生といっても通るくらいの若さ、初々しさなのだ。だが、話しだすと、その知性とゆとり、そしててらいのない感じのよさに更にびっくり。

一九六五年生まれのメンデスは、女性演出家のケイティ・ミッチェルと並んでRS

Cでは最も若い演出家として注目を浴びている。ケンブリッジ大学で英文学を専攻した彼は、在学中に十五本もの芝居を演出し、卒業後すぐにチチェスター・フェスティバル・シアターの演出家となる。そして、二十三歳のとき、名女優ジュディ・デンチの主演でチェーホフの『桜の園』を演出するまでになるのだから、天才と呼ばれ、二十一歳でRSCの舞台を手掛けたピーター・ブルックを連想させるのもむべなるかな、である。

サイモン・ラッセル・ビールが背中を傷めたため来日できず、グローブ座の舞台ではキーラン・ハインズがリチャード三世の役をやった。ビールはどうやら椎間板ヘルニアのような症状らしい。そこでまず、「まさか、ずうっと無理な姿勢をしていなくちゃならないこの役のせいじゃないでしょうね？」と尋ねると、「いや、実はそうなんです！」

そして、リチャード三世という役が役者泣かせの姿勢を強いることにまつわる伝説を、笑いながら話してくれた——「四百年前の初演でグロスターを演じたリチャード・バーベッジは、シェイクスピアに向かって『もう一度こんな役を書いたら殺してやる』と言ったんだそうです」

すでに述べたように、メンデス演出の『リチャード三世』の舞台は光と影の効果がめざましい。その発想はどこから生まれたのだろう。

「まず、『リチャード三世』という芝居をいかにもイギリスの歴史劇ふうにはしたくなかった、ということがあります」

こちらがいささかきょとんとしていると、「パッパカパッパパー」とトランペットのファンファーレの物真似をして、「これは『リチャード三世』に限らずすべてのシェイクスピアの歴史劇について言えることですが、舞台でやると往々にしてページェントふうに壮麗華美になりがちです。僕はそうはしたくなかった。イギリスの悲劇というよりはギリシャ悲劇のようなトーンで作りたかったのです」

だからこそ、マーガレットの「呪い」を生かし、人々が宿命・運命に操られるという視点を前面に打ち出したのだという。なるほど、この舞台のマーガレットを見て、私がカサンドラを思い浮べたのも当然だったわけだ。ギリシャ悲劇的に作るとなれば、舞台は当然シンプルにしなくてはならないだろう。おまけに最初から大劇場でやることは考えておらず、「小さなスペースでやりたかった」という。この点でも彼の発想はユニークだ。これまでのRSCの『リチャード三世』は、ほとんどすべて大劇場で上演されてきたのだから。そこで、小さくシンプルな空間における最も効果的な「装置」として、光と影を使ったという。「光と影は人物を彫刻的に見せますからね」

発想ばかりでなく彼のリハーサルの仕方もユニークである。

「稽古始めの三週間ほどは、俳優たちには大きな円陣に並べた椅子に坐ってもらいます。僕はその円の真ん中に芝居を組み立てていく。俳優たちをいろんなふうに動かしてみる。三週間後にはすべての椅子を取り払い、それ以後は誰と誰がどこにどう立つ、といったことをとてもドグマティックにきちっと決めていくんです。でも、それに先立つ三週間のあいだに、僕がどうしてそういう位置を望んだかがみんなには分かってるから、誰も不愉快な思いはしないようです」

王位に就いたリチャードが、アンの面前で「噂を流せ／妻のアンが重病だと」とケイツビーに命じる場面のことはすでに言ったが、リチャードの酷薄さを瞬時に示すこの優れた演出も、くだんの円陣リハーサルから生まれたものだそうだ。ビールとアン役のアナベル・アプションとケイツビー役のダニエル・ライアンがたまたま並んで坐っており、ビールがアプション越しにこの台詞を言った。これでいこう！　というわけだ。

サム・メンデスのテクストへのアプローチは、自ら「厳密」と言うだけあってきわめて周到だ。

「最初の三日間は、テクストを細かく読みます。一行一行、ひと言ひと言の意味を丁寧に解釈していきます。そして、全リハーサル期間のちょうど半ばあたりでまた三日とってまた読み直す。ブランク・ヴァース（無韻詩）のアクセントの強弱を、ヴァースの構造を、リズムのことなどを確かめ、話し合うのです。学校での授業、エクササイズみたいなものですね」

最後に彼がシェイクスピア作品では「書かれていない言葉がすごい（the great unwritten language)」と言ったのにはハッとした。期せずして蜷川幸雄の言う「書かれていないこと」とぴたりと符合したからだ。

サム・メンデス演出の『リチャード三世』は、書かれている言葉とともに「書かれていない言葉」が目に見え、耳に響いてくる舞台であった。

That I may see my shadow as I pass.

『ヘンリー五世』の冒頭、カジュアルな黒いセーター姿の序詞役バリー・スタントンが、暖かみのある朗々たる美声で"Within this wooden O"と言ったとき、思わず体がブルッと震えたものだ。

wooden＝木造でこそないが、まさしく私たちは、シェイクスピアがこの台詞を自分の劇団の役者に言わせたときと同じ「O」＝円形の劇場空間にいるのだった。

新大久保と高田馬場のなかほどに、往時のグローブ座を復元したかたちで新築された東京グローブ座の柿落し第一弾、イギリスからやってきたイングリッシュ・シェイクスピア・カンパニーの『薔薇戦争七部作』は、『リチャード二世』から『リチャード三世』までのシェイクスピアの歴史劇を一挙に上演するという果敢で壮大なスケールの公演だ。

マイケル・ボグダノフ演出の特徴のひとつは、ヴィジュアルな面での様々な時代の混在だ。たとえば中心人物同士の一騎打ちは鎖帷子や鎧兜というでたちで行われ、処刑や戦闘の場面では現代の迷彩服姿の兵士たちが機関銃を乱射する。「大物」の個の闘いと、歴史のなかに埋もれてしまう無名性の死との対比が鮮やか。

不満も無くはない。私が見たサイクルでは、お目当てのマイケル・ペニントンが『ヘンリー四世』と『ヘンリー五世』でハル王子＝ヘンリー五世として出演せず、がっかりだった。また、つるつるの坊主頭のアンドリュー・ジャーヴィス扮する『リチャード三世』は、エキセントリックすぎて陰影やふくらみに欠け、カリカチュアのよう。ボズワースでの戦闘前夜、彼が殺した人々の亡霊が出てくる場面も、本人がのたうちまわる割には凄味がない。亡霊がどれも変に事務的なのだ。

だが、リチャード二世のペニントンとフォルスタッフのスタントンの素晴らしさは、そんな不満を補って余りあるものだった。
特にフォルスタッフ。『ヘンリー四世』第二部の幕切れ近くで、ヘンリー五世として王位に就いたかつての無頼仲間からボロくずのように見捨てられた彼が、しょんぼりと立ち去って行く後ろ姿は忘れられない。巨体をフロック・コートに包み、ユニオン・ジャックのリボンを巻いた山高帽をちょこんと被り、手にも小旗を持って……。

社会や歴史のダイナミズム、それを個人がどう担っているかということ、政治の駆引きとその地誌的な広がり、上は国王から下は名もない一兵卒、歴史の表舞台と楽屋裏を彩る様々な女性たちに至るまでの人間臭さ、高貴さ、愚かしさ、権力というものの魔的な力——そういうものがシェイクスピアの歴史劇には活写されている。

『ヴェニスの商人』　ああ、俺のキリスト教徒の金

ロンドンの夏の日は長い。

芝居の開演は大方七時半だが、夏時間に切りかわっていても、これから劇場に入って夜の公演を見ようとする心身が戸惑うほどの明るさである。

ウェストエンドのフィーニックス劇場の入口は、車も通れないくらいの狭い小路に面しており、早目にやってきた観客がひしめいている。その間を「今夜のチケット、今夜のチケット」と言いながらダフ屋が歩き回る。

一九八九年五月に幕を開けたピーター・ホール演出の『ヴェニスの商人』は、シャイロック役をダスティン・ホフマンが演るということで、上演期間を九月まで延長したにもかかわらず切符は完売。ダフ屋にとってはオイシイ芝居に違いなく、見ている前ですぐに若いカップルがとびつき、いそいそと人混みの中へ消えていった。一体いくらくらいのプレミアムがついているのか……。

などと考えながらストールへの階段を降りて席に着くと、目の前にはヴェニスの広場。

だが、舞台の三方を列柱の並ぶ回廊が取り囲み、その背後は高い壁なので、むしろ密室のような印象を受ける。

この芝居では、場面がほとんど交互にヴェニスとベルモントを行き来するのだけれど、商取引や金銭関係、裁判沙汰が支配するヴェニスと、おとぎばなし的ですらあるロマンスの世界のベルモントとの対照は、まずこの装置が雄弁に語っていた。

ベルモントの場では、列柱の奥の壁が瞬時に取り払われて、空と大きく波打つ純白のカーテンが現れ、すがすがしい光と風を感じさせるからだ。

さて、お目当てのダスティン・ホフマンだが、彼が扮するシャイロックの登場は一幕三場から。

一目でユダヤ教徒と分かる黒い帽子(ヤムルカ)、黒い長衣に身を包んだ小柄なシャイロックがバサーニオの先に立って「三千ダカット、なるほど」「三カ月、なるほど」「アントーニオが保証人、なるほど」などと言いながら回廊の上手奥から入ってくる。

ベルモントへ行ってポーシャに求婚するための《資金》を借りたくてうずうずしているバサーニオの足元を見透かし、いわば猫がネズミをいたぶるふうに彼の心を弄ぶシャイロックの台詞のトーンが妙に晴れやかだ。ぜんぜん意地の悪い感じがしない。

あれ、困ったな、なんだかシャイロックは善い人みたい、これじゃあ最初から彼に好意を持ってしまう……というのが私の心のつぶやきで、この「困ったな」はとうとう最後まで解消されずじまいだった。

しかも、滑稽なほど強欲でイヤな男であるはずのこのユダヤ人の金貸しに対する「同情」は、早くもこの場面で頂点に達してしまうのだ。

「アントーニオさん、あんたはこれまで幾度となく取引所で私をののしった、私の金や利子がどうのこうのと。（中略）私の髭に唾を吐きかけ、私を足蹴にし……」という嫌味と怨念、とうとうこいつの優位に立ったぞという舌なめずりせんばかりの喜びなどの入り混じったシャイロックの台詞に続き、ヴェニスの商人のアントーニオは「これからも私はお前を犬と呼び唾を吐きかけ、足蹴にだってしてやる」と切り返すのだが、この場のピーター・ホールの演出は衝撃だった。

アントーニオはシャイロックに嚙みつかんばかりに近づき、本当にその顔にペッと唾を吐きかけこづきまわしたのだ。

客席全体がハッと息を吞み、身を硬くしたのは言うまでもない。

それに対してシャイロックは激昂するどころか、おもむろにハンカチを取り出し、笑みを絶やさぬまま悠揚せまらず頬や髭についた唾を拭きはじめる。

この台詞の中で確かに彼は、取引所でもアントーニオの仕打をじっと堪えてきた、という趣旨のことを言ってはいるのだが、それにしてもこの場のホフマンのシャイロックには卑屈さはみじんもなく、まるで「右の頬を打たれたら左の頬も」といった態度である。

人格者。

当然「シャイロックがかわいそう」となる訳だ。

シャイロックにはジェシカという娘がいて、彼女はバサーニオの友人のロレンゾーと駆け落ちをする。だが、身ひとつで彼のもとに走るのではなく、しっかりチャッカリ父親の金銀財宝を持ち逃げするのだ。それを知ったときにシャイロックが発した言葉は、ソラーニオの口を通して我々に伝えられる。

「ああ、俺の娘、俺の金。俺の娘がキリスト教徒と駆け落ちした！　ああ、俺のキリスト教徒の金」

愛娘がいなくなったことが悲しいのか、財産を持ち逃げされたのが腹立たしいのか当人にも分からない混乱した精神状態が如実に表現された叫びである。この支離滅裂ぶりは笑わざるをえないのだが、次に三幕一場で姿を見せるホフマンのシャイロックは明かに娘を失った悲しみに浸されているため、「ユダヤ人には目がないか？　ユダヤ人には手がないか、五臓六腑、四肢五体、感覚、感情、喜怒哀楽がないのか？（中略）針で刺されても血は出ない、くすぐられても笑わない、毒を盛られても死なないのか……」という長大な名台詞に込められた怒りまでもが湿ってしまい、鋭利なはずの彼の一種の人間宣言の矛先は鈍ってくるのだった。

イギリスでは一二九一年にエドワード一世がユダヤ人を追放したため、エリザベス朝のイギリス人が実際にユダヤ人を目にする機会はごく限られた地域を除きほとんどなかったと言われている。

当時最もよく知られていたユダヤ人は、エリザベス一世の御典医の立場にあったポルトガルの医師ロデリゴ・ロペスで、彼は女王毒殺計画に荷担した嫌疑で一五九四年に処刑された。『ヴェニスの商人』の創作年代は一五九六年後半というのが定説だが、ロペスの事件は創作年代の下限を引く決め手のひとつであり、またこの実在の人物がシャイロックの造形に影響を与えたことは十分考えられる。

とは言え、当時のユダヤ人に対する差別は人種的なものであるよりはむしろユダヤ教徒という宗教的なものだったようで、それはシャイロックの台詞の中でも、アントーニオらのヴェニス人の台詞の中でも専らキリスト教徒対ユダヤ教徒というコンテクストで「ユダヤ人」が語られていることからも明かだ。

ところが今日この芝居を舞台にかける際には、アントーニオらがシャイロックに向ける嫌悪憎悪軽蔑は、宗教的対立やあこぎな金貸しという職業に由来するのではなく、どうしても人種差別の色が濃くなってしまう。従って、第二次大戦中のナチによるユダヤ人排斥の記憶が作用し、シャイロックへの同情はいつでもすぐさま観客の中に頭をもたげる下地があらかじめ出来あがっているのだ。

フィーニックス劇場の『ヴェニスの商人』の場合はその傾向が一層強かったと言えるだろう。演じるのが、ただでさえ俳優として好感度十分のダスティン・ホフマンで、おまけに彼自身がユダヤ系ということもある。

若い裁判官に変装したポーシャの機知によって窮地に追い詰められ、無惨な敗北を喫してはじめて、それまでマイナス要素のカタマリだったシャイロックがプラスに変る逆転のドラマ——それは観客の心の中でも反感から同情、共感へという形で起こるはずなのだけれど——残念ながらこの『ヴェニスの商人』にはそれがなかった。

文字どおりアメリカからの「客」演であるダスティン・ホフマンは、妙な具合に花を持たされ、シャイロック役としては《勝負》をしそこなったと言えるだろう。

こういうシャイロックだと、そのあおりで立場がなくなり気の毒なのはジェシカである。拝金主義で吝嗇（りんしょく）な父親とは相容れない価値観を持ち、恋をバネにして新しい世界へ旅立つ健気（けなげ）な娘というよりは、極端に言えば父を裏切るただの親不孝者になってしまうからだ。

そうなる危険を避けるためか、見るからに可憐な女優フランセスカ・バラーの演じるジェシカは、《悲しみの》シャイロックに調子を合わせるかのように常に愁い顔だった。メロディーを消した恋の二重唱とも言える五幕一場のロレンゾーとの語らい、「ちょうどこんな夜」のリフレインを枕に古（いにしえ）の恋人たちの姿と自分たちを重ねるロマンティックなシーンでさえそうなのだった。

ところでシェイクスピアの作品には父親を裏切る娘が数多く描かれている。『リア王』の娘たちはさしずめその最右翼というか筆頭で、長女のゴネリル、次女のリーガンは掛値なしの親不孝者。老いて退位しようというリアを美辞麗句でだまし、酷薄な扱いをし、狂気の果ての死に追いやるのだから。古今東西を通して孝行娘の誉れ高い三女のコーディリアにしても、彼女自身の真情と幕切れ近くの父娘の和解はさておき、王国分割の場におけるリアの目には彼女の寡黙は手ひどい裏切りと映るのである。

裏切る、というのはいささか穏かならない言い方だし、ゴネリル、リーガンほどの「大物」に較べれば可愛いものだけれど、要するに父親の知らないうちに恋人をつくり、父親の反対する結婚をしてしまう娘たちが、シェイクスピア劇には幾人も登場する。

まず『ロミオとジュリエット』のジュリエットがそう。老キャピュレットが、掌中の玉の愛娘のために夫としてせっかくパリス伯爵に白羽の矢を立てたのに、親の心子知らずのジュリエットは、ロミオに一目惚れし、密かに結婚し、挙げ句の果てに自らの命を絶ってしまう。

四大悲劇のひとつ『オセロー』の女主人公デズデモーナもしかり。数々の勲(いさおし)に輝く高貴な家柄の武将とはいえ、肌の色の違う年長の男とこれまた密かに結婚して家を出た娘に向い、父親のブラバンショーは激しい怒りをぶつける。彼が心痛のあまり世を去ったことは、デズデモーナの死の直後に語られる。

喜劇『夏の夜の夢』の若い恋人たちのひとりハーミアも、父親のイジーアスが婿にと選んだディミートリアスにはハナもひっかけず、ライサンダーと手に手を取って駆け落ちする。

『じゃじゃ馬馴らし』のキャタリーナも父親をてこずらせることにかけてはどの娘に

も負けないので、仲間に入れてもいいかもしれない。

シェイクスピアの全作品三十七本のうち、主筋副筋を含めて父と娘の関係が描かれている作品は十四本に及ぶ。その中で、先に述べたジュリエットやデズデモーナ、ハーミアのように、父親に内緒で駆け落ちをしたり結婚したりして「背く」娘は九人もいる。『ヴェローナの二紳士』のシルヴィア、父王の許さない結婚をする『シンベリン』のイノジェン。『お気に召すまま』のシーリアも、駆け落ちこそしないものの、父公爵の命令に背き従姉のロザリンドをかばって家出をし、父親の知らぬ間に恋をして結婚してしまうのだ。

シェイクスピアにはスザンナとジュディスというふたりの娘がいたのだが、これほど度々「父に背く娘」を登場させるからには彼自身も娘たちとの間に何か確執があったのではないか、と想像をたくましくしたくもなる。

もっとも『ハムレット』のオフィーリアとか、『冬物語』のパーディタとか、『テンペスト』のミランダ（彼女の場合はちょっと微妙だけれど）など、父親の言うことを素直にきく娘も沢山出てくることは出てくる。だが、とにかくシェイクスピアの作品では、母親と娘の関係よりも父親と娘のそれのほうがはるかに多く取り上げられている。

『ハムレット』のポローニアスの傍白「相変わらずわしの娘のことばかり（still harping

on my daughter)」を still harping on daughters というふうにちょっと変えてシェイクスピア自身に捧げたいくらいだ。

ちなみにシェイクスピアは、歴史劇を除く十一本の芝居で父と息子の関係を描いているが、『リア王』で父親のグロスター伯爵を陥れる庶子エドマンドと、『冬物語』で父王の反対を押し切ってパーディタと駆け落ちするフロリゼル以外は、すべて父親の意志に忠実に従う孝行息子ばかりである。

たとえば『タイタス・アンドロニカス』。タイタスの二十五人（！）の息子たちは、劇が始まった時点で生き残っている四人を除き全員が父に従って戦場に赴き命を落している。

たとえば『ハムレット』。そもそもこの悲劇は、ハムレットが亡き父王の復讐を果そうとすることに端を発したのではなかったか。

父親に忠実な息子たちと背く娘たちの対照は鮮やかだ。

さて、いま挙げた「父親を裏切る娘」たちの中でもさすがにその財産にまで手をつけるのはジェシカひとりで（もっともローレンス・オリヴィエがオーランドーに扮した映画の『お気に召すまま』では、シーリアがごっそりと宝石類を持ち出すけれど）、彼女のこのユニークさ（？）は、シェイクスピアが描き出したあまたの人物の中でもシャイロックが父親としても極めて独特な存在であることの転写と言ってもいいだろう。

考えてみれば『ヴェニスの商人』にはもうひとり「娘」が登場するのだった。

ほかでもないポーシャである。

彼女の父親はすでに死んでいるのだが、その遺言に記された指示に従ってポーシャは夫を決めねばならない。金、銀、鉛の三つの箱のうち、中にポーシャの肖像が入っているのはただひとつ。それを選んだ男だけが彼女を妻にする権利を与えられる。亡き父によるこんなとんでもない指示にポーシャは従う。父親を裏切らない娘、父の言うことをきく娘としてはポーシャが一等賞といってもいいだろう。

だがポーシャという人物は、親のいいつけを従順に守る娘という感じはしない（もちろん良い意味で――。また、この場合の「いいつけ」は遺言だから、その絶対性も考慮に入れなくてはならないし、一応は「ああ、選ぶ、ですって！　私はね、好きな人を選ぶことも、嫌いな人を拒むこともできない。生きている娘の意志が死んだ父親の遺書に縛られているんだもの」と不満を洩らしはする）。

ポーシャからは、一貫して強い意志と鋭いウィットで自分の運命を切り開いてゆく女性という印象を受ける。バサーニオが首尾よく鉛の箱を選ぶときも、ほとんどポーシャが念力で彼に選ばせたと思えるくらいだ。

その点ピーター・ホール演出の『ヴェニスの商人』でジュラルディン・ジェイムズが演じたポーシャは、とてもきびきびしていてちょっとコミカルなところがあって、上品で、根が明るくて本当に素敵だった。

例の「血を一滴も流さずに正確に肉一ポンドを切り取れ」という名裁判のあと、その若い判事が自分の妻だとは夢にも思わない夫のバサーニオに向って、ポーシャは、どうしてもお礼を受けとってくれというならその指輪をと、ベルモントで彼女が手ずから渡した指輪を要求する。そしてあとになって彼をとっちめる。

このくだりなどは、少しでも冷たい感じのある女優が演ると、理の勝ちすぎた嫌味でコワイ女になってしまうのだが、ジュラルディン・ジェイムズは終始魅力を絶やさない。むしろ大柄で、顔も成熟した「大人顔」なのになんとも言えない可愛さがこぼれてくるのだった。

『ヴェニスの商人』においてシャイロックとポーシャが対決する裁判の場は、この芝居のクライマックスだが、このふたりがそれぞれ自分の娘に裏切られた父親と、死んだ父親の意志（遺志）を裏切らない娘だというのはなかなか皮肉なことではある。

O my Christian ducats !

芝居日記3●90年4月

借金のかたに肉一ポンド。シェイクスピアの『ヴェニスの商人』でユダヤ人の金貸しシャイロックが出したこの条件を、若い裁判官に変装したポーシャがどう裁くか――この芝居の大きな山場である。

これまでいろいろな『ヴェニスの商人』を見てきたが、こんなに緊迫した裁判の場は初めてと言っても過言ではない。

ポーシャのひと言ひと言で、シャイロックとアントーニオ及びその友人たちという二派の安堵や失望、狂喜やガックリが入れ替わる。それはまるで命ののった天秤の両端が、交互に上がったり下がったりするのをはらはらしながら見ているような緊迫感だった。

あり余る技巧を抑えた技巧でシャイロックを演じたのは橋爪功。冷たい無表情を終始崩さない。

その橋爪功が次の演目『マルタ島のユダヤ人』では、一転して跳んだりはねたりのカリカチュアめいた大芝居を演じる。

映画では二本立て三本立ては珍しくもないけれど、この日（四月二十八日）私が体験したのは、マチネが『ヴェニスの商人』でソワレがクリストファー・マーロウの『マルタ島のユダヤ人』という芝居の二本立て。マーロウはシェイクスピアと同時代の悲劇作家だ。マルタ島のユダヤ人バラバスもやはり高利貸しで、キリスト教徒と対決し、ともに可憐な娘がいる点も共通している。そう、シェイクスピアは明らかにマーロウのこの作品をヒントにしてシャイロックという人物を作り出したのだ。

どちらも長丁場の芝居だから、二本立てとなると、演るのも見るのも長丁場の2乗になるのだが、これが実に面白かった。ふたりのユダヤ人のコントラストと類似もよく見えた。橋爪功を始めとする主だった俳優たちがふたつの芝居で見せる演技の質の違いも楽しめた。訳・演出・安西徹雄。演劇集団円。

『マクベス』　もう眠るな！　マクベスは眠りを殺した

『ペンギン引用辞典』という辞書がある。本のタイトルになったり、小説その他に引用されることの多い詩句や文章を、古今の名作から取捨選択して列挙したもので、カヴァーの折り返しには「一般読者、作家、テーブル・スピーチをする人、クロスワード・パズルを解く人（！）、拾い読みをしようという人は、本書に収められた一万二千余りの引用の中に必ず求める語句を見つけるだろう」とある。

被引用作品はシェイクスピアの戯曲と詩がダントツ、その次が聖書である。シェイクスピアの作品では、やはりと言うべきか『ハムレット』がトップで二百五箇所の台詞が挙がっており、『マクベス』からは百二十七箇所。数そのものは少ないけれど、『ハムレット』の全行数が四千弱、『マクベス』が二千行余りと極端に短いことを考えると、そして、三千二百行強から成る『オセロー』からの引用箇所が百六十三であるのと較べると、「率」が最も高いのは『マクベス』なのだ（ちなみに『リア王』の長さはほぼ『オセロー』と同じなのだが、ここに取り上げられているのは六十四箇所だけ)。
作品そのものの好き嫌いや評価は人によって違うだろうし、別の引用辞典ではまた異なった取捨選択がしてあるだろうが、この数字は『マクベス』という戯曲がいかに名台詞に満ちているかというひとつの証拠と言えるだろう。

「明日へ、また明日へ、また明日へ
とぼとぼと小刻みにその日その日の歩みを進め、
歴史の記述の最後の一言にたどり着く。
すべての昨日は、愚かな人間が土に還る
死への道を照らしてきた。消えろ、消えろ、つかの間の灯火(ともしび)!
人生はたかが歩く影、哀れな役者だ、
出場のあいだは舞台で大見得を切っても
袖へ入ればそれきりだ。
白痴のしゃべる物語、たけり狂うわめき声ばかり、
筋の通った意味などない」(五幕五場)

たとえば、「お妃様がお亡くなりになりました」という報告を聞いたマクベスが、まるで心の痛覚が麻痺してしまったかのように驚きも悲しみもせずにつぶやくこの台詞は、『ハムレット』の To be, or not to be, that is the question――に始まる独白と並ぶ名台詞中の華である。

そして、この芝居には「絵」になる場面の何と多いことか。

雷鳴が轟き、稲妻が暗い空にひびを入れる荒野に忽然と現れる三人の魔女、予言を聞き呆然とするマクベス、ひとり手紙を読むマクベス夫人、宙に浮かぶ幻の短剣を摑もうとするマクベス、血まみれの両手を突きだし「もう眠りはない!」という幻聴に苦しむマクベス、祝宴の席に現れるバンクォーの亡霊、煮えたぎる大釜の回りを巡りながら、そこに次々と異様なものを放りこんで呪文を唱える魔女たち、蠟燭を手にして眠ったまま歩きまわるマクベス夫人、幻の血のりを手から洗い落そうとする彼女の仕草、動き出すバーナムの森……。

闇と血が支配するこれらの「絵」に基調となるフォルムを与えるのは、この劇の幕を切って落す魔女たちである。魔女をどう造るか、それが問題、なのだ。

これまでに私が見てきた数多くの『マクベス』の中でも目ぼしい舞台では、演出家のコンセプトはまず魔女の造形の仕方に表れていたように思う。

一九八〇年に日生劇場で初演された蜷川幸雄演出の『NINAGAWA・マクベス』は、舞台全体が仏壇という意表を突く装置だった。「仏壇の中には、死者、幼児、未来、様々なイメージがクロスしているから『マクベス』と重なり合うのではないか」とは蜷川の言葉だ。名もないふたりの老婆が見守る前で仏壇に明りが入る。すると紗幕が透けてその向こうは桜吹雪。その中に立つ三人の魔女。三人とも男優が扮し、安土桃山時代の尼や遊女の扮装によってあらゆる階層の女を表すと同時に、視覚的に全てを日本に置き換えたこの舞台において、時代と場の設定を引き出すという重要な役割を担ってもいた。

操り人形と俳優との共演を特徴とする結城座は、一九八二年に佐藤信の演出で『マクベス』を上演したが、魔女は人形で、糸操りの強みを十二分に生かし、自在に宙を飛んで超自然の存在の不思議を目の当りにさせたものだ。

主宰者の竹邑類が演出したザ・スーパー・カムパニイの一種のミュージカル版『マクベス』（一九八六年）も忘れ難い。これは演じる役者が全員男性で、魔女三人がひとりにまとまってマクベス夫人になるという大胆な試みが成功した。魔女がマクベスを支配するばかりか、その妻にも取り憑くという解釈と見てよかろう。

話は魔女から離れるが、この『マクベス』、バーナムの森が動き出す場面では、兵士たちが手に手にカムフラージュの木の枝をかざし、なんとラヴェルの「ボレロ」の曲に乗って現れたのである。もしも地面に鼓動があるとしたらかくや、というあのリズム。ダイナミックで力強い素敵なダンスだった。

一九八七年の記憶に残る『マクベス』は、出口典雄演出のシェイクスピアシアターの舞台だ（この年にはもうひとつ、イギリスから招かれたジャイルス・ブロックが演出し、江守徹が主演したものがサンシャイン劇場で上演されている。麻実れいのマクベス夫人がよかった。品があって美しくて、強さの蔭に脆さが見え隠れしていて、夫への愛に満ちていて……）。出口演出の魔女たちは、戦勝軍の兵士たちによって凌辱されたり殺されたりした敗戦国の女たちの怨念の化身である。幕切れに、今度はマクベスを倒したマクダフが魔女たちに出会うという場面を付け加え、歴史の循環性を打ちだした。うがった解釈だが、この芝居の超自然的な色合いがいささか薄れたのは否めない。

あっと驚く『マクベス』は、一九八八年に上演された流山児祥の「演出一〇〇本記念公演」。これは言わば、ベトナム戦争を背景としたメコン・デルタのマクベス、あるいはヤクザのシマ争いのマクベスである。この身近かな状況設定を誘い出すために、魔女たちはショッピングバッグ・レイディとして登場する。彼女らは、マクベスが幻の短剣を摑もうとする場面にも現れる。ひとりがひと振りずつ剣を持ち、それを彼の目のまえにちらつかせるのだ。言うまでもなく、三人目の魔女が手にした短剣は血で赤く染まっている。マクベスの幻覚までもが彼女たちに操られているという訳だ。

流山児はこの芝居を「アクション・ドラマ」仕立てにしているのだが、さすがに鮮烈な場面にはこと欠かない。まずマクベスの登場がふるっている。頭上にヘリコプターのうなりが聞こえたかと思うとバサッとロープが落ちて来、彼はそれをつたって降りてくる。惨殺されたバンクォーは、首に縄を掛けられて吊るされる。従って、祝宴の場で亡霊として再登場するときも、マクベスが坐るべき席の遥か上から無惨な大てるてる坊主よろしく血まみれでダランとぶら下がる。それを見て恐怖に駆られたマクベスは、靴を脱いで投げつけるやら、飛びかかってとっ組み合うやら大変な騒ぎだ。

ロマン・ポランスキーが監督した映画やオーソン・ウェルズ監督・主演の映画、黒澤明監督の『蜘蛛の巣城』、イギリスBBC製作のテレビ版などの映像作品も含め、ずいぶん沢山の『マクベス』を見てきたが、バンクォーの亡霊に飛びかかってゆくマクベスはこれが初めて。錯乱もここに極まったというところだ。

魔女の話に戻ろう。これは私は見ておらず伝聞によるのだが、一九九〇年二月末にモスクワで幕を開けたヴァレーリ・ベリャコーヴィッチ演出によるゴーリキー記念モスクワ芸術座の『マクベス』の魔女たちは、Tシャツとジーンズといういでたちの三人の若者だったそうだ。彼らは、鉄の柱で構成した舞台装置を動かし、場面転換にまで携わるという。魔女が『マクベス』の劇世界全体の仕掛人になっているという解釈と思われる。その他の登場人物はみな「時代劇」の衣装だというから、Tシャツの魔女（魔男？）によってメタシアター的な効果を上げると同時に、魔の力が時代を超えて現代にも及んでいるということも表そうとしたのかもしれない。

こと程左様にどの『マクベス』においても魔女の描き方とその役割には様々な解釈があり、工夫が凝らされている。

と、これまで見てきた『マクベス』を一堂に集めてみると、一九九二年三月、パナソニック・グローブ座でのイングリッシュ・シェイクスピア・カンパニー（ESC）の来日公演まで、イギリスの『マクベス』には一度も接していないことに気づき、我ながら驚いてしまう（原語による舞台は、一九七九年にアメリカ、コネチカット州のストラットフォードで見たきりだ）。これは単に私個人のマクベス運が悪いだけなのか、それとも、それとも……たたりが怖くてイギリス本国ではあまり上演されないのだろうか？

そうなのだ、東の『東海道四谷怪談』、西の『マクベス』――いずれ劣らぬジンクス芝居。

シェイクスピアが生きていた当時はどうだか知らないけれど、いつの頃からかイギリスやアメリカの俳優たちのあいだでは、この芝居は災いをもたらすと信じられるようになった。その呪いというか、たたりを恐れるあまり、『マクベス』の舞台以外ではその台詞はおろかタイトルすら口に出すのはタブーとされている。

そんなのは迷信だと一笑に付したり、あるいはついうっかりして、楽屋などで『マクベス』の台詞を言ってしまった役者は、何かしらの「たたり」に見舞われてきたのだそうだ。本人や身内の者が事故に遭って大けがをしたり命を落としたりする。もっとユーモラスな災いの例もある(当の役者にとってはユーモラスどころの騒ぎではないのだが)。それまではすらすらと口を突いて出てきていた台詞を突然きれいに忘れてしまい、舞台で立ち往生したというものだ。

ロナルド・ハーウッド作の優れたバックステージ劇『ドレッサー』の主人公、第二次世界大戦下のイギリス各地をシェイクスピア劇をもって巡業する劇団の老座長は、心身ともに疲れ果て、ある日精神に錯乱をきたす。付き人のノーマンは、そんな座長を何とか舞台に立たそうとなだめたりすかしたり。やっとのことでメーキャップを済ませるところまで漕ぎつけるのだが、あと数分で『リア王』の幕が開くというのに、最初の台詞が出てこない。パニックに陥った座長は、頭に浮かんでくる台詞を片っぱしから口に出す。『ロミオとジュリエット』のマキューシオの台詞、『夏の夜の夢』のボトム、『リチャード三世』……そして、あろうことか「マクベスはもう眠れない」と言ってしまう。

ノーマンに「やれやれ、とんでもないことをしてくれましたね」と言われてもきょとんとしているばかりの座長に向って、彼は言う。「さ、外に出た、出た、例のスコットランドの悲劇の台詞を言っちゃったんですよ」

何しろタイトルすら言うのをはばかられるので、どうしても『マクベス』を話題にしなければならないときは、このように「あのスコットランドの芝居」とか「例の芝居」「スコットランドの悲劇」などとぼかした表現を使うのだ。

びっくり仰天した座長は、ノーマンに言われるままに楽屋の外の廊下に出、ぐるぐると三べん回り、ノックをして再び部屋に入り、口汚いののしりの言葉を吐く。それが『マクベス』の厄落しのおまじないなのだ。

ロイヤル・シェイクスピア・カンパニーでもこのタブーは今なお守られているそうで、『マクベス』を上演する場合、主役の俳優は毎日劇場の回りを三回まわってから楽屋入りすると聞いている。

主演の平幹二朗と栗原小巻など初演のキャストによる『NINAGAWA・マクベス』

は一九八五年にエジンバラ・フェスティヴァルで、また、新たなキャストによるものは一九八七年にロンドンのナショナル・シアターで上演され、満開の桜と散りしきる花びらに覆われた絢爛たる舞台はイギリスの観客の目と心を奪ったものだが、平幹二朗や津嘉山正種も劇場の回りを三度まわったのだろうか。

ともあれ『マクベス』は、信じる信じないはさておき、呪いやたたりを生み出すほどの強い劇なのだ。

最後にマクベスが倒れ、幕が降りると、私たち観客もまるで呪いを解かれたようにほっとする。

この安堵感は、暴君が滅び悪が弊（つい）えて新しい世界が開けるといった「ほっ」ではないし、マルコムの言葉を借りれば、ようやく長い闇夜が明けて朝がくるといった気持ちでもない。もっとマクベス自身の心に寄り添った安堵感ではないだろうか。

マクベスは知的なキャラクターだ。

シェイクスピアの主役たちのなかでも知的な点ではハムレットに優るとも劣らない。それはオセローやリア王と較べてみるとよくわかる。要するに、己を知っているということだ。自身の性格の弱さや犯した罪の深さについても。

そんなマクベスが、何か抗し難い力に引きずられて悪の深みにはまってゆく。だから私たちは、彼の暴虐に目をそむけながらも、知らず知らずのうちに彼の心に寄り添ってしまうのだ。

その点、マイケル・ボグダノフ演出、マイケル・ペニントン主演によるESCの『マクベス』では、ペニントンの上品な風貌や艶のあるよく通る声と相まってまことに知的で内省的なマクベスが見られた。

人間心理の解読という微視的な観点と、現代イギリスの政治状況までも視野に入れた巨視的な観点とを兼ね備えたこの『マクベス』は、いくつかの欠点はあるものの(たとえばマクベスが二度目に魔女たちのもとを訪れる場面。スモーク、おどろおどろしい照明、クレーンのような昇降用の機械、巨大な鏡など大仕掛けすぎ、全体の流れにそぐわない。エコーのせいでせっかくのペニントンの美声も、魔女たちのそれと同質になってしまったのも残念だった)、私にとっては、この作品についてそれまで気づかなかった様々なことがらを開示してくれた貴重な舞台である。

とりわけマクベスとマクベス夫人の関係については大きな発見があった。マクベス夫人がこの劇に初めて登場するのは一幕五場。夫からの手紙を読みながら現れるのだが、ボグダノフはここで彼女に蠟燭を持たせた。「蠟燭を手にして登場」とト書きに指定のあるのちの夢遊病の場(五幕一場)を先取りすると言うか、その伏線になるような印象的な登場である。まずこれがいい。彼女は床に置いた明りで手紙を読み、読んだあとで蠟燭の火で燃やしてしまう。そして、王になる野心を持ちながらも「人間らしい優しさというお乳が多すぎる」夫の気性を心配し、蠟燭の火の照り返しを受けながら「さあ、早くお帰り、あなたの耳に私の性根を注いであげる」と言う。まるでイタコのようだと思ったものだ。

「強い」マクベス夫人は、一幕七場で王殺しの決心を鈍らす夫を叱咤する。誓いの遂行のためなら、乳を吸う赤ん坊を胸からもぎ放し、脳味噌をたたき出して見せると言う。そう言った直後、ジェニー・クウェイル扮するマクベス夫人は、マクベスの頭をその胸にひしと抱き寄せたのだ。「赤ん坊」という言葉の残像が重なるこの一瞬の「絵」によって、マクベス夫妻の関係の底に母子的なものがあることが感じられた。少なくともボグダノフはそう解釈していると思われる。なるほどと腑に落ちた。夫に対する彼女の大きな支配力、圧倒的な影響力が納得できるではないか。

この解釈は、三幕一場でマクベスが二人の刺客にバンクォー殺しを指示する場面の思いがけない演出で生きてくる。

従者が刺客を連れて入ってくる。マクベスは彼に向って「よし、俺が呼ぶまで扉の外で待っていろ」と言う。そして、刺客に言葉をかけようとするのだが、その前に、それが当然という顔でその場に立ち会おうとする妻を、マクベスは目顔で追い払ったのだ。はっとした。マクベス夫人は観客以上にはっとしたに違いない。声こそ出さなかったが、いかにもそんな表情で彼女は退場していった。

断っておくが、戯曲のト書きにはこの場にマクベス夫人が同席するとは書かれていない。書かれているのはマクベスと刺客の三人の台詞だけである。ボグダノフは、蜷川幸雄の言う「書かれていないこと」を加え、短いながらも秀逸な場を創り出したと思う。

ちなみにBBC制作のテレビ版の『マクベス』（ジャック・ゴールド演出）でも、マクベスは夫人に対してこれと同じような態度を取っている。「いまから七時までめいめい自由に時間を使ってくれ」と人払いをしたマクベスは、従者のシートンに暗殺者を呼ぶよう言いつけるのだが、やはり当然のような顔をしてそばに立っている妻に向い、「お前もさっさと行け」と言って立ち去らせるのだ。マクベス夫人の淋しそうな顔……。ボグダノフは、この場のゴールドの解釈をさらに一歩押し進めたと言えるだろう。

この場に至るまで、マクベスとマクベス夫人は何もかも一緒にやってきた。王位に就きたいという野心も、王の暗殺計画も、その実行も、すべて二人は共有してきた。

だから夫人にしてみれば、バンクォー暗殺にも同じように一枚嚙んで当り前なのだ。ところが、ここで彼女は共犯からはずされる。これ以後、「母親離れ」した「息子」は一人でことを運ぶ。彼女のショックはいかばかり。

明らかにボグダノフは、夫人の精神がここからバランスを崩し出すと解釈している。現に次の宴会の場（三幕二場）では、登場早々から彼女にはその兆候が見えた。彼女は、夫マクベスと一心同体でなければ何者でもなくなってしまうのだ。この舞台を見ていると、のちの彼女の精神錯乱と夢遊病も、遅ればせの罪の意識だけが原因ではないと思えてくるのだ。

マクベスと一心同体でなければ何者でもなくなる、とここまで考えてはっと或ることに思い至った。それは、シェイクスピアの全作品三十七本に登場する主役級のすべての登場人物――男女を問わない――の中で、名前がないのはマクベス夫人だけだということだ。彼女には名前が与えられていない。あくまでもマクベス夫人であって、夫の名を取ってしまえばまさに何者でもなくなる。それがマクベス夫人の悲劇である。ボグダノフとペニントンの舞台はそれを教えてくれた。

マクベスは〈運命〉によって身に合わない服を着せられてしまった男である。それが彼の悲劇である。

魔女たちの予言がたちまち実現されたかのように、マクベスはコーダーの領主の地位を与えられる。ダンカン王の使者アンガスからその知らせを受けたとき、マクベスは言う。「コーダーの領主は生きている。なぜ私に借り着を着せようとなさるのだ？」〈運命〉のこの新たな展開に呆然としているマクベスを見てバンクォーは言う。「新たな名誉というやつは、おろしたての服と同じでなかなか身につかない。着慣れるしかないな」

王から与えられた栄誉が借り着なら、その王を殺して得た王位は盗んだ服ということになる。身に合わないという実感は、借り着の比ではあるまい。その呪われた服を、彼は着続けねばならない。それがマクベスの悲劇だ。

幕切れ、倒れたマクベスが解き放たれるのは呪いからだけではない。不眠からも解放される。

「心のわずらいのもつれた糸を解きほぐす眠り、一日一日のいのちの終り、辛い労働のあとの湯浴み、傷ついた心を癒す塗り油、大自然の与える贅沢な食事、人生の饗宴の最高のひと皿」（二幕二場）である眠りにようやく就けるのだ。

これでやっと眠れるという安堵感。

生命の灯が消える寸前に、マクベスは、死は眠りであり、眠りは死だということを、ハムレット以上に痛切に感じたのではないだろうか。

蜷川演出の幕切れのマクベスは、舞台前に胎児のように体を丸めて横たわる。死んで、この世に生まれる前の眠りに還ったマクベスは、全身でほっとしていた。それは、身に合わない服を脱ぎ捨てた姿でもあった。

Sleep no more! Macbeth does murder sleep.

休憩　豊かな行間

時　一九九〇年九月某日。

場所　秋晴れの箱根、山のホテルの大広間。

東京ブリティッシュ・カウンシル主催による
シェイクスピア・セミナーの会場にて。

一九八八年の暮れも押し詰まってから、東京・池袋のスタジオ200で『シアター・クリティック・ナウ'88　シェイクスピア——演出の時代』と題する催しが二日にわたって開かれ、その二日目には、私が聞き手となって演出家の蜷川幸雄さんにお話をうかがいました。

蜷川さんが初めてシェイクスピア作品を手掛けられたのは、一九七四年の『ロミオとジュリエット』ですが、それ以来一九八八年の二度目の『ハムレット』演出まで、それぞれどのような発想と演出プランで舞台を作ってこられたかを語っていただいたのです。

『NINAGAWA・マクベス』の仏壇、『リア王』のひび割れる大空、『テンペスト』の能舞台、いずれもそのインスピレーションが浮かんだ状況そのものがドラマという感じで興味津々だったのですが、私がとりわけ興味を惹かれた言葉があります。——

「実はね、僕は、基本的には戯曲に書かれていることはちゃんとやるし、ト書きもきちっとやる。書かれている限りは全部やるけれども、書かれてないことは何やってもいいんだって思ってる。だから書かれてないことを足すんだ」

シェイクスピアであれ秋元松代であれ、彼が演出すると、どんな細部をとっても〈蜷川印〉に覆いつくされる舞台になるので、台本も好きなようにいじっていると思われがちですが、実は蜷川さんは台本をカットしないことでも有名です。

「テクストから上演へ」というテーマの今回のセミナーで何を話そうかとあれこれ考えていたとき、頭に浮かんだのがこの蜷川さんの言葉でした。

さて、テクストから上演へのプロセスについて考える上で、ヒントになったもうひとつの言葉を引用させていただきたいと思います。それは、今日ここにもおいでの喜志哲雄先生が「観劇行為と観劇体験――シェイクスピア上演の理解のために――」という論文の中で述べられたことです。喜志先生は、シェイクスピア劇の名作のように筋がよく知られていて「既に観たことのある劇を観に行くという行為の本質は何なのか」と問い、「観劇という行為は読書という行為によっては得られない情報を提供してくれるのであり、それを求めてひとは劇場へ行くのである」とおっしゃっています。片や言わば舞台裏から創り手として、片や客席から観客として、と立場や視点は違うものの、蜷川さんと喜志先生は同じことに言及していらっしゃると思うのです。

書かれていることとはテクストであり、書かれていないこととはサブテクスト、つまり行間のことです。読者としてテクストを読むことだけでは得られない、つまり「読書という行為によっては得られない情報」を、演出家をはじめとするスタッフは、そして言うまでもなく俳優は、舞台から観客に差し出す。そのために彼らは、テクストとともにサブテクストを深く読み込み、その結果を演技によって、またオーディオ・ヴィジュアルな装置・照明・音響などによって具体化するわけです。

「書かれていること」と同時に「書かれていないこと」をふくらませるところに演出

の妙味があり、どうふくらませるかが演出家の腕の見せどころだと言えるでしょう。そしてそれが、私たち観客にとっては「読書という行為では得られない情報」を得ることになるのです。

シェイクスピアの作品は、テクストは言うまでもなくサブテクストがとても豊かなので、演出家や俳優は想像力を刺激され、次から次へと新しい舞台が生まれる。そのようにして生まれた舞台が優れたものであれば、「書かれていないこと」が見たり聴いたり感じたりできる形になって、「書かれていること」に新たな光を投げかける。読んだだけでは気づかなかったことに気づかせてくれる。私たちは、その光のもとで改めてテクストを読み直す。

これまで観てきたシェイクスピア劇の中から、そんな光を放っていたと思われる例をいくつか挙げてみましょう。

小さな小道具ひとつから、登場人物のキャスティング、そして劇全体を容れる枠組まで、「書かれていないこと」の幅は広く深く、多様であり、当然その具体化は多岐にわたっています。

まず、「書かれていない」小道具を効果的に使った例。と言ってもシェイクスピア劇の場合、戯曲には装置や小道具の指定はほとんどありません。そういう指定が細かく下されるようになるのは、大まかに言って近代劇以降と言っていいでしょう。

一九九〇年九月、東京・新大久保のグローブ座にイギリスのロイヤル・ナショナル・シアター（通称RNT）がやってきました。演目はリチャード・エア演出の『リチャード三世』とデボラ・ウォーナー演出の『リア王』。

ここで取り上げたいのは、『リア王』の最終幕です。リアが、死んだコーディリアの体を引きずるようにして現れる（大抵の上演では、この場面のリアはコーディリアを抱きかかえて登場するのですが、この時はリア役のブライアン・コックスの体調のせいでこうなったらしい）。彼は愛娘の死体を目の前に横たえ、「わしの阿呆が首をくくられた」と言いますが、その直前、コックス扮するリアが取り出したのは、前の方の場面で道化がつけていた赤いボール状のつけ鼻でした。リアはそれをまず自分の鼻につけ、次にはコーディリアの鼻につける。私たち観客は、道化がリアとともに初めて登場する一幕四場でこの丸い赤鼻をつけていたことを憶えています。

言うまでもなく、シェイクスピアはこんな鼻のことは書いていませんし、私に関する限り、最終場面でリアがこのような行動を取る演出は見たことがない。けれども、ウォーナー版では、この行為がリアの心理を見事に描き出していました。つまり、いとしい娘の死を認めたくないという心理、すべてを冗談と思い込もうとする甲斐ない努力。その行為が愚かしく、また視覚的に滑稽であるだけに、老いた王の絶望がきりきりと痛切に伝わってきたものです。

ウォーナー／コックスによるリアの人物造形の特徴のひとつは、彼の気まぐれな気性と稚気の強調です。冒頭の国譲りの場面に入るとき、車椅子に坐ったリアとそれを押しながら登場する三人の娘たちは、クリスマスのパーティなどの余興でかぶる色とりどりの紙の帽子をかぶっている。手には、吹くとひゅるひゅると伸びる紙の笛。きゃあきゃあと笑いさざめく彼らの賑やかさに、ほとんど呆気に取られたものですが、つけ鼻のシーンはそんなリアの一面にもふさわしい。

また、このささやかな行為そのものが、死んだコーディリアに向って発せられる「わしの阿呆（道化）が首をくくられた」という謎めいた台詞の解釈になっています。赤い鼻をつけられたコーディリアの姿が、この劇の途中で消えてしまう道化のイメージと重なるからです。

さて、次に挙げるのは、キャスティングによって「書かれていないこと」を具体化し、「書かれていること」を照らし出した例。

それは、一九八九年にストラットフォードの改築前のジ・アザー・プレイスで観た『オセロー』です。演出はトレヴァー・ナンでした。

この舞台は、当時まだ高校二年だった娘と一緒に観たのですが、観おわってから、私は娘にオセローとデズデモーナの歳はいくつくらいだと思うか訊いてみました……

（この舞台と、イモジェン・スタッブスによって演じられた「少女としてのデズデモーナ」については本書の『オセロー』の章で詳しく述べてある。ここでは、従来のデズデモーナ像よりもぐっと年齢を引き下げた解釈でキャスティングをすると、主人公オセローと彼女との関係、このヒロイン自身の心理や行動の輪郭がくっきりする、と言うにとどめよう。）

年齢ほど曖昧ではありませんが、シェイクスピアの場合、人物の容姿についてもあまり詳しく描写されることはないようです。

そこで、次なるキャスティング効果の例として、『尺には尺を』のマリアナを取り上げたいと思います。

もっとも、これは以下に述べるようなキャスティングを実際の舞台で観たわけではなく、私の頭の中の、空想の劇場での『尺には尺を』なのですが――。

舞台はウィーン。公爵は全権を腹心の部下アンジェロに任せ、自らは修道僧に身をやつして人々の行状を見守ります。

マリアナは、このアンジェロと婚約していながら彼に捨てられた哀れな女性ですが、これまで私が舞台やテレビで見てきたマリアナは、ほとんど例外なく美貌の女優さんによって演じられていたように思います。そして、そういうキャスティングだと、ひとりでに彼女はこの芝居の副筋における悲劇的ヒロインになる。ところがシェイクスピアは、マリアナが美女だとは一言も言っていません。

シェイクスピアの戯曲では、美しい女性に与えられる最も一般的な言葉は fair という形容詞です。fair Juliet とか、fair Ophelia といったふうに、とにかく頻繁に使われる。

『尺には尺を』のヒロインは修道女志望のイザベラで、アンジェロは彼女に一目惚れし、死刑の宣告を受けたイザベラの兄（あるいは弟）のクローディオの命を救うかわりに自分に身を任せろと彼女に迫ります。一目惚れされるだけあって、イザベラには fair の椀飯(おうばん)振舞いです。またクローディオの恋人のジュリエットも、小さい役ながらこの形容詞が与えられていて、美しい女性であることが分かります。

ところが、すでに申し上げたように、イザベラに次ぐ重要な女性人物のマリアナについては、彼女が美貌であることを示す言葉は全くないのです。

そうすると、アンジェロという男が面喰いであり、マリアナの善良な人柄にではなく彼女の持参金に惹かれて婚約したことがはっきりしてくる。だから、彼女の兄のフレデリックが乗った船が財産もろとも海に沈んでしまうと、アンジェロはマリアナとの婚約を解消してしまうわけです。

この芝居の最終幕で、マリアナは公爵に向って過去のアンジェロとの間柄を語り、アンジェロに対してはこう訴えます。

This is that face, thou cruel Angelo, / Which once thou swor'st was worth looking on.

つまり、「この顔こそ、酷(むご)いアンジェロ、かつてあなたが見るに値するとおっしゃったあの顔です」。

この worth looking on という言い方は実に微妙です。もしもマリアナが fair な美女であるならば、アンジェロの言葉は額面どおりに「見るに値する美しい顔」と解釈できるのですが、そうでなければどうでしょう。

アンジェロの目当てはマリアナの持参金、なんとか彼女の気持ちを惹き付けて結婚に持ってゆきたい。けれども、たとえば「美しいマリアナ」などと見えすいたお世辞を言うのははばかられる。そこで苦肉の策が worth looking on、「見飽きない顔」というわけです。

ところで、クローディオの命を救い、かつイザベラの貞操を守るために、公爵は彼女に知恵をさずけます。アンジェロの要求に従うと見せて一夜を共にすることを承諾し、実はイザベラの身代りにマリアナが彼と寝る、といういわゆるベッド・トリックです。肝腎なのは、「暗闇で、しかもわずかの間しか」相手はできないという条件をつけること。

もちろんこの条件はトリックがバレないためのものなのですが、ここで『お気に召すまま』に登場する羊飼いの娘フィービーを思い出していただきたい。男装してギャニミードと名乗っているロザリンドは、フィービーに向ってこう言います。「確かにお前は美人ではない――蠟燭なしの暗闇ででもなければ、正直な話、お前のベッドには行く気にもなれまい」

この台詞も、マリアナは「美人ではない」という可能性の傍証とはならないでしょうか。

さて、キャスティング次第でサブ・テクストが大きくふくらみ、それがテクストを照らし出すという話からは逸れますが……。

そもそも私がマリアナ不美人説を唱えたくなったのは、『尺には尺を』という苦い喜劇の幕切れの「絵」を思い浮かべたのがきっかけです。幕切れでは四組のカップルが並び、結婚することになります。

毒舌家の貴族ルーチオと娼婦のケイト、アンジェロとマリアナ、公爵とイザベラ、そしてクローディオとジュリエットです。彼らは、シェイクスピアのロマンティック・コメディで最後に結ばれるようなお似合いのカップルと言えるでしょうか。どうもそうではなさそうです。むしろ ill-matched――。

結論を先に言ってしまえば、この劇では結婚は「罰」なのではないか。彼らの結婚の決定は公爵による「判決」という形で下されるのですが、四組の中でも結婚が罰であることが最も明白なのはルーチオとケイトの場合です。ルーチオ自身が「娼婦との結婚は、石責め、鞭打ち、絞首刑にも等しい」と言っているのですから。

では、アンジェロとマリアナはどうでしょう。アンジェロにとっては死刑のほうが「慈悲」なのですが、ただちに結婚させられる。やはり「罰」です。

ここで、一見ひどく皮相な仮説ですが、マリアナは果たして美人なのか、という疑問が湧いてきたわけです。望まない結婚をさせられるというだけでも罰としては充分だし、それだけでもずらりと並ぶ ill-matched なカップルの一組として「絵」になるのですが……。

不美人と結婚させられるのは男にとって不幸であり罰だとは、女としては口が裂けても言いたくないことですが、少なくともロマンティックな恋物語や芝居では、相思相愛の美男美女が結ばれるのが定石であり、観客の願望でもありましょう。

そして、結婚が罰という流れに置いてみると、公爵とイザベラのそれもまた罰の色を帯びてくるのではないでしょうか。むしろこのカップルだけが例外とは考えにくい。イザベラもまた裁かれる者だからです。

イザベラは、尼僧としての修道誓願を立てる前の修道女志願者として登場しますが、幕切れに至るまでに彼女は修道生活に戻る資格を無くしてしまう、というのが私の見方です。そう考えたくなる理由はいくつかあります。

『尺には尺を』という作品は、そのタイトルの典拠である聖書の「マタイによる福音書」の影響が随所に見られますが、厳格をもって知られる聖クララ修道会の尼僧になろうというイザベラなのに、彼女にはこの福音書の教えに反する言動がずいぶん目につくのです。

まず、三幕一場における兄のクローディオに対する態度。イザベラは、ここで自分の操を守るためにクローディオに死んでくれと言うのですが、一旦はその決心をしたものの彼の心はぐらつき始めます。するとイザベラはクローディオに激しい怒りをぶつけます。口をきわめて彼をののしります。

ところが「マタイによる福音書」にはこうあるのです。「兄弟に対して怒る者は、だれでも裁判を受けねばならない。兄弟に向って愚か者と言う者は、議会に引きわたされるであろう。また、ばか者と言う者は、地獄の火に投げ込まれるであろう」

もちろんここで言われている「兄弟」とは、「同胞」という意味でしょうが、クローディオは文字どおりイザベラの「兄弟」。ですから、教えの重さも二重のはずです。また、彼女は「ばか」とか「愚か者」という言葉こそ使いませんが、「けだもの！当てにならない卑怯者！　不正直な恥知らず！」とひどいなじりよう、ののしりようです。むしろ「ばか」や「愚か者」よりきついとも言える。これでは「裁判を受け」るのも当然と言えるのではないでしょうか。

また、最後の場面のイザベラは、マリアナに乞われて公爵にアンジェロの助命を訴えます。そのときの彼女の言葉にはこういうものがあります。Thoughts are no subjects;/Intents but merely thoughts.――心の中の考えには実体はない（あるいは、罰の対象にはならない）、意図は心の中の考えにすぎない、といった意味で、ここでの意図とは、言うまでもなくアンジェロがイザベラの体を求めた邪まな意図を指します。つまり、イザベラは、アンジェロは彼女を我がものとしようとしたのだが、そう思っただけで実行はしなかったのだから赦してほしい、と弁護しているわけです。そう、この考え方は、やはり「マタイによる福音書」の「情欲をいだいて女を見る者は、心の中ですでに姦淫をしたのである」という教えとは正反対です。

このような言動と、たとえ間接的とは言えアンジェロをベッド・トリックによって陥れたことも考え合わせると、イザベラもまた裁かれる者であり、もはや再び修道院に戻ることはできないと思うわけです。

一九九一年五月にイギリスのコンパス・シアターがグローブ座で『尺には尺を』を上演しましたが、劇が進むにつれてイザベラの白い修道女の制服が汚れてゆき、最後の場面では裾もボロボロ、ほとんど泥まみれになっていたのが印象に残っています。彼女が「潔白」からどんどん遠ざかってゆく変化をうまく表していたと思います。

ですから、最後の公爵の「もしも進んで聞く耳があるのなら、私のものはお前のもの、お前のものは私のものだ」という台詞も、求婚の言葉というよりは、一種の判決としての結婚命令にも聞こえます。

それに答えるイザベラの台詞はありません。ここでイザベラは沈黙したままなので、彼女が公爵の言葉に対してどんな反応を示したのか、どんな気持ちと態度でそれを受け止めたのかについては、様々な解釈が成り立つわけです。少なくとも、嬉々として公爵の胸に飛び込むということだけはなさそうですが——。従容として「裁き」を受けるというのが妥当なところでしょうが、大胆な解釈も成り立ちます。たとえば、一九七七年、米国オレゴン州アッシュランドで上演されたジュリー・ターナー演出では、イザベラはここで公爵に背を向け、結婚の申し出をはっきりと拒否したそうです。極端なことを言えば、公爵に平手打ちを喰らわす演出さえ可能。

この場面のイザベラの沈黙などは、究極の「書かれていないこと」、究極のサブテクストと言えそうです。

実際にマリアナを美人とは言えない女優さんでやるのは大冒険だとは思います。私のマリアナ観をある友人に話したところ、彼女は「なるほどね、マリアナは気だて美人、イザベラは性格ブスってわけね」と言いました。という具合に、キャスティングによって劇そのものや登場人物のある面がくっきりしてくるということはお分かりいただけたのではないでしょうか。

空想の劇場の話がずいぶん長くなってしまいました。そろそろ実際の劇場に戻って、今度は日本のシェイクスピア劇を中心に、テクストへのアプローチの仕方を見てみたいと思います。

最近、それも特に八〇年代の末ごろから、小劇場系の若い世代の劇団や演出家が、競ってシェイクスピアに取り組みだした観があります。おしなべて彼らのシェイクスピア劇へのアプローチは、テクストやサブテクストをどう読み何を発見するかというよりも、つまり、作品にどのような新たな解釈を加えるかというよりも、自分たちがかかえている問題や関心をシェイクスピア劇に託すというものです。

小劇場系の劇団は、それぞれが旗揚げ以来ほぼ一貫して劇団主宰者を兼ねる劇作家のオリジナル作品を上演してきました。それがここへ来て、それまでほとんど無縁だったシェイクスピアを取り上げるようになった背景は何か。これは、『シアター・クリティック・ナウ』とは別の機会ですが、やはり蜷川さんにシェイクスピアについて話をうかがった時に出た話題ですので、もう一度彼の言葉を引用させて下さい。

「オリジナル作品が袋小路にはいってるんだと思う。ひどく痩せ細ってきてる。そのときに、古典へ戻って自分に対する整理をしようということ――古典というのはやはり時間の堆積を経て、どんな眼差しにも耐えられるだけの中身があるわけだから――そこで、観念や演劇観そのものも含めて問い直すことをせざるを得ない。疲弊してるんだと思うよ、現在が」

面白いのは、古典へ戻るといってもそれが日本の古典劇ではなく――もちろん花組芝居や鳥獣戯画など、歌舞伎に材を取った作品を上演してきた劇団もありますが――

シェイクスピアだということです。シェイクスピアの方がいろいろな今日的な問題を託すに足る大きさと構造を備えているからでしょうか。

では、彼らはどんなことをどういう形でシェイクスピア劇に託すのか。

今年の初め、上杉祥三は自らの演出・主演で『ハムレット』を上演しました。タイトルを『BROKEN（暴君）ハムレット』とし、劇の背景も丸ごと「飛ぶ鳥を落す勢いで栄えた飛鳥」に移してあります。ハムレットはその世界で飛ぶべき羽根を持たないニワトリに擬されています。上杉が浮き彫りにして見せたのは、言葉ばかりで行動に出る（飛ぶ）ことのできない現代日本の若者像でした。

流山児★事務所を主宰する演出家の流山児祥も今年『ハムレット』を取り上げたひとりです。彼が描き出したのは、「関節のはずれた世界」を正そうとして苦闘し、遂に破れた青年としての主人公。舞台になっているのは、本土返還を目前にした香港の暗黒街です。最後の場面が印象的でした。屍が横たわる舞台で、上半身裸の主人公が、梯子を昇って行く。けれど、その梯子は宙ぶらりんでどこにも通じてはいないのです。彼は、よじ昇ってはずり落ち、そしてまた昇ろうとする。その雄々しくも痛ましい姿を、宇崎竜童の「１９８９・REQUIEM」の曲が包みます。この曲は、宇崎が一九八九年六月の天安門事件で死んだ中国の若者たちに捧げたもので、この舞台の開幕早々にも天安門広場の惨劇を思わせる群衆シーンがあり、日本の六〇年代、七〇年代の学生運動も重なってくるのでした。

演出家の出口典雄は一九七五年にシェイクスピアシアターを旗揚げし、その後七年間でシェイクスピアの全作品三十七本を上演するという快挙を成し遂げましたが、今年の夏シアター・コクーンで彼が演出した『夏の夜の夢』は、この作品に彼自身の個人史を重ねるという、これまでにない新たな試みでした。冒頭に付け加えられた黙劇では、出口の分身とも言える演出家の結婚生活の破綻と、『夏の夜の夢』演出のプランに悩む姿が描かれます。次の場から開ける『夏の夜の夢』は、言わば彼の「夢」の劇というわけです。遠景に海を望む舞台には廃校となった田舎の小学校。その屋根に坐った少年が演出家を招きます。少年はパックであり、無邪気でエネルギーにあふれていた子供のころの演出家の姿でもある。そして、ハーミアを始めとする四人の恋人たちは青春時代を表し、ボトムらの職人たちは戦後の復興期を表していました。出口は、この『夏の夜の夢』で、愛と信頼と創造力が蘇るさまを描いたのです。

こうして見てくると、日本のシェイクスピア劇では「何でもあり」という感じですが、若い世代の演劇人に関する限りほとんどその通りと言っていいくらい実に様々な変容が加えられています。時にはテクストからの過激な逸脱さえあり、シェイクスピアの意図から大きくずれている場合もあるのですが、そういうことで言えば、シェイクスピア自身、よもや自分の作品が日本語に訳されて日本の役者によって上演されるとは、夢にも意図していなかったはずです。

そして、注目すべきことは、多くの場合どんな変容がなされどれほどテクストから逸脱しても、シェイクスピアのエッセンスは魅力として残り、結果としてシェイクスピア劇の勁さを改めて認識させられるということです。

野田秀樹は一九八六年に『十二夜』で初めてシェイクスピア劇の演出に取り組みました。今年も、相撲の世界に場を移した『から騒ぎ』と、『リチャード三世』を華道の家元の世界に転位させた『三代目、りちゃあど』を上演することになっています。このことからも察しがつくとおり、彼の逸脱ぶりは桁が違います。あまりに桁はずれなので、私は密かに野田のアダプテーションを「ノダナイゼーション」と呼んでいるくらいです。

私は何がなんでも原作尊重の純粋主義者ではありませんし、むしろ「何でもあり」を積極的に楽しむ方だと自認しているのですが、そんな私ですら、野田演出の『十二夜』を見ているうちに何度も頭に「冒瀆」という言葉が浮かんだものでした。

ところが、この舞台の最後の最後になって、そんな思いはどこかへ行ってしまい、全てを赦す気になったのです。

別れ別れになっていた双子のヴァイオラとセバスチャンが巡り合い、大団円を迎えたあとに、野田はフィナーレとも言える場面を付け加えました。登場人物が笑顔で舞台前に勢ぞろい。その中にヴァイオラが男装していたシザーリオの衣装を着けたダミーが混ざっていたのです。そして、全員が退場したのち、シザーリオの言わば抜け殻だけが、背景の海へと帰って行くのでした。

それを見たとき私が思ったのは、シザーリオはもういない、ということでした。ヴァイオラは男装を解き、本来の女に戻ってしまったからです。無性にシザーリオが恋しくなりました。そして、更に思い至ったのは、この芝居のあいだ中私が魅せられていたのはヴァイオラではなく、ヴァイオラが演じていたシザーリオだということに。これは、観客ばかりでなく、この劇の他の登場人物についても言えるのではないでしょうか。つまり、オリヴィアもオーシーノも、シザーリオに扮したヴァイオラに惹かれていたということです。彼女の魅力が彼女自身であることよりも、むしろ別の人物を演じることにある――これを敷衍すれば、俳優と演技の魅力に、ひいては演劇そのものの魅力になる。

野田秀樹がこうして『十二夜』のテクストには「書かれていないこと」を付け加え

てくれたお蔭で、私はこの芝居の本質的な魅力のひとつに気づくことができたわけです。

「テクストから上演へ」という今回のセミナーのテーマを考え、「書かれていること」と「書かれていないこと」の関係を考えるようになって以来、私にとって舞台を味わい評価するひとつの基準ができました。それは、演出家がどんなふうにテクストとサブテクストを舞台に具体化しているかということです。それを見ることこそが劇場へ足を運ぶ楽しみだと思うのです。

第三幕

この世は仮装パーティ

『間違いの喜劇』　この世界にとって俺はひとしずくの水

英語にhilariousという形容詞がある。辞書によれば「陽気な、楽しい、浮かれ騒ぎする、笑いを誘う、おもしろい」。あるイギリス人の友達とおしゃべりをしていて『間違いの喜劇』が話題になったとき、彼女が使ったのがこの言葉である。そう、『間違いの喜劇』はhilariousの一語に尽きる。シェイクスピアのあまたの喜劇の中でも、狂騒的な抱腹絶倒度において群を抜いている。なにしろ瓜二つの双子が二組も出てくるのだ。

幼いときに別れ別れになったそれぞれの双子の兄を捜して、シラクサからエフェソスへやってきたアンティフォラスとドローミオの主従。一方エフェソスのアンティフォラスはすでにエイドリアーナという女性と結婚しているこの街の名士である。その召使ドローミオにも連合い同然の女がいる。というわけで、そんなこととは知らないエフェソスの人々は、シラクサの主従を彼らの昔からの知己と思い込む。ところが実は新参の二人だから、当然ことあるごとにキョトンである。エイドリアーナに夫扱いされるシラクサのアンティフォラスは、彼女の妹のルシアーナに一目惚れ。『十二夜』の例でも分かるとおり、双子が一組出てくるだけでもてんやわんやの大騒ぎなのに、ここでは二組。取り違えによる混乱はエスカレートする一方だ。

一九九一年の夏にロンドンのバービカン・センターで見たロイヤル・シェイクスピア・カンパニーの『間違いの喜劇』は、ただでさえ面白おかしいこの喜劇の hilariousさにシンニュウがかかっていた、と言うかそれが累乗されていた。

そのよってきたるところは、まず、主役の双子シラクサのアンティフォラスとエフェソスのアンティフォラスを一人の役者デズモンド・バリットが演じ、それぞれの従者であるもう一組みの双子ドローミオ兄弟にやはり一人の役者グレアム・ターナーが扮したこと。『間違いの喜劇』でこの四役を二人の俳優が演じるのはかなり珍しい。少なくとも私にとっては初めて見る配役上の冒険だ。加えて、従来アンティフォラス役はどちらかと言うと二枚目の俳優が演じてきたと思うのだが、デズモンド・バリットは肥満型の三枚目、しかも赤ちゃんを思いっきり空気でふくらました風に可愛げがあり、愛敬がある。そこへもってきて、水玉のスカーフに真っ白なコート、丸いレンズのサングラス、頭にはアフリカ探検家がかぶるようなヘルメット、といういでたちでお目見えするのだから、それだけで満場意表を突かれ、笑いの渦である。

もっとも、正直に言うと、舞台劇に関する限り双子を一人二役で演じるというのは私の好みではない。二人の俳優で演じるほうがいい。その二人がたまたま非常に似ていればそれに越したことはないけれど、たとえあまり似ていなくても、劇の中では「そっくり瓜ふたつとみなすこと」が芝居の約束事であり、映画やテレビドラマでは成立しない、芝居ならではの楽しい騙り（かたり）だからだ。芝居の約束事と観客の想像力が合わさって、舞台の上の双子を「生き写しの二人」と見るのである。従って、同じ理由で、本物の双子の俳優が双子の役を演じるのもいただけない。本来、この手のリアリズムは、演劇においてはある意味でルール違反でさえある。「虚」を重ねて「実」に至るのが芝居の本質だからだ。

また、こちらの方は芝居に限らず映画やTVドラマについても言えることだが、演じられている状況や人物に関する情報量においては、登場人物たちよりも観客のほうが圧倒的に多いというのが鉄則である。『間違いの喜劇』や『十二夜』のように、双子の取り違えが芝居の面白さの要となっている場合、観客までが、右往左往する登場人物たちと一緒になって同じレベルで混乱してしまっては、面白いどころの騒ぎではなくなる。エイドリアーナは目の前の男を夫のアンティフォラスだと思い込んでいるが、観客は、実はそれがシラクサのアンティフォラスだということを知っている――それが肝腎だ。観客はあくまでも、登場人物と一緒になって混乱しているフリをしつつ、本当に混乱している彼らを笑う、という優位に立っていなくてはならない。

その点、イアン・ジャッジ演出のRSCの『間違いの喜劇』は、観客をも混乱に巻き込むか巻き込まないかのスレスレである。二人のアンティフォラスと二人のドローミオは、各々まったく同じデザインの服を着ており、違うのは部分的な色だけなのだから。我々観客はまず、どちらのドローミオのヴェストが緑でどちらがオレンジ色か、間違いなく頭に叩きこんでおかねばならない。

そういうスレスレの危険を冒しながらもこの舞台が成功しているのは、スレスレの線そのものが巧みに演出されていること、そして、デズモンド・バリットの愛敬あふれる風貌と緩急自在な演技に負うところが大きい。だがそれに加えて、配役上のリアリズムとは裏腹に、シュールリアルというか冗談っぽいというか、とにかくカラフルなだまし絵風な舞台美術とそれに見合ったカラフルなコスチュームの効果のおかげでもある。

デズモンド・バリットというこのウェールズ生まれの役者のことは、『間違いの喜劇』を見るまで全く知らなかったのだが、いや、その達者なこと！　ヴォードヴィルでもやっていたのではないかと思いたくなるほど、客席との呼吸の取り方が堂に入っているのだ。公演パンフレットのスタッフ・キャスト紹介によると、地方の舞台ではオスカー・ワイルドの『真面目が肝心』のレイディ・ブラックネル（女役！）からシュルツの漫画『ピーナッツ』のミュージカル版のスヌーピー（犬役！）まで演じている。ＲＳＣでやった役は『マクベス』の門番や『テンペスト』のトリンキュローといった脇役だから、アンティフォラス二役は大抜擢と言えるかもしれない。とにかく見惚れた。バリットは、このアンティフォラスの演技で一九九一年度のオリヴィエ賞を受賞した。異議なし！

『間違いの喜劇』では、一幕一場以降ドタバタ喜劇と呼んでもいいほどのてんやわんやが繰り広げられ、全体の印象は hilarious であるにもかかわらず、開幕早々のトーンはむしろ暗く悲劇的だ。背景となるエフェソスとシラクサという二つの都市の対立、そのあおりで死刑を宣告されるシラクサの商人イジーオン。彼が語る身の上話――船の難破で愛する妻エミリアや双子の息子たちと別れ別れになったいきさつ――も沈痛である。イアン・ジャッジは、この場面を警察の取り調べ室に置き、衣装から装置まで色は黒と白に抑えてその沈痛さを打ち出す。

ところが、次の場面、シラクサのアンティフォラスがくだんのいでたちで登場する段になると、取り調べ室の壁がさあっと上がり、床は大きな黒白の市松模様のまま、一気に世界に陽が射しこむ。抜けるような青空、上手下手両側には極端なパースペクティヴをつけた壁が立ち、それぞれに色違いのドアがいくつもついている。これらのドアが、二組の双子の兄弟の出たり入ったりの混乱に大いに役立つ仕掛けである。そんな出たり入ったりのときは、アンティフォラスにしろドローミオにしろ吹替えの役者も使うので、めまぐるしい入れ替わりは、まるで手品を見ているような愉快さだ。

手品のようと言えば、四幕で登場するピンチ先生がふるっていた。エイドリアーナにしてみれば「夫」の言動は辻褄の合わないことだらけだから、彼女はアンティフォラスが気が狂ったと思い込み、ピンチ先生に治療を頼む。このピンチ先生、ピンとはねた口髭といい、派手な衣装といい、スペインの画家サルヴァドール・ダリにそっくりなのだ。そして、治療そのものも手品である。大きな箱の中にアンティフォラスを押し込んで蓋をし、前後左右から剣を突き刺すおなじみの奇術。お客さまへの大サービスだ。

というわけで絵に描いたようなドタバタだが、さすがに幕切れの夫婦、親子、兄弟の再会の場は感動的で、最後にドローミオ兄弟がお互いに先を譲り合い、肩を並べて退場する舞台奥の彼方は、茜色に染まる夕焼け空なのだった。

この舞台に先立つこと四年、一九八七年五月にシェイクスピアシアターが出口典雄の演出で上演した『間違いの喜劇』も忘れがたい。お互いに生死も分からなかったイジーオン、妻のエミリア、アンティフォラス兄弟、ドローミオ兄弟らの再会は、当の彼らにとっては死者の蘇りにも等しいもので、その大きな幸福感が私たち観客をも包み込むのだが、シェイクスピアシアター版の『間違いの喜劇』の感動にはもっと深い、大げさな言い方を許してもらうなら、哲学的ですらある感銘があった。

開幕と同時に、すべての登場人物がコメディア・デラルテの仮面を思わせる白い半仮面をつけていることにまず驚かされる。だがこれは、単に双子たちが瓜ふたつのそっくりだということを表すための仕掛けではないのだ。そんな安易な企みではない。演出家出口典雄の深謀遠慮。

結論を先に言ってしまえば、パラドクシカルなことに、出口典雄は登場人物たちが仮面をはずすまさにその瞬間のために、彼らに仮面をつけさせたのだった。

もっとも、『間違いの喜劇』は、人物関係からプロットの進み具合まで極めてシンメトリカルに作られた、言わばアーティフィシャルな芝居なので、他のシェイクスピア劇に較べると、仮面という様式的な「装置」が似合っているとは言えるだろう。演技にしても、仮面をつけると否応なくある程度の様式性が強いられるし、逆に、誇張したもの言いや身振りが許されもする。幕切れ近くまでの仮面に鎧われた大半の時間は、だから、ハチャメチャてんやわんやでありながら、同時に一種の端正さを帯びて過ぎてゆく。

そしていよいよ大詰め、登場人物全員が集まった修道院の前に、いまは院主となっているエミリアが現れ、夫を縛っていたいましめを解き、彼の仮面を取る。次にエフェソスの公爵の「生きうつしの二人のアンティフォラス／そっくりそのままの二人のドローミオ／そして海で別れ別れになった話／この二人がこの双子の親なのだ／偶然のめぐり合わせで一族が再会したのだ」という台詞をきっかけに全員が仮面をはずす。イジーオンは、「夢でなければ、おまえはエミリア」と言いながら妻の仮面を取ってやる。

次々と仮面がはずされ、役者たちの素顔が現れる瞬間、舞台全体が思いきり深呼吸する。なんという解放感！　双子たちに限って皮相なレベルで言えば、見かけは全く同じでも中身は違うという当然の発見。そして、「覆っていたもの」が取り払われ、捜し求めるものが見つかったという歓び。

仮面をつけることの効果より、それをはずしたときの効果をこそ出口典雄が目指した所以である。彼の演出がこうしてほとんど一瞬の「絵」として教えてくれたのは、『間違いの喜劇』は「認識」の劇でもあるということだった。兄を捜しに来たはずが自分を見失うなりゆきになるという皮肉、そして再び自分を見いだす。混乱と混沌をくぐり抜けた認識という大団円のすがすがしさがそこにはあった。すでに述べたとおり、『間違いの喜劇』の幕開きのトーンは暗く悲劇的で、出口演出のイジーオンも、まるで地面に向ってささやきかけるように語り出したものだ。

だが、考えてみれば、シェイクスピアの喜劇の多くは、まず始まりは悲劇的、あるいは悲劇的とは言わないまでも深刻である。次いでときに狂騒的なまでの混乱、アナーキーな展開があり、最後に調和が回復され大きな幸福感に包まれて幕となる。『夏の夜の夢』しかり、『十二夜』や『お気に召すまま』しかり。『間違いの喜劇』はその振幅が最も激しい作品と言えるだろう。

ところでシェイクスピアシアターは、一九九一年に高瀬久男の演出でシェイクスピアの後期ロマンス劇『ペリクリーズ』を上演したが、面白いことに舞台装置はこの『間違いの喜劇』の装置と同じものを使ったのだ。劇場も同じ青山円形劇場である。

高瀬久男は、劇中の時間にして十五年にわたる波乱万丈の物語、「みごとと苦難を乗り切る」人々の劇を、けれんなく丁寧に立ち上がらせた。『ペリクリーズ』ってこんなにいい芝居だったのか、というのが見終わった私の素直な気持ち。そして、同じ装置という器の中で演じられたことにより、『間違いの喜劇』と『ペリクリーズ』との共通性もくっきりと浮かび上がってきたのだった。

『間違いの喜劇』では、エフェソスという街に起きるたった一日の出来事が描かれている。一方『ペリクリーズ』では、ツロ（タイア）の領主ペリクリーズがアンタイオケの王女に求婚するが、王と王女との近親相姦に気づき逃げるように帰国する場面から始まり、ペンタポリスの王女タイーサとの結婚、娘マリーナの誕生、船の難破による夫婦、親子の離散、マリーナがこうむる艱難辛苦を経て彼らが再会するまでには、すでに述べたように十五年あまりの歳月が流れる。場面も、アンタイオケ、タイア、ターサス、ペンタポリス、エフェソス、ミティリーニと、広範囲にわたっている。片やほとんどドタバタ喜劇、片やおとぎ話の趣もあるロマンス劇。一見両者は無縁のようだが、これまたすでに述べたとおり、嵐の海での夫婦、親子の離散と幕切れでの再会は共通している。しかも、再会する場所も似通っている。『間違いの喜劇』では、エミリアが院主をしている修道院の前、『ペリクリーズ』では、タイーサが巫女となっているダイアナの神殿の前なのだ。アンティフォラスらの再会は死者の蘇りにも等しいと言ったが、タイーサは難破のあと文字どおり死の淵から蘇ったのである。運命のいたずらで苦界に投げ込まれながらも、心と体の汚れのない純粋さを失わないマリーナ。それどころか、彼女を買いにきた男たちを感化してしまうくだりは爆笑ものでありながら、日本の説話『小栗判官照手姫』に通じる要素をそなえている。

実は私は、この『ペリクリーズ』に接する数日前に、新橋演舞場で市川猿之助が演出・主演した『オグリ』を見たばかりだったので、マリーナと照手姫との類似にあっと驚いたものだ。

そうなのだ、『ペリクリーズ』という作品の底力は、善き力、善きものが報われるというまさに説話が持つ素朴な力なのだ。

シェイクスピアの最も初期の作品と最晩年の作品がこうも重なることを目の当たりにすると、彼の劇作家としての遍歴の環が大きくひと巡りし、『間違いの喜劇』を包み込むかたちでその環を閉じたように思えてくる。そのこと自体に深い感動を覚えるところで、悲劇喜劇を問わずシェイクスピアの作品では、しばしば「海」が重要な役割を果たしている。

『ペリクリーズ』や『テンペスト』はその最たるものだが、四大悲劇の中の『ハムレット』や『オセロー』にしてもそうだし、『間違いの喜劇』をはじめとする喜劇『ヴェニスの商人』『十二夜』などでも、筋の運びと海は切っても切れない関係にある。

これは、いわゆる大航海時代に続くルネッサンス期の、つまりシェイクスピアが生きた時代の機運の反映でもあるだろう。当時のヨーロッパ先進国が競って海外進出に意欲を燃やし、海外貿易が盛んになった時代。人々が海洋とその彼方に熱いまなざしを向けた時代。

だがシェイクスピアはそんな時代風潮に敏感に反応すると同時に、山や川、森や湖などとは比較にならないほどの大きな力と神秘とを海に感じとり、数々の作品に「海」を取り込んだのではないだろうか。エイヴォン川のほとりや「アーデンの森」で遊んだウィル少年は、海に強いあこがれを抱いていたかもしれない。

海は人間を魅了し翻弄する。人間の運命を左右する。海難事故で肉親を失ったり財産をすっかりなくしてしまうということも、当時としては誰にとっても他人事ではすまされない、案外身近な不幸だったのかもしれない。

シェイクスピアの喜劇の特徴のひとつは、光と影、明と暗の交錯だと言われているが、古代ローマの喜劇作家プラウトゥスの作品を下敷にした喜劇第一作『間違いの喜劇』にも、早くもその特徴が現れている。二組の双子が入り乱れてややこしい取り違えを繰り返し、やがて和解と再会にいたるプロセスと幕切れは、『十二夜』のさきがけだ。

ところで、デイヴィッド・ロッジの『小さな世界』では……とこの章の結びにきて突如、小説の話を始めても、別に書く場を「間違えた」わけではない。「あら、こんなところにシェイクスピアが」と思いがけないところで『間違いの喜劇』の影響というか借用に出会って嬉しい思いをしたので、ご披露しようというわけだ。もっとも、こういうことは取り分けイギリスの小説や映画の場合しょっちゅうあり、特に珍しいことではないのだけれど。

最近ではたとえば、ピーター・グリーナウェイが監督した映画『コックと泥棒、その妻と愛人』における『タイタス・アンドロニカス』の影響。殺された「愛人」の復讐をするために「妻」が「コック」と手を組み、愛人の死体を巨大なパイの中に焼き込んで「泥棒」である夫に食べさせるという幕切れは、明らかにシェイクスピアの作品中でも最も残酷度の高いくだんの悲劇からの引用である。で、いまの場合その「思いがけないところ」というのがロッジの『小さな世界』なのである。

これは彼のアカデミック・ロマンス『交換教授』の続編とも言える作品で、英文学の国際学会が舞台。その主人公パースが恋する相手のアンジェリカには、リリーという双子の姉妹がいるという次第。パースは双子の取り違えによって振り回される。もっともロッジが『間違いの喜劇』を踏まえていることは、はっきりと表面に出ているわけではないので、気づかないまま読み終えた人のほうが多いかもしれない。私にしても、ただ双子が出てくるだけだったなら、ロッジがこの小説を『間違いの喜劇』を意識して書いたと断言する気にはならなかったろう。ところが最後がモンダイなのだ。この作品には、コンピュータを使って文体論の研究をしている人物が登場するが、PART IV の終わりで彼のコンピュータからプリントアウトされて出てくるのが「エラー、エラー、エラー、エラー……」。こうなればもう「間違い」なし。その上、最終章の PART V では、二十七年間別れ別れだったアンジェリカとリリーの両親（父親は「偉大な文芸理論家」で、母親も学者）がイジーオンとエミリアと同じように再会し、双子の娘たちとも対面して歓びの涙を流すのである。めでたし、めでたし。シェイクスピアが、芝居の世界のみならずその外でも、現代までしっかり生きていることの証がここにもあったのだ。

『お気に召すまま』

ひと目惚れでなければ恋にあらず

服を替えると気分も変わる。

ヘアスタイルから靴まですっかり男、という格好をしたら一体どんな気分になるのだろう。さすがに男性のスカート姿は民族衣装を除けばほとんど全く見かけないけれど、今やユニ・セックスと呼ばれる男女差のないファッションも生まれ、Tシャツにジーンズ、スニーカーは、男女差どころか年齢差すら埋めてしまうみんなの服になっている。そういう今だから、女性が「男装」をしても、本人がドギマギしたり周りの人たちがぎょっとしたりすることはもうないかもしれない。

そうは言っても、スカートからパンツスーツに着替えただけで、歩く歩幅まで大きくなるのは事実だ。

残念ながら私は見そびれてしまったのだが、数年前に俳優座が全員男性の役者で『お気に召すまま』を上演した（これに先立つ一九六七年、イギリスでやはりオール・メイル・プロダクションの『お気に召すまま』が登場し、話題をさらった)。そのときシーリア役を演じた山本圭が、スカートをはくと両脚の内腿がじかに触れ合うので妙にエロティックな感じがする、という趣旨のことを語っているのを何かで読み、私たち女にとっては取り立てて意識すらしないことがそんな風に感じられるのか、と半ば感心した覚えがある。

もっともシェイクスピアの時代には俳優は全員男性で(イギリスに女優が現れるのは一六六〇年の王制復古以後)、女性の登場人物は声変わり前の少年俳優が演じていたのである。彼らにとっては女性の服は言わば毎日着慣れた仕事着、いちいち妙な気分になどなってはいられなかったろう。

だがロザリンドは生まれて初めて男の服を着る。しかも、妹エイリーナを守る兄という役目も果たさなくてはならない。

そのとまどいが、男装してギャニミードになっているときのロザリンドの大きな魅力のひとつであるはずだ。

九〇年一月、銀座のセゾン劇場で石坂浩二演出による『お気に召すまま』が上演された。ロザリンドを演じたのは原田美枝子。ういういしくてとても素敵なロザリンドだった。

戯曲の中のロザリンドが、本来の女の姿でいるときよりも男装して男として振舞うときのほうがずっとチャーミングであるように、役者としての原田美枝子もそう。裾の長いドレスを着たロザリンドの時より、きりっとした男姿のロザリンドでいるほうが魅力は倍加していた。一瞬一瞬が鮮烈な未経験のことという驚き、とまどい、不安、ためらい、そして、あり得ないものになっているという歓びが全身に溢れていた。

これを宝塚の元男役あたりが、男装ならお手のものといった調子でやると、格好はいいのだが、ロザリンドそのものまでスレた感じになってしまうのではないだろうか。ロザリンドにとって「男装」はお手のものどころではないのだから。

だが、彼女がとまどいながらも男の役を楽しんでいるのは確かである。

男装していることによって、自分自身を含めた女にたいする見方も重層的になる。ギャニミード（実はロザリンド本人）をロザリンドに見立ててオーランドーが口説く場面は、この芝居のなかでも最も楽しいクライマックスだが、そこで彼女が語る恋や結婚に関する事柄は、男女双方に対してすこぶる辛辣である。

この自由闊達な機知に富んだ辛辣さは、ロザリンドの持ち前のものでもあるのだけれど、そのとき彼女が男として話しているという意識が、特に女性に対する辛口の見方に一層ワサビをきかせる。

あとでシーリアに「ひどい人ねえ、あんな恋愛問答で私たち女をめちゃくちゃ貶すなんて」（四幕一場）と責められるくらい。

ロザリンドは、数時間でも顔が見られないと辛いくらいオーランドーに恋し、結婚したいと思っているにもかかわらず、恋愛にも結婚にもまったく幻想は持っていない。それこそが、あまたある恋するヒロインとロザリンドとをはっきり分かつ点なのだ。ロザリンドは、開闢以来恋のために死んだ男はひとりもいないと言い切り、「（ロザリンドの）しかめ面ひとつで僕は死ぬだろう」と言うオーランドーに向って、そんなものでは「ハエ一匹殺せません」と答える。

恋の結果の結婚については――「口説いているときの男は四月だけれど、結婚したら十二月。女だって娘のうちは五月だけれど、人妻になれば空模様があやしくなる」と言い、自分が結婚した暁には、やきもちを妬き、口やかましくなり、新しい流行を追い、わけもなく泣き、時をわきまえず笑い出すだろうと、めんどりやオウム、猿やハイエナにたとえて予防線を張る。

その上「女と一緒になれば口答えも一緒についてくる。自分の落ち度を夫のせいに出来ない女には子供を育てさせちゃだめ。だって子供が馬鹿になるだけだもの」とくる。

恋愛や結婚に甘い幻想を抱いていないという点では、道化のタッチストーンといい勝負だ。もっとも彼のほうはもっと醒めていて、「牛にはくびき、馬にはくつわ、鷹狩りの鷹には鈴が付き物なように、人間には性欲が付き物だ。結婚なんて、鳩がくちばしでつつき合うみたいに、いちゃいちゃするだけのこと」（三幕三場）でオードリーと結婚しようとするのだし、結婚すればコキュになるのは覚悟のうえなのだ。

アーデンの森では若い男女がみんな恋に落ち、結婚に至るのだが、その恋はただ甘いだけでなく、こうしてちゃんと苦みのきいた隠し味がほどこされている。

さてそのアーデンの森だが、ここには恋の三色スミレを搾った惚れ薬をかけてまわるオーベロンやパックはいないのに、誰もがあっという間に恋の虜になる不思議な場所だ。

もっともロザリンドとオーランドーは森に来る前からお互いに夢中、そして、あっという間に恋に落ちるのは、何も『お気に召すまま』の恋人たちに限らないのだけれど。

単に面くいで惚れっぽいというだけの話なのか、それとも直感力に優れているのか、とにかくシェイクスピアが描く恋人たちが恋に落ちる速さと言ったらない。まさに電光石火。

その代表がロミオとジュリエットだ。そして、ロザリンドとオーランドー、シーリアとオリヴァー。

本当は女だとは夢にも思わず男装のロザリンドにぞっこん参ってしまうフィービーが言うとおり、まさしく誰も彼もが「ひと目惚れでなければ恋にあらず」（三幕五場）を実践している。

最近巷でもてはやされているTVの連続ラヴ・コメディを見ると、相手のことが本当に好きなのかどうか、複数のボーイフレンドのうちどれが本命か、自分でもよく分からないといった主人公が目につく。まあ、それがまわりの人々と視聴者をはらはらドキドキさせる面白さのもとになっているのだし、恋を妨げるような社会的倫理的な「外側」のタブーがどんどんなくなっている現代では、恋愛劇を成立させるための「障害」を「内側」に、つまり、主人公ひとりひとりの心の中に作り出さざるを得ないのかもしれない。

ともあれシェイクスピア劇の恋人たちに較べると、そういう恋はなんだか貧血症にかかっているように思えてならない。一目惚れするにも熱い血潮が必要なのだ。

アーデンの森の不思議な力は若者たちの恋に及ぶだけではない。ここに来るとなぜかみんな善い人になってしまう。

『お気に召すまま』は一五九九年—一六〇〇年ごろに、トマス・ロッジの牧歌ロマンス『ロザリンド』（一五九〇）を粉本として書かれた作品で、シェイクスピアが創作した道化のタッチストーンと厭世家で皮肉屋の貴族ジェイクイズを除けば、主な登場人物も同じ、筋の運びも原作を忠実に追っている。

遠く紀元前のギリシャにまでその源を遡り、宮廷と田園や森の対比、宮廷人と羊飼いの対比を詠う牧歌詩では、森に暮らす純朴な羊飼いの生活と恋愛が理想化されて描かれている。

シェイクスピアの時代にも、ジョン・リリーをはじめとする作家たちによって、この伝統に則った牧歌劇やロマンスが盛んに書かれた。

上野美子氏は『シェイクスピアの織物』の「なにがアーデンの森で起こったか」の章で「シェイクスピアは、終生、牧歌を意識しつづけた作家ではないだろうか」と言い、「宮廷からの脱出に始まり、自然界における滞在を経て、宮廷へ帰還するアクションを牧歌劇の基本構造だとすれば、『お気に召すまま』はもとより、『夏の夜の夢』、『冬物語』、『あらし』はいずれも牧歌劇の範疇に入る」と述べている。牧歌の影響がいかに深くシェイクスピアの劇世界に浸透しているかを改めて考えさせる見解ではある。そして、「シェイクスピア喜劇には、『緑の世界』に潜む治癒力が大団円を導くものが目立って多い」とも。その治癒力が、アーデンの森に集まる人々を善い人にするのだろう。

『お気に召すまま』も牧歌のパターンを踏んではいるのだが、言わずと知れたシェイクスピアの独創力は、そのパターンをひとひねりもふたひねりもしている。

羊飼いのシルヴィアスとフィービーの造形、彼の彼女への求愛などは、ほとんど牧歌詩のパロディと言ってもいいくらいだ。

そもそも伝統的な牧歌詩、牧歌ロマンスでは、そのヒロインたる羊飼いの娘は、金髪に白い肌の文字どおり鄙（ひな）にはまれな美女なのだが、フィービーはそうではない。

「美しさの輝きが君の顔程度じゃあ蠟燭なしで暗いベッドまで行けるか行けないかだな——（中略）そのインクのような眉、黒い絹のような髪、黒いガラス玉のような目、粘土みたいな頬、云々」（三幕五場）とギャニミードとしてのロザリンドはフィービーに向って言う。

森の生活そのものも、タッチストーンとジェイクイズによって「理想」に水が差される。

例えば、羊飼いの暮らしが気に入ったかとコリンに尋ねられたタッチストーンはこう答える。

「それ自体としちゃいい暮らしだが、羊飼いの暮らしだという点ではつまらない。人づきあいがないという点では大いに気に入ってるが、人恋しいという点では実にひどい暮らしだ。田園生活という点では快適だが、宮廷生活じゃないという点では退屈だ……」

ジェイクイズは、森で鹿狩りをする前公爵たちを「獣たちが自然から授かった居住地において彼らをおびやかし殺しさえする」暴君だ、とエコロジストのようなことを言って非難する。

だが、水を差すとはいっても、「理想」の火を消してしまうほどではない。タッチストーンやジェイクイズが難癖をつけるものの、何よりもここには満足がある。

ちょっと宮沢賢治の「雨ニモマケズ」を彷彿とさせるコリンの生活と意見に耳を傾けてみよう。

「俺は正真正銘の働き者だ、食うもんは自分で稼ぐ。着るもんも自分で手に入れる。人の恨みは買わねえ、誰の幸せだってうらやましいとは思わねえ、他人の喜びは俺の喜びだ、自分の不幸は甘んじて受け入れる。俺の一番の自慢は、雌羊が草を食い仔羊が乳を吸うのを見ることだ」

『お気に召すまま』の幕開きが、兄オリヴァーに不当な仕打を受けているオーランドーの「不満」を発端にしていることを考えると、この芝居における宮廷と森の対比は、不満と満足の対比と言ってもそう見当はずれにはならないだろう。

そして、妬みと陰謀が渦を巻く宮廷に対し、前公爵の臣下のひとりアミアンズの歌にもあるとおり、ここには「厳しい冬の寒さのほかに敵はいない」のだ。

このようなアーデンの森であればこそ、ここに来た人は変わる。『お気に召すまま』において森の対立項になっているのは、宮廷という限られた場にとどまらず、それを含む世の中と時代全体だというのも、シェイクスピア版のこの「牧歌劇」の特徴だろう。つまり、アーデンの森と森の外の対比。宮廷よりももっと大きな時空が視野に入っている。

この芝居では、今の世の中はひどくて昔のほうが良かったという趣旨の言葉が様々な人物の口を突いてしばしば出てくる（ほぼ四百年前にこういうことを言われてしまったのでは我々には立つ瀬がないのだが）。

まずアダムは、いま仕えるオリヴァーよりも先代の主人のほうが良かったと言い、「情けないご時世だ、真っ直ぐな気立てがその持ち主に毒を盛るんですから」（二幕三場）と嘆く。

オーランドーも忠義なアダムの「昔ながらの律儀な奉公人気質」を多としながらも、「お前はいまの流儀に合わない。昔は汗水たらすのも奉公第一、報酬は二の次だった」

と言う。

ただでさえ厭世家のジェイクイズが今を「みじめな世の中」と思っていることは言うまでもない。

一方、アーデンの森で前公爵とその臣下たちが「昔の義賊ロビン・フッドのような暮らし」をしている様子は「まるでかつての黄金時代のよう」なのだった。

先ほども言ったように、宮廷は堕落した世界で田園は善という素朴な二項対立はくずしてあるが、やはりアーデンの森が特別な場所であることに変わりはない。

空間として特別なだけでなく、時間（時代）としても特別。ここでは時間が止まっている。鉛の時代の外界から離れ、一点残っている黄金時代というわけだ。もっともそこには、先に引いたアミアンズの台詞にもあるとおり、「敵」としての「厳しい冬の寒さ」があることも忘れてはならないのだが……。

シーザー・L・バーバーの『シェイクスピアの祝祭喜劇』の骨子は、シェイクスピアの幸福な喜劇世界そのものをひとつの祝祭とみなすことであり、『お気に召すまま』を論じた第九章で「宮廷対田園という伝統的対比は、平日対祝日という対比に則った形で展開していく」と述べている。

アーデンの森が登場人物たちの日常世界から物理的に遠く離れている分だけ、『お気に召すまま』の祝祭的な雰囲気も強くなる。

顔を上げてすがすがしい森の空気を胸いっぱいに吸い込みたくなるような解放感。ロザリンドがオーランドーに恋愛レッスンをする場面も、ロザリンドが扮したギャニミードがロザリンド役をつとめるという意味でお芝居の中のお芝居だし、結婚式ごっこも組み込まれている。遊びに満ちた祝日だ。

この「平日」と「祝日」という言葉そのものが他でもないロザリンドの口に昇る。「ああ、こういう平々凡々な普段の日々はイバラだらけ！」（一幕三場）と宮廷にいるときの彼女は言う。原文を見ると——

O, how full of briers is this working-day world !

平凡な日常とは文字どおり「仕事の日」なのである。

森の中の口説きごっこの場での彼女の言葉は「さあ、口説いて、口説いて、今のあたしはお祭り気分」（四幕一場）。

Come, woo me, woo me; for now I am in a holiday humor...

こちらも文字どおり「祝祭日」である。

私は、この台詞の響きが大好きだ。『お気に召すまま』は、観る者読む者をお祭り気分にしてくれる。

というわけで、『お気に召すまま』は面白い人物やうがった台詞に満ちているのだが、舞台で上演するとなるとひとすじ縄ではいかない難物である。上野美子氏が指摘するこの劇の「議論、討論の多さ」の故か、またその議論・討論によってプロットの流れの一時中断が多くなるせいか、どうも舞台に乗るとどこかがいびつになってしまう恨みがある。

一九九二年一月にグローブ座で上演されたチーク・バイ・ジャウル劇団の『お気に召すまま』は、久々のオール・メイル・プロダクションである。演出はデクラン・ドネラン。ロザリンド役は黒人のエイドリアン・レスターで、女の格好をしたロザリンドの時よりもギャニミードになっている時のほうが女っぽいという不思議な効果を上げた。配役の倒錯と衣装の倒錯が重なり、何かというとすねてふてくされるシーリアや、なよなよしたフィービーの造形も面白かった。だが、ジェイクイズもオーランドーもホモセクシュアルの傾きがあるという想定は、思いつきとしては新鮮だが、この劇に内在する何かを明らかにするだけの力にはなっていなかったように思う。気取ったすね者にしか見えないジェイクイズ役の演技も荷担して、むしろこの戯曲の歪みやいびつさが大きくなったとさえ言えそうだ。

その点、一九九二年十月、東京・森下のベニサン・ピットで劇工房ライミングが上演した『お気に召すまま』は、衣装の配色や装置の粗雑さなどいくつか欠点はあるものの、全体像に歪みはない。

たとえば「この世界すべてがひとつの舞台、人はみな男も女も役者にすぎない」(二幕七場)というジェイクイズの言葉に代表される含蓄のある台詞や面白い人物が、個々に自己主張しすぎて劇から逸脱することなく、互いに均衡を保って納まるべきところに納まっていたと言えばいいだろうか。

上は公爵から下は羊飼いまでの諸階層、老人から若者までの様々な年齢層、男と女、親と子、兄と弟——これら多様な人物群のでこぼこが、まるで立体パズルのようにはまり合ってひとつの球体を作る。グレン・ウォルフォードの演出は、ベニサン・ピットの中心に組み上げられた円形の舞台でそれを表現する。

タッチストーンが職業としての正の道化なら、ジェイクイズは負の道化である。戯曲を読んでも舞台を見ても、どうにもよく分からない人物なのだが、田代隆秀のジェイクイズは気取りやでもすね者でもなく、どこにいてもアウトサイダーとしてしか生きられない哀しみすら浮かべていた。これほど納得のいくジェイクイズに出会ったのは、私としては初めてだ。

円形舞台の頭上には、舞台全面を覆う布と同じ材質の大きな筒が吊されている。筒の一箇所からは葉の繁った大きな枝が突き出ており、裾はぎざぎざになっていて、全体が生命樹のようにも見える。幕切れの四組の結婚の場では、ウェディング・ドレス姿のロザリンド（中島晴美）が、羽毛で飾られた真っ白なブランコに乗ってその筒からゆっくりと降りてくる。はっとする登場の仕方だ。めでたく結ばれた八人の男女は、中央に背を向け（つまり舞台を四方から取り囲む観客に顔を向け）手をつないで舞台を巡る。歓びのロンドである。他の人物は舞台から四方に延びた花道に立ち、観客ともどもその輪舞を見守る。『お気に召すまま』ほど「円」という全き形の似合う劇はない――ライミングの舞台はそう語っているようでもあった。

世界には異分子も必要だということ、異分子を抱え込んでこそ世界はトータルになるということ――『お気に召すまま』という劇の舞台化は、そこを抑えてこそ一層大きな幸福感を生むのではないだろうか。

Who ever lov'd that lov'd not at first sight ?

『十二夜』　あとのことは時の手に委ねるわ

まず終りのことから話を始めよう。

つまり芝居のエンディング。

『十二夜』は、シェイクスピアの「幸福な喜劇」の最後の作品だが、その大団円は、あまたあるハッピー・エンドの中でもとりわけ魅力にあふれたものではないだろうか。そこに或る翳りが添えられているということも含めて――。

船の難破で別れ別れになり、お互いに相手が死んだと思い込んでいた双子の兄妹のセバスチャンとヴァイオラが再会する。それまでシザーリオという名の男に変装していたヴァイオラが実は女だったことが分かり、それによって引き起こされていた混乱も、もつれた糸がほどけるようにおさまって、ヴァイオラはオーシーノ公爵と、セバスチャンはオリヴィアと結ばれる。

クリスマスの季節という祝祭的な雰囲気に包まれて、メデタシメデタシの幸福感は一層強まるのだが、このめでたさから締め出されている登場人物、入り込めない人物もいて、それが先ほど言ったこの劇の翳りにひと役かっているわけだ。

そのひとりはオリヴィア家の執事のマルヴォーリオ。謹厳でアタマが堅く、尊大なうぬぼれ屋の彼は、オリヴィアの館に寄食する彼女の叔父のサー・トービーたちが夜ごと繰り広げるどんちゃん騒ぎに水を差し、道化のフェステを能なしよばわりして、彼らの恨みを買う。オリヴィアの侍女マライアが一計を案じた偽手紙に操られ、珍妙な格好をするはめに陥ったマルヴォーリオは、さんざん笑い物にされ、挙げ句のはては狂人扱い。最後の場面に現れた彼は、喜びに浮き立つ人々に向って「お前たち全員に復讐してやる！」と穏かならぬ捨て台詞を吐いて退場する。従って彼の場合は、この劇の「歓び」から締め出されていると言うよりも、みずからそこに入ることを拒否していると言ったほうがいいかもしれない。しかも始めから、そして幕切れでは特に。

もうひとりはサー・アンドルー・エイギュチーク。サー・トービーに焚きつけられてオリヴィアに求婚しようとやってきたものの、結局はサー・トービーの金づるとしていいカモにされただけ、といういささかおつむの足りない腰抜け騎士だ。

海で溺れかけていたセバスチャンを救い、彼に熱い友情を抱くようになった（はっきり同性愛として描く演出もある）アントーニオも、セバスチャンとオリヴィアの結婚を手ばなしで喜ぶ気にはなれないかもしれない。

めでたさのさなかのマルヴォーリオの退場の仕方は強烈なので、幕切れの彼の不在もまた私たちのなかにくっきりした残像を残すのだが、そこにサー・トービー、マライア、そしてサー・アンドルーの三人がいないということを、私たちは忘れがちなのではないだろうか。

一九八七年十一月に銀座セゾン劇場で上演された『十二夜』(演出は、RSCの芸術監督になる前のエイドリアン・ノーブル)の幕切れは、歓びとめでたさを享受しそれを共に分かち合う人々と、そこに参加できない人々との対照を鮮やかに際立たせていた。ヴァイオラとオーシーノが、そしてオリヴィアとセバスチャンが手を取り合う。フェイビアンをはじめとする供の者たちが、「おめでとう、おめでとう」というように二組のカップルを取り囲みはじめる。すると、舞台は徐々に暗くなり、天井からゆっくりと大きな長方形のフレームが降りてくる。彼らから少しはずれた上手舞台前に立ったフェステが「ヘイ、ホー、風と雨……」の歌を歌い出す。闇の中にくっきりと浮かび上がる蛍光灯のフレームの中に正面を向いておさまる人々。前列中央には、腕を組み合った恋人たちが並んでいる。そう、これは幸福の記念写真だったのだ。

ふと下手に目をやると、旅支度をした一組の男女。なんとサー・トービーとマライアではないか！　マルヴォーリオの懲らしめに大活躍したごほうびにサー・トービーは彼女と結婚したのだが、どうやらふたりはこの館を去って新たな生活の場へ旅立とうとしているらしい。そう言えば、オリヴィアが直接サー・トービーに向って投げかける最後の言葉は「無作法な恥知らず、そんなに礼儀をわきまえないなら、野蛮人の住む山奥で洞穴にでも籠ってなさい！　下がって！」だし（四幕一場、みんながシザーリオだと思い込んでいるセバスチャンにサー・アンドルーとサー・トービーが切り掛かり、逆にやっつけられたとき）、サー・トービーもそのあとで「俺は姪の機嫌を損ねたらしい。このままとことんまで（マルヴォーリオいじめを）やるとヤバイことになる」とマライアに言っているのだから（四幕二場）、このふたりがオリヴィアの館を出て行くという解釈も十分成り立つわけだ。

そして、そう言えば、シェイクスピア自身このふたりを最後の大団円には参加させていないのである。不覚にも私は、ノーブル演出による『十二夜』を見て初めてこの事実に気づいたのだった。

写真のフレームからはずれた暗がりで何やらぼそぼそと話していたふたりは、やがて舞台を降り、客席の通路を通って退場する。

次に同じ道行きをたどらされるのはサー・アンドルー。彼もまた旅姿である。オリヴィアとの結婚も夢と消え、財産の大方もサー・トービーの遊興費に消えてしまったに違いない彼は、すごすごと故郷へ帰るのだろう。

幸福感を胸いっぱいに吸い込む人々に光＝写真のフラッシュが当る。マルヴォーリオやサー・アンドルーは、そして「そう言えば」そこには居ないサー・トービーとマライアも、彼らの足元に伸びる影なのだ。

ケネス・ブラナーが演出したヴィデオ版は、終始雪の降りしきる世界で繰り広げられる印象的な『十二夜』だが、ここでもサー・トービーとマライアは幕切れでオリヴィアの館を出て行く。やはり「いなくなる人たち」をしっかり意識させる演出である。

さて、もうひとりの「そこには居ない人物」に気づかせてくれたのは、一九八六年に野田秀樹が演出し、東京日比谷の日生劇場で上演された『野田版・十二夜』だった。

大地真央がヴァイオラとセバスチャンの二役を演ったこの舞台は、タイトルの頭に「野田版」とうたっているとおり、野田秀樹が大胆不敵に原作に手を加えた「勝手にシェイクスピア」的なもので、長崎の蛇踊りは出てくるわ、マルヴォーリオは巨大なハツカネズミ用の回転する檻に入って舞台をフルスピードで横断するわ、といった賑やかさ。オーシーノの小姓シザーリオとしてのヴァイオラが初めてオリヴィアと対面し、主人の恋のメッセージを伝えるとき、この若者に一目惚れしてしまったオリヴィアは、もしもあなたがオーシーノの立場だったらどうするか、と尋ねる。原作のヴァイオラはここで、「ご門の前に柳の枝で小屋をつくり……」という、シェイクスピアの最も美しい台詞のひとつを言うのだが、野田版ではこの部分がなんと「塀にオシッコをかけてやります、云々」となっていて、さすがの私も開いた口がふさがらなかった。と、まあ、いろいろあるのだが、この舞台の最後の最後には心底感動してしまった。

最後の最後、というのは、フィナーレと言ってもいい場面のことで、だからもちろん原作にはない。

メデタシメデタシのあと、登場人物が舞台前に勢ぞろいする。背景は海、というか、海底のよう。ハッとしたことに、居並ぶ登場人物たちのなかに、シザーリオの衣装をつけたダミーが混じっていたのだ。ちょうど案山子の一本足を持つような具合に役者のひとりがそれを高々と掲げている。そして、全員が退場したのち、シザーリオの「抜け殻」だけが、ヴァイオラとセバスチャンが命を落しかけ、言わば生まれなおした海へと再び帰って行くのだった。

野田秀樹はこの劇に、海から始まり海で終わるという枠をはめたのだが、舞台に現れる前の、つまり私たちの目の前に生まれてくる以前の、双児のヴァイオラとセバスチャンにも男女未分化のアンドロギュヌスという抽象的な枠を与えたのだ。ヴァイオラがシザーリオという男に扮することによって、つかの間、アンドロギュヌスは蘇る。そして、幕切れで消えて行く。

シザーリオの抜け殻が海へ還って行くのを見たとき、私のなかに「ああ、そう言えば（と、ここでも、そう言えば）もうシザーリオはいないんだ。シザーリオってなんだったんだろう」という思いが生まれ、その思いは今に至るまでずうっと尾を引いている。

そう、先ほど「もうひとりの、そこには居ない人物」と言ったのはシザーリオのことなのだ。

シザーリオが最後の場面に「居ない」というのは正確な言い方ではないかもしれない。オーシーノ公爵は一番おしまいの台詞で「おいで、シザーリオ。だってそうだろう、男でいるうちは、お前はまだシザーリオなのだから」と言うのだから。

だがここに至って全ての登場人物は、彼が実はヴァイオラだということをすでに知っている。だからシザーリオは消えようとしているのだ。

ヴァイオラは、悲劇喜劇を問わずシェイクスピアが生み出したヒロインのなかでも一番素敵なキャラクターのひとりだと思うのだが、その魅力はシザーリオの魅力、つまりシザーリオを演じるヴァイオラの魅力なのではないか。
オーシーノは言う。「つややかでルビーのように赤いお前の唇は、処女神ダイアナにもひけをとらない。その細い声は少女の声のように高く澄み切っている。全てが女役を演じる少年俳優そのものだ」(一幕四場)
マルヴォーリオは言う。「一人前の男としては幼すぎ、子供と言うには育ちすぎです。実が入る前のサヤエンドウ、色づく前の青リンゴ、子供から大人への潮の変り目、といったところです」(一幕五場)
この、男とも女とも言いがたい、子供とも大人とも区別のつかない薄明の「シザーリオ」が、劇中の男たち女たちの双方を、そして我々観客を、等しく魅了するのではないだろうか。
シェイクスピアの喜劇のなかには、ヴァイオラ以外にも、男装して男として活躍するヒロインたちが何人もいる。『ヴェニスの商人』のポーシャと侍女のネリッサ、そしてシャイロックの娘のジェシカ、『お気に召すまま』のロザリンド、『シンベリン』のイノジェン、『ヴェローナの二紳士』のジュリアなどがそうだ。
だが、ヴァイオラと彼女以外の男装のヒロインたちとをはっきりと分かつ要素がいくつかあるように思う。

まず彼女たちが男に変装する直前の言葉を見てみると……。

ポーシャはベルモントからヴェニスへ旅立つまえ、侍女のネリッサに向って「すっかり変装して、私たち(女)には欠けているものがそなわっているように思い込ませるの。(中略)二人して若い男のなりをすれば……」と言う(三幕四場)。

それに先だち、二幕六場でロレンゾーとの駆け落ちのために男装したジェシカは「キューピッドだって顔を赤らめる、こんなふうに男の子に変身した私を見たら」と言う。

ロザリンドの場合。「私は普通の女の子より背が高いから、上から下まで男みたいな格好をする」(一幕三場)

イノジェンは、忠臣ピザーニオが遠まわしに男の姿に身をやつすよう勧めると「お前の言いたいことは分かったわ。私、もうほとんど男です」と健気に答える(三幕四場)。

いずれもはっきりと「男(manとかboy)」という言葉を使ってそれぞれの変装を表現している。

一方、ヴァイオラはどうだろう。

イリリアの浜に着いた彼女は、命を救ってくれた船長にこの国の領主のことを尋ね、しばらく身分を隠して彼に仕えようと心に決める。そのときの彼女の言葉は「私をお小姓として公爵に紹介してちょうだい」

どこが違うんだ、お小姓だって（同性愛と同義である場合が多いけれど）男じゃないか、と言われそうだが、この「お小姓」の部分の原文は page ではなく eunuch なのである（ちなみに、『ヴェローナの二紳士』のジュリアは page という言葉を使っている）。eunuch の最も一般的な訳語は「宦官」だ。もっとも、ヴァイオラはここで、たとえば後宮でお勤めをするような宦官の意味で eunuch と言っているのではなく、同じ台詞のなかに「私は歌が歌える」とあることからも察しがつくように、イタリア・オペラのカストラートを念頭に置いているのだろう。とは言えカストラートも、ソプラノやアルトの声を維持するために声変りの前に去勢された男性歌手。

もちろんこの場面以後は、彼女も二度と eunuch という言葉は口に出さず、「男で女の私」とか、「私は男だからいくら公爵に恋しても望みはない」というふうに、変装した自分を「男」と言っている。だが、そもそもの出発点で eunuch としてイリリアの世界に入って行こうとしたことは注目すべきだろう。

ヴァイオラと他の男装のヒロインたちとの次なる違いは、男として登場する場の多少である。ポーシャは例の裁判の場とそれに続く場の二場面だけだし、ジェシカは父シャイロックの家からこっそり抜け出す場面だけ。イノジェンも少年姿で現れるのは、ウェールズの洞窟の場、ブリテン軍とローマ軍の戦いの場、そして大詰め、シンベリンのテントの場のみ。しかも最後のこの場では、彼女はイノジェンであることを明らかにするのだ。

ヴァイオラが一幕二場以降、幕切れ直前までシザーリオで通すのに較べると、彼女たちは、女性のまま、本人として登場する場のほうが圧倒的に多い。

その点ロザリンドはむしろヴァイオラに近いのだが、このふたりにも大きな違いがある。

つまり、アーデンの森に入ったギャニミードは、「彼」が実は公爵の娘ロザリンドであることを知っている従妹のシーリアと道化のタッチストーンと常に一緒にいる、ということだ。だから彼女は状況さえ許せばいつでも女の自分に戻れる。そのうえギャニミードを演じているときも、シーリア（ギャニミードの妹エイリーナ「役」）という心強い共演者がいるのである。

それにひきかえヴァイオラはどうだろう。彼女の変装を知っている船長は、シザーリオを公爵に小姓として推薦してからは恐らく彼女と会うこともなかったろうし、最後の場で彼女の女の衣服を預かっていることが言及されるのみ。

シザーリオは、たったひとりでいる時しか、つまり独白の場でしかヴァイオラに戻れない。劇中の時間でいうと三カ月、彼女はシザーリオを演じていた。シザーリオとして生きた。「女の視点を秘かに保ったまま男の役割を演じる愉しさ」（C・L・バーバー）を味わいながら——。彼女（彼？）が感じているこの愉しさが、そして、その闊達な精いっぱいの演技が、ヴァイオラ＝シザーリオの魅力となって私たちに伝わってくるのだ。

繰り返して言おう。私たち観客もこの劇の登場人物たちも、ヴァイオラが演じるシザーリオに、シザーリオを演じるヴァイオラに、惹かれている。それは、とりもなおさず生身よりも演じられたもの、素顔よりも演技という仮面をつけた顔の魅力であり、芝居や役者というものの本質的な面白さでもある。シザーリオは、演劇と演技と俳優の魅力そのものなのだ。

時の手に委ねると、リンゴは色づき、サヤエンドウには実が入る。そして人は大人になる。それぞれ男として、女として——。この劇では、主な登場人物全員が未婚の独身なのだが、幕切れではそのうち三組の男女が結婚することになる。結婚——お祭り騒ぎの遊びの時間から、現実的な生活の時間へ。この劇全体が、言わば「子供から大人への潮の変わり目」だと考えてもいいだろう。
と、こうして見ると、男であり女であるアンドロギュヌスのシザーリオ、男でもない女でもない「青リンゴ」のシザーリオは、もう二度と帰ってこない性徴期まえの子供時代とダブって見えてこないだろうか。消えようとしているシザーリオのことを思うと、ほんのり甘い哀しさを感じるのはそのせいかもしれない。

What else may hap to time I will commit.

第四幕　時間がみた夢

『リア王』

忍耐だ。我々は泣きながらここへやってきた

一九八八年の初夏、父が九十歳で亡くなった。朝早く、入院先の病院からまず母のところに容態の急変が伝えられ、母が私に電話をくれた。書きかけの原稿を大急ぎで仕上げ、ファックスで送り、来るべき時が来たという諦めに似た覚悟と、まだずっと先だと思っていたのにという無念さの入り混じった気持ちを抱え、病院へ急いだ。足音を忍ばせて病室に入ると、主治医と二人の看護婦さんがベッドを囲み、父に人工呼吸を施していた。すぐそばのソファには、身を固くして坐っている母と妹。

医師が私たちに向って静かに頭を下げた。

頭の下に手を差し込むと、うなじがまだ温かい。二日ほど前に見舞いにきたとき剃ってあげたゴマ塩髭がうっすらと伸びている。

……旧ソ連での戦犯としての長い抑留生活、十年余りのあいだ杳(よう)として分からなかった父の生死、ある日突然舞い込んだ往復葉書、米粒のように小さな字がびっしり書

き込まれた往信、私たち子供にも一、二行分ずつ与えられた返信用葉書のスペース、そして、それからほぼ一年後の釈放、帰国……。母と兄が舞鶴まで迎えに行った。ふたりに病身を支えられた父は、私や妹弟と品川駅で対面したのだった。まだ三つになるかならないかで別れ別れになった私にすれば「その人」は初対面も同然で、バツの悪さばかりが先にたっていたような気がするが、死線を越えての妻子との再会は、父にとってどんなに嬉しかったことだろう。

一九八九年春、東京グローブ座で上演されたルネサンス・シアター・カンパニーの『リア王』を見たあと、家に帰って舞台の感銘を反芻しているうちに、いつの間にかそこに父の思い出が流れ込んできたものだ。

こんなにも個人的なことを観劇後に思い起こさせるのも『リア王』という劇のひとつの特徴ではないだろうか。

仕事柄、芝居を見ると、演出がどうだったこうだった、とか、あの俳優の演技はすごかった、とか、戯曲としてはどこそこの場面がよく書けていた、とか、装置や衣装や照明や音楽の使い方などを含む「表現の仕方」の方にまずと言うか、つい注意が行ってしまい、シェイクスピアの作品のようにすでに筋を知っている芝居の場合は特にそうなのだけれど、そこで語られていることを考えるのは二の次になってしまいがちだ。そんな言わば「スレた」観客である私でも、こと『リア王』となるとそうはゆかない。ひとりでに、普段は二の次にしていることと我身のあれこれを重ねてしまう。舞台の出来がよければなおさらだ。

この芝居は、現代の私たちとは無関係な遠い時空を背景とし、人物設定や彼らが引き起こし巻き込まれる状況も、我々のちまちました日常とは一見かけ離れた壮大このないものでありながら、万人共通の逃れられない問題を突き付けてくるからだろう。人は誰でも歳を取る。子をもうけずに一生を終える人はいても、親から生まれなかった人はいない。

老い、親子のあり方――万人共通の問題だ。

言わば人間の付帯条件であるこのありふれた事柄が、およそありふれたところのないスケールの大きな登場人物たちによって担われる。何もかもが巨大で過剰過激な劇、それが『リア王』である。

「愛情は冷め、友情は壊れ、兄弟は反目する。都市には叛乱、田舎には暴動、宮廷には謀反。そして親子の絆にはひびが入る。……陰謀、不実、反逆、ありとあらゆる破滅のもとの無秩序が我々の心を乱し、墓場までついてくる」(一幕二場)

グロスター伯爵が、不穏な結果に終わった国譲りの場のあと、庶子エドマンドの奸計で嫡子エドガーに背かれたと思い込み、世の成行きを嘆いて口にする台詞である。この台詞は、『リア王』という劇で起こる事柄の要約にもなっている。人間世界のおよそ否定的な面。『リア王』には、そのほとんど全てが注ぎ込まれているのだ。子が親にこれほど酷い仕打ができるものなのか、たとえ期待と信頼を裏切られたとは言え、これほど親が我が子を憎悪することができるものなのか……。

ゴネリルやリーガン、エドマンドらの酷薄さの反面、だが、コーディリアやケントやエドガーによって代表される情愛や忠誠心といった「善きもの」も、等身大を遥かに超えている。劇のアクションや感情の振幅の大きさに圧倒される。

唯我独尊、権勢をほしいままにした一国の王から、嵐のさなかで着ている服一枚すら脱ごうとする何ひとつ持たざる者へのリアの転落。狂気という内面の嵐から、雷が轟き風が吹きすさび篠つく雨が叩きつける気象上の嵐まで。憎悪と愛、呪詛と祝福、残酷と優しさ、暴力といたわり、絶望と歓び……。

そうなのだ、人間の暗部をこれでもかこれでもかと突きつけてくるこの比類ない劇には、深く大きな歓びもしっかり織り込まれているのだ。

え、歓びが？　悲劇なのに？

確かに、悲劇に歓びは似合わない。悲劇の原形とも言うべきギリシャ悲劇の傑作

『オイディプス王』からシェイクスピアの四大悲劇の他の三作を考えてみても、いずれも歓びとは無縁である（もっとも『ロミオとジュリエット』などの恋愛悲劇には恋の歓びはあるけれど）。

シェイクスピアは、別れ別れになっていた肉親が再会するというプロットを『十二夜』や『間違いの喜劇』などの喜劇において、また『シンベリン』『冬物語』『ペリクリーズ』といった後期ロマンス劇で取り上げている。長いあいだ生死も分からなかった兄と妹が、親と子が、遂に出会い、互いに見つめ合って相手がそれと分かる瞬間の限りない歓びと感動。それと同じ歓びが『リア王』にはある。リアとグロスターの、リアとコーディリアの再会。

リアは、そしてグロスターも、苛酷な試練を経て己の過ちを知る。深い悟り。それを、シェイクスピアは、目の前にいる者を「その人」と認める再会の瞬間に凝縮させて描いているのだ。

リアがようやくコーディリアの陣営に保護され、狂気と衰弱の晴れ間から彼女を我が娘と認める瞬間は、この芝居の中でも最も感動的なクライマックスである。

「笑わないでくれ……、このご婦人が娘のコーディリアとしか思えないのだ」（四幕七

場）

だが、これに先立つ四幕六場、ドーヴァーの岸壁近くでリアと盲目のグロスターが出会う場面は、ある意味でさらに深い感動を誘う。

それをはっきりと知らしめてくれたのは、ピーター・ブルックが一九六九年に監督した映画の『リア王』だった。

海と白い砂浜だけがどこまでも広がる「何もない空間」。老人二人が身を寄せ合う。離れたところにじっと立ち、彼らを見守るエドガー。まぶしい光のなかで三人が豆粒のように小さく捉えられる俯瞰と、画面いっぱいの大映しが交互に見る者の目に焼き付けられる。

グロスターに向って「白い髭をはやしたゴネリル」と呼びかけ、始めのうちは様々な穿った妄言を吐いて、エドガーに「ああ、意味と無意味が入り混じる。狂気のなかに理性がある」と悲痛な思いをさせるリアだが、混迷の闇にふと正気の光が射したように「お前のことはよく知っている。お前の名はグロスター」と言うのだ。そして、彼の言葉は「忍耐だ。我々は泣きながらここへやってきた」と続く。

ポール・スコフィールドが扮するリアのこの言葉、抑揚のないしわがれ声のつぶやき、巌のようなその表情、「お前の名はグロスター」と言われすすり泣く失明した老人、彼の肩に腕を回し、あやすように諭すようにそっと揺するリアの優しい動作——見ていて涙が溢れ、止めようがなかった。シェイクスピアはこの場面のために『リア王』を書いたのではないか、とすら思った。

そうかもしれない。

少なくとも私は、ブルックのこの映画を見たとき、『リア王』のクライマックスはここだと心底納得したのだった。考えてみれば、それまで平行して描かれてきた二人の老人の相似通う悲劇の流れがこの場面で合流するのだ。

リアもグロスターも、不明の故に信じるべき子を退け、信に値しない子に信を置いて裏切られる。共に全てを失い、荒野をさまよう無惨な状態に陥る。一方は狂い、もう一方は盲い、まさに同病相哀れむこのふたりの運命がここで手を取り合うのである。

ケネス・ブラナー演出によるルネサンス・シアター・カンパニーの『リア王』でも、この場面は、リアとグロスターのこうした類似性を鮮やかに打ち出す演出がなされていた。

ブリテン側の王族貴族の衣装はすべて赤で統一してあるので、それぞれが被ってきた過酷な体験をそのまま表すようにぼろぼろに擦り切れた二人の衣服は、取り替えても見分けがつかないほどそっくりになっている。狂ったリアは、野の草や花で作った粗末な冠を被っている。彼はそれをたわむれにグロスターの頭に載せてやる。すると、彼らの似通いぶりは一層強まる。二人が悲劇上の双生児として造形されているのは明らかだ。

彼らはふたりながら不明の故に娘たち息子たちの内実を見誤ると言ったが、この劇では「見える、見えない」ということが鍵になっている。「目」がひとつの要である。

ケントは、冒頭の国譲りの場でリアを諫めるとき、「もっとよく見るのです、リア」と言う。「見る」という言葉が重要な意味合いを与えられている例はこの他にも枚挙のいとまがない。

グロスターがリーガンの夫コーンウォール公によって失明させられるのは、従って、実に残酷な皮肉である。自分の城を追い出されたグロスターは、「道がお分かりにならないでしょう」と気遣う付き添いの老人に向って「私には道などない。だから目もいらない。目が見えたころには躓いた」と答える。

一方、すべてを「見抜いている」人物は道化である。

ルネサンス・シアターではエマ・トンプソンが道化に扮した。女優によってこの役が演じられるのは異例のことである。まるで犬さながらにほとんど四つん這いで動きまわるこの道化は、背中がこぶのように盛り上がった異形の者。顔にもムンクの『叫び』を思わせる一種異様なメーキャップがほどこされている。王の足元にすがりつく彼の姿は、まさしく底辺を代表するといった印象を与える。

低い者が王より高い英知をそなえる。彼が姿を消すのと相前後してその「目」はリアに引き継がれてゆくわけだ。

道化はいつの間にか姿を消す。

だが、エマ・トンプソンの道化は、嵐の場のあと、リアやケントとは行動を共にせず、歌いながら舞台中央のトラップ・ドアに沈んでいった。はっきりと道化の死を示す演出である。

リアは、ゴネリルとリーガンの酷い仕打ちを受けた結果、コーディリアに済まないことをしたとほぞを嚙む。恐らくそれまでは何かを悔やんだこともなく、およそ反省とも無縁であったろうリアが「後悔」を知るのだ。

これがリアの内なる変容の第一歩。

次に彼が知るのは他者へのいたわりだ。

嵐に翻弄された挙げ句ようやく粗末な小屋にたどり着いたリアの一行。彼は道化に向って「小僧、寒いか？」と声をかけ、自分より先にケントや道化を小屋の中へ入らせようとする。

だが、リアがもっと大きないたわりを示すのは、先に述べた「クライマックス」のグロスターとの再会の場でなのだ。

リアのいたわりは、両眼を失ったグロスターに向って「わしの不幸を泣いてくれるなら、この目をやろう」という境地にまで達する。そして、ここでもまた「目」。「お前のことはよく知っている。お前の名はグロスター」(四幕六場)

リアは「見える」ようになったのだ。

彼のこの言葉や、コーディリアをコーディリアと認める言葉などは、リアにとっての静かな「ユリイカ!」だと言っていいだろう。

それは一種の悟りなのだが、こうして見るとおり、その表現は平明だ。

I know thee well enough; thy name is Gloucester.

そして、そこには歓びがある。グロスターの涙は、王をいたましく思って流されると同時に、自分がグロスターであることを分かってもらえた嬉し泣きの涙でもある。

振り返ってみると、私は『ハムレット』や『マクベス』や『オセロー』では泣いたことがない。ところが『リア王』では泣けてくる。そして、『十二夜』『冬物語』でも。

やはり、歓びのせいだ。

思い切って言ってしまえば、『リア王』は、歓ばしい悲劇なのだ。曇りのない目をもって己を知り、他者を知る、真の「認識」に至ることの困難さと尊さを、そしてその歓びを、私たちは知る。

A・C・ブラッドレーは『シェイクスピアの悲劇』の『リア王』を扱った第七章の冒頭で、この劇がシェイクスピアの作品中の最高傑作であることは誰もが認めるところだと述べたあとで次のように言っている。

「だが、この悲劇は明らかに、四大悲劇の中では最も人気が低い。一般読者がこの作品を読む頻度は他の三作に較べて少ないだろうし、作品自体の偉大さは認めるものの、話題にするとなると、時としてそこにはある種の嫌悪感がこもるはずだ。この作品はまた、舞台で上演されることも滅多になく、上演されても成功は稀である」

A・C・ブラッドレーが『シェイクスピアの悲劇』を書いたのは一九〇四年。

一方、ペンギン・シェイクスピアの『リア王』の序文において、編者のG・K・ハンターはこう述べている。

「陰惨で圧倒的な力を持つこの悲劇が、一般的な人気や評価の点で『ハムレット』に取って代わるようになったのは、第二次世界大戦中ではないだろうか」

いまやその第二次世界大戦も遠い昔、私の父のようにリア王より長生きする人々がますます増えそうな趨勢にある今日、『リア王』の上演頻度やその成功に表れる「人気」も一層高まるように思う。
『リア王』には全てがある。『リア王』は演劇の極北である。

Thou must be patient; we came crying hither.

芝居日記4●88年7月

毎年の夏、富山県の山ひだの奥にたたまれた人口千人にも満たない利賀村で開かれる国際演劇祭「利賀フェスティバル」の七回目。

夜、すり鉢型の客席から見下ろす野外劇場のステージは、黒くつややかにその向こうの暗い池の水面に接している。ヘンデルの「ラルゴ」にのって左右の袖からすべるように現れたのは、アメリカ人の男優たち。すべて緞子の打掛けなどをアレンジした和装である。鈴木忠志演出・構成による『リア王』の、ダイナミックで抑制のきいた美しい導入部だ。

目に見えない大枠はおそらく病院か特別養護老人ホームで、「リア王」は常に白衣の看護婦(これも男性が演じている)が押す木製の乳母車様のものに乗せられて登場する。成人した子供たちに辛く当られたであろう死期の迫った老人が、妄想のなかで自分をリア王と混同しているという設定だ。だから終始彼に付き添う看護婦がリアの道化。おまけに「彼女」が暇つぶしに読んでいる本はどうやら『リア王』らしい。ひとりの老人の妄想と別の人物が読む物語というふたつのフィクションが重なり合う。

この舞台そのものが言わば老人のアタマのなかで進行していることの提示なのだが、狂乱のリアが嵐の荒野にさまよい出て掘っ立て小屋に身を隠すシークエンスの鈴木演出は、さらに狂った「リア」の内面を切り開いて見せる。

まず「風よ、吹け、きさまの頰を吹き破るまで吹きまくれ!」と天に向かって大声で呼ばわるはずの台詞は、「老人」の押し潰したような苦しげな呻きで始まる。彼は息をするのも辛そうに、服の喉もとを引きちぎらんばかりに摑む。人物および設定の入れ子の一番外側から発したこの長台詞(原作では三幕二場)は一気に狂気の裁判の場(三幕六場)に続き、そこには居るはずのないゴネリルやリーガンたちがずらりと並ぶ。彼の妄想のなかの猟犬はふたりの酷薄な娘やその夫たちと重なり、彼らは激しく吠えたてるのだ。老人の妄想の中のリアの妄想。

俳優たちが素晴らしい。主役のトム・ヒューイットは、これまでも鈴木の『バッコスの信女』で彼の劇団SCOTと共演し、鈴木メソッドと呼ばれる演技法を完全に身につけているのだが、その他はアメリカの四つの代表的なリージョナル・シアターから集められた俳優たちで、昨年日本とアメリカで訓練を積み『リア王』の稽古に入った。舞台は全米各地をまわり、雑誌『タイム』も演出意図を押えた実に好い劇評を寄せたものだ。

●90年9月

来日したイギリスのロイヤル・ナショナル・シアター公演による『リア王』において、弱冠三十一歳の女性演出家デボラ・ウォーナーは、この悲劇には笑いもあることを示して見せた。

まず冒頭の国譲りの場面から仰天である。グロスター伯爵が庶子のエドマンドをケント伯爵に紹介していると、リアが坐った車椅子を押しながら、ゴネリル、リーガン、コーディリアの三人の娘がキャアキャア、わあわあさわぎながら賑やかに駆け込んでくるのだ。三人とも色とりどりのパーティ用の紙の帽子を被り、くるくる伸びたり縮んだりする笛を吹いている。この稚気あふれる王様は、国土分割のときも、はさみで紙の地図をジョキジョキと切り分けるのである。

だが、父と娘たちの喜々とした蜜月も、コーディリア（イヴ・マセソン）の素気ない言葉でいきなり終る。車椅子を蹴り倒し、コーディリアに摑みかかり、逃げようとする彼女を舞台中追い回すリア。

この感情の振幅の激しい王を演じるブライアン・コックスが素晴らしい。

姉娘たちの酷薄な仕打に耐えかねて嵐の中

にさまよい出し、気が触れて衰弱したリアは骨まで細くなった感じすらする。

姉娘たち、と言ったが、大方の上演では、ゴネリルとリーガンは似たりよったりなのだけれど、ウォーナーはゴネリル（スーザン・エンジェル）を政治力のある実務家の長女として、またリーガン（クレア・ヒギンズ）をあまり自主性のない泣き虫でヒステリックな次女として描き分けているのも新鮮だ。

役者の素晴らしさを言うなら、ケント役のイアン・マッケランには是非とも触れなくてはならない。こんなにも渋いユーモアと人間味をそなえたケントを見たのは私にとっては初めてだ。コーディリアをかばったために王の逆鱗に触れて追放され、従僕に身をやつして改めてリアに仕えてからの彼は、リアが顔を洗えばさっとタオルを渡し、ビスケットや酒を差しだし、寝床の用意をし、と実にかいがいしく世話を焼く。リアとコーディリアの再会の場でのマッケランのもらい泣きの表情の良かったこと！

エドマンドを黒人（ハキーム・ケイ＝カジム）にしたことだけは最後まで違和感が残ったが、それでも明るく悪事を楽しんでいるという人物造形は面白かった。

舞台奥の、真ん中に切れ目の入った幕以外には全く何もない空間、嵐の効果も上手と下手に置かれたティンパニーだけで出すという簡素さだが、そこで繰り広げられた劇には豊かな「宇宙」が籠っていた。

●92年4月

最近私たちは、東京にいながらにしてシェイクスピアの「リア王」の優れた舞台に接してきた。SCOT（鈴木忠志演出、89年）、ルネサンス・シアター・カンパニー（ケネス・ブラナー演出、90年）、ロイヤル・ナショナル・シアター（デボラ・ウォーナー演出、90年）、そして時空を日本の中世に移した蜷川幸雄演出の「リア王」（91年）などである。

そういう今、劇団民芸が二十二年ぶりにシェイクスピアに取り組む「リア王」だから、余程の勝算があるものと期待しても無理はなかろう。だが幕が開いてみると、木下順二訳、米倉斉加年演出の舞台は残念ながら凡庸な出来だった。

まず、米倉自身が演じる肝腎のリアが人物の大きさに欠け、台詞が一本調子。戯曲の解釈や表現にも首をかしげたくなるようなところがある。たとえば、狂人に身をやつしたエドガーが、ボロとは言え頭巾までついた衣服を着ているのはどういうことか。彼が「素裸」であるのは言葉の綾ではないのだ。

だが優れた場面もある。三幕七場、リアの次女リーガンと夫のコーンウォールがグロスター伯の眼球をくり抜く場だ。この惨劇の時、宙吊りになった装置（彫刻家・向井良吉による）に深紅の照明が当り、群がった壊れた球体が、全きものの破壊を表すだけでなく、つぶされた眼球をも具体的に表すことを私たちは知る。再び観客のほうを向いたグロスターがつけている面も効果的。黒々とうがたれた眼が盲目の痛ましさを雄弁に語る。

シェイクスピアは基本的に言葉の劇なのだから、最低限きちんと台詞がしゃべれる俳優が演じてくれなければ困る。その点、リーガンの水原英子、オールバニ公爵の岩下浩、グロスターの鈴木智、エドマンドの千葉茂則らは口跡もよく、風格があり、何よりもその人物がそこに居ると実感させてくれた。全体にこれらの役者の演技レベルと、三幕七場の演出レベルとを望みたい。

『冬物語』　並居る皆様を驚かせて差し上げて

ある晩遅く、人からネコにいたるまで家中が寝静まってから、ひとりでヴィデオを見ていた。ジェイムズ・アイヴォリーが監督した『眺めのいい部屋』である。E・M・フォースターの原作は十年くらい前に読んだきりだったし、評判のダニエル・デイ＝ルイスについてすら、どんな顔をしていて何の役で出ているかも知らないといったお粗末このうえない予備知識。キリ・テ・カナワが澄みきった声で歌うプッチーニの「私のお父さん」の調べに乗って、白を基調にしたいかにもイタリア美術をしのばせる美しいタイトル・バックに次々と出演者と役名が出てくるのを吸い寄せられるように目で追いながら、アタマはそれを読んでいなかったのだからうかつなことだ。

そこで、物語が動きだした途端に「あら、マギー・スミスだ！」と心の中で驚きの叫びを上げることになり、それから程なくして、主人公たちがフィレンツェのペンションで夕食のテーブルを囲む場面では、「ジュディ・デンチ！」と思わず声が出てしまった。

小説家エレナー・ラビッシュ役のデンチは、私の記憶の中の彼女よりもだいぶ老けてはいたけれど、張りのあるハスキーな声もきびきびした口調も昔のまま。おなつかしや、デンチさま、と嬉しくなった。

俳優のメンタリティーや演劇の世界の奥深さを鮮やかに描いたロナルド・ハーウッドの戯曲『ドレッサー』の中で、主人公の老座長は「役者なんて、他人の記憶の中にしか生きられない」と、長い俳優生活を振り返って言う。この台詞は、幕が降りれば何もかも消えてしまう舞台の一過性、具体的なモノや形としては何ひとつ残せない役者のはかなさを語っているのだが、考えてみれば、人の記憶の中に生きられるというのはすごいことだ。

これまで私は何本かの『冬物語』の舞台を見てきた。

まず最初は一九七〇年一月、来日したロイヤル・シェイクスピア・カンパニーが日生劇場で上演した舞台、次いで一九八一年夏のRSCのストラットフォード公演、そして一九八八年六月、東京グローブ座が柿落しとしてイギリスから招いたナショナル・シアターの『冬物語』……。やはりグローブ座で演じられたイングリッシュ・シエイクスピア・カンパニー版では、マイケル・ペニントンのレオンティーズが印象に残る。一九九一年の秋には、東京芸術劇場小ホール2で出口典雄演出のシェイクスピアシアター公演を見たが、ルネ・マグリットの絵が立体化したような装置の中で演じられたこの『冬物語』も、ハーマイオニとポーライナという二人の女の毅然とした姿、潔い姿の際立ついい舞台だった。

だがその中でもとりわけ鮮明に記憶に残っているのは、二十年も前に見たRSCの『冬物語』である。

見る方も若かったから記銘力が今よりずっと良かったせいだろうとか、初めてイギリス人の俳優が演じるシェイクスピアを見たので印象が強烈だったからだろう、などと言われるかもしれない。確かにそういう要素も働いてはいるだろうが、やはりトレヴァー・ナンの演出の斬新さ、そしてハーマイオニとパーディタの二役を演じたジュディ・デンチの素晴らしさが、あの舞台を忘れがたいものにしているのだと思う。

しっとりしたたたずまいの内にもきりりとした強さをにじませていた裁判の場のハーマイオニ。場面がシチリアからボヘミアへと移るまえの四幕一場、十六年の歳月のへだたりを語る「時」を演じるのが黒人俳優だったのには意表を突かれた。端然と正面を向き、インドの神像のように両脚を広げて椅子に座った彼の姿は、その背後に巡らした鏡に幾つにも増殖して映っていた。羊飼いの父子をぺてんにかける小間物の行商人オートリカスの登場が傑作で、「オートリカス！　オートリカス！」と自分の名前をにぎやかに呼ばわりながら、客席に向って名刺をばらまき、舞台前を駆け回るのだった。羊飼いたちの年に一度の毛刈り祭――若者たちは男も女も長い髪を垂らし、六〇年代のフラワー・チルドレンというか、ヒッピー風。そこにビートの効いたロックが流れる。

そして最後のハーマイオニの「蘇り」の場。

レオンティーズと娘パーディタが再会し、彼女とフロリゼルの結婚も父王たちに認められたことが、宮廷の人々の口を通して観客に伝えられたあと、一同はアンティゴナスの妻ポーライナの館を訪れる。彼女が彫刻家に作らせたハーマイオニの像を見るためである。台に載せられた像の覆いが取り払われ、それが「生前の」王妃に生き写しであるのを目の当たりにして、誰もが息を呑む。楽士たちの音楽、ポーライナが「時がきました。お降りください。もう石ではない……動いて、さあ、こちらへ」と言う。

ハーマイオニの像が、ゆらり。

見ている私のほうがめまいを起こしたような錯覚にとらわれたものだ。

という訳で、ジュディ・デンチのハーマイオニは今なお私の記憶の中でしっかり生きている。多くの場面は忘却の幕の影でほの暗くなってしまったけれど。

私にとって『冬物語』は、シェイクスピア劇の中でもとても「好きな」作品のひとつだ。

筋立てはむしろ荒唐無稽。ところがそこに織り込まれる人間の心の動きには、深いリアリティがある。そのコンビネーションが素敵なのだ。

たとえばレオンティーズの嫉妬。

シチリア滞在を是非延ばしてほしいというハーマイオニの懇願が功を奏して、ポリクシニーズは、明日にもボヘミアへ帰ろうとしていた堅い決意を翻す。それをきっかけとしてレオンティーズは、妻とポリクシニーズの仲が怪しいと疑い出す。そもそも親友の帰国を思いとどまらせようと執拗に食い下がっていたのは当のレオンティーズなのだし、ハーマイオニに向って「黙っていないでおまえも何か言いなさい」と口添えを勧めたのも彼なのに、である。

もっとも、望みが叶ったにもかかわらず、レオンティーズが複雑な気持ちになったであろうことは想像に難くない。自分が頼んだときには帰国の予定を変えようとしなかったポリクシニーズが、王妃の説得にはちょっと抵抗しただけであっさり陥落してしまうのだから。

おそらく彼は、妻に親友を取られ、親友に妻を取られたという二重の疎外感をふと味わったことだろう。そして、つぎの瞬間にはそれがもう激しい嫉妬となってくすぶり出す。

何ひとつ根拠がないのに――レオンティーズ本人にとっては、ハーマイオニとポリクシニーズの手が触れ合うことや、彼女が彼に向ける微笑ですら立派な根拠なのだが――いきなり嫉妬に取り付かれるレオンティーズの心の変化は、一見唐突で不自然に思える。

だが、嫉妬とは客観的な根拠など全くないところにも生まれるのではないだろうか。むしろそれこそが嫉妬の本質だと言えないだろうか。だから、妙な言い方だが、レオンティーズのそれは「純粋嫉妬」。

シェイクスピア劇の登場人物のなかで嫉妬に狂う男というと、レオンティーズのほかにはオセローと『シンベリン』のポステュマスがすぐに思い浮かぶが、彼らの場合、第三者の捏造とは言え妻が不貞を働いたという状況証拠は揃っているのだ。それが「客観的事実」として目の前に突き付けられるのだから、嫉妬に駆られても無理はない。

オセローは、デズデモーナとキャシオーの情事をほのめかすイアゴーに言う。「この魂の働きを、おまえがほのめかすような尾鰭（おひれ）のついた中身のない憶測に向けてたまるものか。（中略）俺は疑う前に見る、疑えば証拠をつかむ……」（三幕三場）彼は、根拠薄弱であるうちは妻の裏切りを考えることすらきっぱりと拒むのだ。

ポステュマスは、彼の愛妻イノジェンを口説き落してみせると言ったヤーキモーから彼女の腕輪を見せられ、彼女の寝室の様子から果ては胸のほくろのことまで聞かされて、妻の不貞を信じざるをえなくなる。ヤーキモーが実はイノジェンからにべもなくあしらわれた挙げ句、こっそり寝室に忍び込んで腕輪を盗み、あとで不貞の証拠として語れる事物を「見てきた」だけ、とは知るよしもない。妻の貞潔を信じていたポステュマスは、絶望して長い独白を語る。だがその大部分は自分を裏切った妻への怒り、ひいては女性全体への怒りに費やされ、彼女がどのようにヤーキモーに身を任せたかと想像する件りはわずか六行（二幕四場）。

それにひきかえレオンティーズは、言わば火のないところに煙りをもうもうと立たせているようなものだ。あるいは雌雄両性をそなえた動物のように、ひとりで嫉妬の卵に受精し、それを妄想によって育てている、と言ってもいい。

彼は、ハーマイオニとポリクシニーズが口づけする様、足と足をからみ合わせる様はおろか、「一時間が一分の速さで過ぎ去り、早く昼が夜になればいいと願う」といった心の動きまで想像する。その想像によってますます嫉妬心をつのらせ、がんじがらめになって邪推地獄から抜け出せなくなるのだ。

嫉妬が妄想によって限りなくふくらむこと、嫉妬が想像力の生み出す病であることを、シェイクスピアはレオンティーズという人物に托して的確に描いている。

筋がとびきりおとぎばなし風でありながら『冬物語』がそれを超える劇になっているのは、その筋を担う人々、あるいは筋に動かされる人々の、このような手応え確かな心理的リアリティの裏打ちがあるからだ。

『冬物語』は天罰てきめんの劇である。

レオンティーズがアポロの神託を無視した途端に、王子マミリアスの死とハーマイオニの死（彼女は本当は生きているのだけれど）がきびすを接して伝えられ、彼は深く後悔反省する。

生まれたばかりの王女パーディタを捨てに行ったアンティゴナスが、なぜか突然現れた熊に食い殺されるのもそう。

だが、この悲惨な罰は、彼がレオンティーズの手先となってパーディタを捨てたという行為それ自体に下されたものではなく、彼がある意味でハーマイオニの不義を信じたことに対する罰ではないだろうか。

アンティゴナスは、前夜見た夢を思い出しながら「ハーマイオニ様はもうすでに処刑されてお亡くなりになったに違いない。そしてアポロは、この姫が本当にポリクシニーズ王のお子なので、お命が助かろうと助かるまいと、ここに、実の父君のご領地に、捨てることをお望みなのだ。（中略）お気の毒に、お母様の罪ゆえにこうして捨てられ、この先どうなることか！」（三幕三場）と言うのだから。

嫉妬、邪推、友情の決裂、無実の罪、死、罰、などが描かれる三幕までの悲劇的なトーンは、十六年の歳月を経たボヘミアに移って一変する。

オートリカスの歌、彼の明るいぺてん、若いパーディタとフロリゼルの恋、羊の毛刈り祭り、踊り。

晴ればれとした牧歌的な世界に入ってまず気づくのは、ここには心を浮き立たせるような楽しいモノがいっぱいあるということだ。

羊飼いの息子は、毛刈り祭りの仕度のために買いととのえるべき品々を並べ挙げる。

「砂糖三ポンド、干し葡萄五ポンド……」それからサフランやしょうがといったいろいろなスパイス類。スパイスというのは、その名前を聞いているだけでなんとも言えずいい気持ちになる、とどこかで読んだことがあるが、全く同感。
祭りの女王役になったパーディタがまわりの者たちに配る様々な花。
変装して王という身分を隠し、息子フロリゼルと羊飼いの娘の様子を探りにきたポリクシニーズをはじめとする人々に「思い出の花マンネンロウ、恵みの花のヘンルーダ」と、花の名とその花言葉を言いながら花を手渡すパーディタの姿は、狂ったオフィーリアの花配りの場の明るくうららかな反転だ。トレヴァー・ナンが毛刈り祭りの羊飼いたちをフラワー・チルドレン風にしたのも、六〇年代後期の時代風潮もさることながら、この場の花の豊かさに触発されてのことだろう。
オートリカスの歌と台詞は楽しいモノの宝庫である。自分の商売の宣伝と販売をひとりでやってのける彼は、売物のあれこれを織り込んだ言わばコマーシャル・ソングを歌って歩く。
「雪の白さの薄地の麻
カラスも顔負け黒ちりめん
手袋はダマスク薔薇の匂いつき
顔の仮面に鼻の仮面

黒ビーズの腕輪、琥珀の首飾り
ご婦人方の寝室用香水……」（四幕四場）

虹の七色の揃ったリボン、まがいものの宝石、鏡、匂い玉、といちいち挙げていたらきりがない。それに加えて彼は歌も売る。「男用、女用、大型、小型」といろいろな歌詞を取り揃えているのだ。

このような「ものづくし」が、ボヘミアの世界の歓ばしい雰囲気にひと役もふた役も買っているのは間違いなかろう。

フロリゼルとパーディタの恋は、父王ポリクシニーズの反対に遭って、いっときその成就が危うくなるのだが、それとて花々と歌と祭りが醸し出すのびやかな気流に乗って、必ずふたりは結ばれるだろうという予感は薄れない。

そして、全ての登場人物は再びシチリアに集まる。

再生と赦しと和解。

そのクライマックスであるハーマイオニの像が動き出す瞬間は、もうすでに筋が分かっていて、「さあ、いよいよ動くぞ……」と待ちかまえているのに、いや、待ちかまえていればこそ、感動して涙がにじんできてしまう。それは、いくつもの不幸を乗り越えた個々の人物の幸福が、その一瞬に凝縮しているからだ。

先ほど私は『冬物語』のプロットは荒唐無稽だと言った。天罰てきめんの劇だ、とも。「悪い奴ほどよく眠る」今の世の中にあっては、「天罰てきめん」そのものが荒唐無稽とほとんど同義語なので、この劇が私たちに与えてくれるすがすがしさは格別だ。『冬物語』――現実の世ではおよそあり得ないことがあり得ると信じさせてくれる劇。それは、繰り返して言えば、ここで描かれる嫉妬や怒り、悲しみや喜びといった人間の心の動きが確かなリアリティをもっているからでもあるのだが、この作品に籠る劇の力、言葉の力がそうさせるのではないだろうか。

様々な試練を受けて、潔白は必ず明らかになり、誤解は必ず解け、別れ別れになっていた者は必ず再会する――そういう私たちの根源的な深い希いがここでは叶うのだ。

Strike all that look upon with marvel.

見終ってから、いみじくも「楷書の舞台」と言った人がいた。そう、行書や草書に崩すのではなく、たっぷりと筆に墨を含ませて骨太に書かれた楷書。

東京グローブ座のオープニング・フェスティバルの一環として、六月十八日から二十四日まで、英国ナショナル・シアター（NT）によってシェイクスピアのロマンス劇三本『シンベリン』『冬物語』『テンペスト』が上演されたが、楷書云々という言葉が出たのは『冬物語』のときだった。小細工を弄さずに堂々と正面から取り組み、この作品の魅力と奥深さ、素晴らしさを余すところなく伝えてくれる演出だったのである。演出は三本ともサー・ピーター・ホール。

五幕三場、台座にのった彫像として人々の前に引き出されたハーマイオニが、忠実な侍女ポーライナの「時が来ました。お降りください。もう石ではない」という言葉で動き出す場面は、いつも、どんな舞台で見ても心を揺さぶられ涙腺を刺激されるのだけれど、今回のNTの『冬物語』ではとりわけ感動的だった。まず、像を覆っていた白い布が取り払われると、期待をこめた私たちの目に飛び込んでくるのは、微動だにしない真っ白な「彼女」の後向きの立ち姿。だから、それが生前のハーマイオニに「生き写し」だという驚きは、像を半円形に取り囲むようにして舞台奥に立つ人々の表情を介した間接的なものなのだ。

今や白髪まじりのハーマイオニは、成長した娘と再会し、かつて彼女に姦通の濡衣を着せ嫉妬に狂った夫と和解しても、終始その悲痛な表情を崩さない。眼差しから、全身から、活力と明るい歓びを放っていた序幕の彼女とはほとんど別人である。長い苦悩の重圧。

このハーマイオニを筆頭に、演出は、五幕の彼女や夫のレオンティーズ、そして彼が妻との仲を疑ったボヘミア王のポリクシニーズを意図的に必要以上に老けさせている。恋人同士のパーディタとボヘミア王子フロリゼルがのびのびと生きたに違いない十六年とは対照的に、その同じ歳月が彼ら三人にとってどれほど重く苦いものだったかがひしひしと伝わってくる。

この舞台ではエンブレムどおりに大鎌と砂時計を持った老人の姿で登場した「時」――明らかに『冬物語』のなかでは、「時」がもうひとりの蔭の主役なのだった。

『テンペスト』

いまや私の魔法はことごとく破れ、
残るは我が身の微々たる力ばかり

日本では戯曲を読む人は少数派中の少数派だ、と断言しても、残念ながらどこからも文句は出ないだろう。私は、大学の授業でシェイクスピアやその他の劇作品を取り上げる場合、まず第一時間目に一種のアンケートを取ることにしているが、その質問事項の中に必ず入れるのは、「これまで戯曲を読んだことがありますか、あるとすればどんな作品ですか?」というものだ。

大多数の答えは「ありません」。

はなからこう答えられると「どんな作品ですか」という問いはもう出る幕がなく、すごすご引き下がらざるを得なくなる。

これは、相手が女子大の英文科の学生だろうが、私の勤務校の医歯系大学の教養課程の学生だろうが変わりはない。どうやらあの戯曲という形式そのもの、大方はぶっきらぼうなト書きとあとは台詞だけ、という形がそもそもとっつきにくいのだろう。

だが、馴染んでくると、そこにこそ戯曲を読む楽しさが宿っていることが分かるはず。台詞と台詞のあいだ、つまり行間にいくらでもこちらの想像力を注ぎ込めるからだ。

すでに本書のプロローグで引用した演出家蜷川幸雄の言葉をもう一度引こう。

「僕は、基本的には戯曲に書かれていることはちゃんとやるし、ト書きもきちっとやる。書かれている限りは全部やるけれども、書かれてないことは何やってもいいんだ、と思っている。だから、書かれていないことを足すんだ」

書かれていないこと、サブテクスト――劇全体をどういう時空に置くかという大きな構想から、ひとつひとつの台詞の行間まで。

『テンペスト』の幕開きは、雷鳴が轟き稲妻が走る大嵐、それに翻弄される船の上だ。船長や水夫たちの悪戦苦闘も虚しく、ナポリ王の一行を乗せたまま船は波に砕け、海に呑まれてしまう。

次の場面は一転して動から静へ移り、プロスペローの岩屋の前。ここで彼は娘のミランダに向って、実は自分がミラノの大公であり、十二年前どんなふうにして公国を追われたかを初めて打ち明ける。

話し終えてミランダを眠らせ、エアリエルを呼び出し、それから三時間のうちにやるべきことを指示する。その前の約百八十行にわたるミランダ相手の話のあいだ、彼は「よく聞け」「聞いているか？」といったことばを幾度も吐く。恐らく誰でもそう思うのではないだろうか。「おや？」とかなり奇異な感じを受ける。恐らく誰でもそう思うのではないだろうか。従って、この点について論じている研究者も多い。たまたま目に留まったものを挙げてみると——。

青山誠子氏は『シェイクスピアの女たち』のミランダの項で、「父の話に一心に耳を傾けるミランダに向って、『聞いているか？』『聞いていないな』とプロスペローが再三さしはさむ警告は何を意味するのか。それは、話の内容に観客の注意を喚起するための便宜的手段のみではないだろう」と言い、それを「プロスペローの性格に見られる意外な厳格さの特徴」の現れとしている。

大橋洋一氏は、雑誌『文学』の《シェイクスピア——劇場と戯曲》に寄せた「帝国の新しい装い——『テンペスト』と権力の劇場」という論文の中で、「プロスペローはおとなしく話を聞くミランダに対し五回も注意を促している。（中略）この執拗な注意の喚起は、プロスペローを知の伝授者へと権威づける〈言語行為〉的側面をもつ」と述べている（大橋氏が挙げる五回という数字は、話し始めの「心して聞くがよい」とか、終り近くの「もう少し先まで聞いてくれ」「この物語の結末を聞くがいい」を加えるともっと増える)。

イギリスのルネサンス演劇学者M・C・ブラッドブルック女史は、八五年の秋に東京で行われた講演で『テンペスト』を取り上げ、その中でやはりこの場面に言及している。「第一幕第二場で、プロスペローは娘のミランダが自分の話を注意深く聴いているかどうか、しつこいほど念を押します。『ハムレット』の中で父王の亡霊がハムレットに繰り返し(復讐を)懇請するのと似ています。年とった人間にとって過去の思い出は、いま実際に起こっていることよりも強く感じられる。彼らが生きてきた長い過去のほうが、現在より優位を占めている」(同上『文学』、前川正子訳)

ブラッドブルック女史は、ミランダがどんなふうに聴いているかには触れていないが、青山、大橋の両氏は、ミランダが「一心に」「おとなしく」父の話に耳を傾けているとしており、三氏ともプロスペローの執拗さの因を彼の性格や役割や年齢に見るというふうに、あくまでも彼の側の問題として捉えている。

だが、ミランダは終始彼女の注意を父に向けて話を聞いているのだろうか。それにも拘らず、プロスペローは「聞いていないな!」と「!」マーク付きの強い口調で問いかけているのだろうか。

そうかもしれない。そうでないかもしれない。どちらとも言える。何しろシェイクスピアは、ミランダがどういう態度で聞いているのか書いてはいないのだから。

この行間が、想像力に「おいで、おいで」と誘いをかける。

確かに、彼女の「ええ、一言も聞き洩らすまいと」とか、「いいえ、聞いております」といった良い子のお返事は書かれている。

だが、ミランダは本当に一瞬たりとも気持ちを逸さず、父の話は「一言も」聞き洩らさなかったのだろうか。

私は、ミランダの気持ちが時々遠くへ行っていたと思うのだ。遠くへ——ついさっき目の当たりにしたばかりの海の大嵐と難破した船のところへ……。

あの嵐は魔法で起こしたものであり、「あの船に乗っていた者は、髪の毛一本なくしてはいないのだ、おまえも悲鳴を聞き、沈むのを見たばかりだが」たとえ父からそう聞かされても、恐らくもの心ついて以来およそ「不幸」と名付けられるものを目にしたことがなかっただろうミランダにとって、「素晴らしい船」の沈没とそれに乗った「立派な人」の苦しみようは、初めて目撃する人間の悲惨であり、そのさまは目に焼き付いて離れず、人々の悲鳴は耳にこびりついているに違いない。「ああ、苦しむ人たちを見ていると、私まで苦しくなってしまう」と彼女は涙まで流す。ショックは大きい。だから、プロスペローの「重大発表」に全身で聞き入りながらも、時々ふと気が散り思いは遠くへ行ってしまうのではないだろうか。

そこで、「聞いているのか？」

はっと我に還って彼女は答える。「はい、一心に」——どうしてそう答えずにいられよう。話の中身は、愛し尊敬する父の脳裏を十二年間片時も離れなかった痛恨の過去にまつわることなのだから。たとえば「ごめんなさい、ちょっとぼうっとしてて」などということは、口が裂けても言えないではないか。良い子であればなおさらだ。言い替えれば、この惨事が起こるまでは島の中とプロスペローだけを見つめてきたミランダの視野に、初めて島の外の世界がちらと映ったのだ。時々上の空にならないほうがどうかしている。

そして、この場面における時たまのミランダの上の空は、やがて彼女の視野と心をいっぱいに占めるファーディナンドとの恋への小さな一歩と言えるだろう。この芝居の最後の場面でアロンゾーらの乗った船を「素晴らしい」と言う。この芝居の最後のミランダは、アロンゾーとその一行を初めて間近に見た彼女が発する言葉のひとつは、オルダス・ハックスレーがSFのはしりとも言うべき小説のタイトルにしたことでも知られる「素晴らしい新世界」である。どちらも同じ brave という形容詞が使われている。

言葉の上での伏線。

たとえいまは善人も悪人も一緒くたにしてbraveと言っているとはいえ、ミランダはやがて父の支配から徐々に抜け出して自分の目でものを見、自分の世界を作って行くだろう。それを彼女の上の空に感じるからこそ、プロスペローは繰り返し自分への注意を促すのだ。

もちろん、先ほども述べたように、シェイクスピアは、ミランダが終始熱心に聞いているのか、それとも時々上の空になるのか、どちらとも書いていないのだから、いずれの解釈も成り立つ。

だが、私のように考えた場合と青山、大橋両氏のように解釈した場合とでは、この場面そのものの雰囲気はおろかプロスペローやミランダの人物像も変わってくる。舞台で演じるとなればなおさらだ。

ことほど左様に行間は想像力を誘い、書かれていることの解釈に影響を及ぼす。蜷川幸雄の言うように、演出の力は書いてあることと書いていないことをどう具体化するかにかかっている。

では、その蜷川は、八七年三月に日生劇場で上演され、「佐渡の能舞台でのリハーサル」という副題のついた『テンペスト』において、どんな「書かれていないこと」

を足したのか。

客席に一歩踏み込んだ途端に、「ちょっと早めに来てね」と何気なく蜷川に言われた言葉が、頭の中でピカッと光るように思い出された。「ああ、こういうことだったのか！」

劇の始まる三十分も前から、地明りのついた舞台には大勢の人々が行き来している。トレーナー姿で、装置の朽ちかけた能舞台の屋根に霧を吹きかけている者、ヘッドフォンを付け効果の調整をしている者、隅のほうで舞台衣装に着替えている役者たち、大きなバッグを背負って客席通路から舞台に上がり「お早ようございます」と仲間やスタッフに挨拶している役者もいる。下手では、すでにプロスペローの扮装をした平幹二朗が、椅子に坐ってじっとみんなの様子を見守っている。

シェイクスピアが単独で書いた最後の作品とされる『テンペスト』の主人公プロスペローは、劇中人物であると同時に、他の人物と筋を操る劇作家・演出家でもある――このことは、演劇についての演劇、メタシアターの概念が広く行き渡っている今日ではとりわけ、言わば定説となっている。彼は、アロンゾーやアントーニオたちに見せる幻の饗宴や、ファーディナンドとミランダの前で妖精たちに演じさせる仮面劇を演出する。

蜷川幸雄は、副題が示す「佐渡の能舞台でのリハーサル」という外枠を設けた。その枠において、「主人公プロスペローを演じる俳優」をそのものズバリの演出家にしてしまった。開幕前の舞台にいる人々は、これからそこで『テンペスト』を上演しようとしているスタッフとキャストなのだ。

この発想について蜷川は次のように語っている。

「企画が通り、演出プランを出さなきゃならないとき、僕はバンクーバーにいたんです。ホテルに籠りきりで、シェイクスピア最後の作品、島、流されてたどり着いた島、なんていうことを二日ずっと考えてたら、頭が朦朧としてきてね。そして、あ、佐渡だ！　日本人の流人の島、あるいは不幸な魂の島、そうだ、確かあそこには能舞台があったはずだ、世阿彌も流されていた、と思った。シェイクスピアの考え方は、この世は舞台で人はみな俳優というものでしょう。そこで、世界の中の、プロスペローが作る劇の中の、幻想的な劇中劇という構造にし、リハーサルというスタイルをとることにした。虚も実も全て明らかにし、劇の構造を全て見せながら、劇を解体しつつ統合していく――その作業は『テンペスト』に合うと考えたんです。無限の入れ子というわけです」

面白いことに先述したM・C・ブラッドブルックは、同じ講演の中でこう言っている。

「この作品が日本の能にたいへんよく似ていると私に思えるのは、芝居の展開が二つの世界の対比と浸透で進められているという点です。二つの世界とは、例えば、人間と自然の精、束の間と永遠、悪と瞑想などです」

私がこの舞台を見た日には、たまたま広い一階席の背後に、開幕前のこの情景（すでに劇の堰はさりげなく切られているのだが）を見つめる蜷川幸雄自身の姿があった。それが舞台上の演出家と重なり、この入れ子箱のもうひとつ外を見た思いがしたものだ。

舞台上の平幹二朗――彼はまだプロスペローではないが、ここで演じられようとしている『テンペスト』の演出家にはすでになっている。劇の時間と日常の時間の奇妙な混在。佐渡の鬼太鼓が鳴り渡る。彼が舞台中央にキャスト、スタッフを集合させ、何事か指示を出す。役者たちは袖ちかくに散り、裏方たちはそれぞれ持場に着く。演出家の合図。上手に置かれた大きな扇風機が轟音を立てて回り出す。嵐だ。同時に巨大な構造物が左右から寄せてきて、舞台の真ん中に船を形づくる。

スペクタキュラーな大嵐、ナポリ王一行の島への漂着、ミランダとファーディナンドの出会いと恋、仇敵同士の和解――こうした筋立ては忠実にたどられるのだが、私たち観客にとっての幕間は、舞台上の「リハーサル」の休憩時間に一致して、それまで私たちが見ていたものが「虚」であることが強調される。まるで牛若丸のようなエアリエル、狂言仕立てで演じられるキャリバン、ステファノー、トリンキュローの道化三人組みのからみ、夢幻能の舞として繰り広げられる虹の女神アイリスらの劇中劇――全てが能舞台にふさわしい。

驚くべきはプロスペローの魔術の本だ。ここではそれが芝居の台本なのである。台本はまさしく芝居という一場の夢を、幻を、生み出す素ではないか。

しかも、エピローグに至って、そこに書かれていた文字は全て消えている。台本は白紙の束になっている。プロスペローが「もはや私の魔法はことごとく破れ、残るは我が身の微々たる力のみ」といいながら本のページを繰ると、表紙のあいだから白い紙がはらはらと舞台にこぼれるのだ。

ミラノ公国へ帰って行くプロスペローたちと、芝居が終り、現実の生活に戻ってゆく役者たちとがぴたりと重なる。

劇の中では、エアリエルもキャリバンも、プロスペローの支配を脱して自由を求めていた。そしてエピローグでは、そのプロスペロー（役）までもが「皆様の拍手の力で私のいましめをお解き下さい」「どうかご寛容をもってこの身を自由に」と言うのである。彼の言葉は、役柄という衣を脱いで生身に還ろうとする一俳優の肉声にも聞こえる。いや、それどころか、一生のあいだの役割を終え、この世に別れを告げようとしている人間の言葉に聞こえもしたのだ。「書かれていること」が、そこに足された「書かれていない」ことによって鮮やかに浮かび上がった舞台だった。

蜷川幸雄は芝居の台本とプロスペローの魔法の書を重ね、芝居という魔法と劇中の魔法を二重映しにしたわけだが、一九九一年の春、銀座セゾン劇場で上演されたピーター・ブルック演出の『テンペスト』もまた、別の形でこのふたつの魔法を重ねてみせた。

褐色の砂を敷き詰めた床の中央が長方形に区切られ、そこにも淡いイエロー・オーカーの砂、ただひとつぽつんと置かれた白い岩。舞台はそれだけである。そこが時には大嵐の海になり、一本の長い棒が船の舳先になる。

プロスペローの手足となって働くエアリエルをはじめとする妖精たちの姿は、ナポリ王一行の「人間」たちの目には見えない。ブルックは、彼らに歌舞伎の黒衣（くろご）（ここではみんな白い衣装を着ているので、白衣（しろご）と言ったほうがいいか）のような働きをさせる。黒衣というものは、芝居の約束事では観客にも舞台上の登場人物にも「見えない」ことになっている。それが演劇の魔法だ。

妖精（黒衣）は、ちょっとした道具を持って現れ、あやかしの嵐によって島に打ち上げられた人々の目や感覚を惑わす。たとえば、一枚の棕櫚の葉が、生い茂る森になったり、彼らが細長い棒で四角い枠を作ると、それが鏡になったりする。

こうしてふたつの魔法が重なり、魔訶不思議な超自然現象が、リアリズムを超えた演劇の本質的な楽しさを味わわせてくれるのだ。

『テンペスト』は、演出家という舞台裏のプロスペローの力量が試される劇でもある。

Now my charms are all o'erthrown,
And what strength I have's my own,
Which is most faint.

第五幕　視線の政治学

『ハムレット』　見られずに見て……

ハムレットは喪服を着ている。

ハムレットという名前を聞いて、恐らく誰もが反射的に心に思い浮かべるのは、黒をまとった人物像だろう。解釈に応じ演出に応じて舞台全体の意匠が変わり、それに伴って主人公のハムレットが現代服をまとったりジーパンをはいて現れたりはしても、彼から喪を表す黒をはぎ取ることはできない。あまたあるシェイクスピアの主人公たちの中でも、着るものの色までがこれほどはっきり決まっている人物はまれなのではないか。

ハムレットから喪服を脱がすことができないのは、それが作者シェイクスピアが彼に着せた服だからであり、更に言えば劇中人物ハムレット自身が選び取った服だからなのだ。

確かに、暴風雨の荒野をさまよった果ての狂乱のリア王は、ボロをまとい、頭にはイラクサや毒ニンジンなどの役にもたたない雑草の冠をかぶっている。だがこれは、作者の指定ではあっても、当のリアがその効果までを考えて冷静に選んだ身なりではない。エドガーがそんなリアの姿を見て「正気の者なら我と我が身をこのように装うはずはない」（四幕六場）と言うように。

ハムレットの喪服の場合特に注目すべきは、すでに述べたようにそれを彼が意識的に選び取って着ているという点である。新王クローディアスと母ガートルードの結婚を祝う饗宴が夜毎くり広げられる宮廷にあっても――。

ガートルードがハムレットに向ける最初の言葉は"Good Hamlet, cast thy nighted colour off"（一幕二場）で、この nighted colour は一義的には「夜のように暗い表情、暗い翳り」と解釈するのが定説のようだが、ここで彼女は新しい夫、新しい王に気がねをして、明らかに「もういい加減に喪服は脱いでおくれ」という意味もこめている。だからこそハムレットは例の「見せかけ（seem）」のやり取りのあとで、まっ先に「私の墨のように黒い服」とか「しきたりどおりの重々しい喪服」に言い及ぶのだ。

脱げと言われても脱がないハムレットの喪服ほど「色」がはっきりしているわけではないけれど、悲劇・喜劇を問わずシェイクスピアの他の作品の中にも、登場人物が自分の着る服を意図的に選ぶ例は数多くある。彼らが自ら選んだ服を着る時、何を着るか、どういう外見を取ろうかと考える時、またそういう身なりに言及する時、その服装は必ずと言っていいほど演技あるいは擬態と結びつく。言うまでもなく「変装」はその最たるものである。

たとえば『ヴェニスの商人』で、ポーシャが侍女のネリッサと「二人して若い男の服を身につけ」ヴェニスまでバサーニオのあとを追って行こうとする時（三幕四場）、彼女は「大人になりかけた少年の、声がわりしたような声でしゃべり、こきざみなふた足を男の大股のひと足にして歩く」と言い、話す話題もそれにふさわしいものにすると演技方針を述べる。彼女が法学博士に変装してヴェニスの法廷に現れ、あざやかな裁判官ぶりを見せる「演技」のことは言うまでもない。

また『リア王』のエドガーは、自分の逮捕の布告が出されたことを知って「最もいやしいあわれな姿に身をやつそう」と言い、「顔を泥まみれにし、腰にはぼろを巻き、髪ももつれ放題にする」ことにする（二幕三場）。この外見に見合うのが狂人の演技である。まず外見を決めて、それから演技に入る。

逆説的なのはコリオレイナスだ。彼はローマの元老院に推されて執政官の位に就くことになるが、そのためにはローマ市民たちの推薦をも取りつけなくてはならない。推薦を取りつけるには「謙虚のあかしである粗末なガウン」をまとい、市民たちに向って己れの武勲を語って聞かせなくてはならない。それが意に添わないコリオレイナスは、「そのような役を演じるのは俺の恥だ」（二幕二場、傍点引用者）と拒むのだが、結局は、やむなく慣例どおりの手続きを踏むことになる。彼は衣服を強いられ、その衣服にふさわしい演技を強いられるのである。逆説的ではあるが、ここにもまた衣服と演技の相関関係が見て取れよう。

ではハムレットの場合はどうか。言うまでもなく、佯狂（ようきょう）のハムレットには、エドガーの場合と全く同種の衣裳と演技の関係が見出せる。上着の胸をはだけ、帽子もかぶらず、よごれた靴下をくるぶしまで垂らすといったよそおいがあり、両膝をがくがくさせたり目をすわらせたりといったしぐさ、表情がある。佯狂とコスチュームの関係についてはジョン・ドーヴァー・ウィルソンも『「ハムレット」で何が起こるか』の中で取り上げている。だが、彼の「演技」は狂気を装うところから始まるのだろうか。それ以前は「演技」をしていないのだろうか。どうも喪服が気になるのである。彼の喪服は、もちろんポーシャや『お気に召すまま』のロザリンドのような変装ではないし、コリオレイナスの粗末なガウンのように強いられたものでもない。だがこの黒い服もまた、演技と無関係ではないのだ。ハムレット自身の口からその関係が語られる。

一幕二場、王妃から、なぜ父王の死がお前には特別のことと見えるのか、と問われたハムレットは次のように答える。

「見えるですって、母上！ いや、事実です。見えることなど知るものか。この黒い服だけではない、しきたりどおりの重々しい喪服、大げさでわざとらしい溜息、目から川と流れる涙、失意に沈む顔つき、それに加えてありとあらゆる悲しみの姿、形、表情も、僕の気持をそのまま表してはいない。そういうものはなるほど目に見える。人間が演じる演技だからです。だが僕の中には見せかけを超えたものがある。目に見えるこうしたしぐさは悲しみの飾り、衣裳にすぎません」（傍点引用者）

大げさな長大息や空涙と同様に、喪服もまた悲しみを飾る演技にすぎない、とハムレットは言っている。彼のあげ足を取るようだけれど、この論理でゆけば、だからいい加減な涙も流さないし喪服も着ない、となりそうなものなのに、そうはなっていない。見せかけ＝演技の一端だと自ら言った喪服を、現に彼は着ているのだから。ということはとりもなおさず、見せかけを越えた大きな悲しみを抱きながらもなお、その演技もすると表明しているようなものではないか。

『ハムレット』という芝居の幕が上がる前の主人公ハムレットは、父王の葬儀、母と叔父クローディアスとの婚礼、新国王の戴冠式のために遊学先のウィッテンバーグ大学からデンマークに呼び戻される。幕が上がった時点の彼は、新王クローディアスの宮廷での異分子である。成年に達し、王位継承権がありながら玉座に就くことをはばまれた者。母ガートルードは叔父と結婚し、叔母の立場に身を置いている。その叔父からは「息子」と呼ばれても、「近親関係は深まったが、親近感は薄まった（A little more than kin, and less than kind.）」（一幕二場）と違和感がつのる。ハムレットには「立場」がない。喪服は彼が異分子であることの象徴でもある。新王の戴冠と祝婚のにぎわいや華やかさに最もふさわしくない服、場違いな服を身につけることで、彼は初めから叛いているのだ。クローディアスとその宮廷にとって、黒衣のハムレットは文字どおりeyesore、目ざわりなのである。ハムレットはそれを自覚している。喪服の効果を十二分に計算している。

ハムレットにとっての喪服は、従って、先に述べたように父の死を悼む演技のための衣裳であり、同時にクローディアスへの叛逆の演技、あてつけのための衣裳でもあるのだ。

衣裳まで決めて、なぜハムレットは演技をしなくてはならないのだろう。

ハムレットが「actor／役者」だというのは、この悲劇の主人公を論じる殆どすべての評者が指摘することである。たとえばジョン・ドーヴァー・ウィルソンは『『ハムレット』で何が起こるか』において「彼自身が俳優であり、彼は役を演じている時ほどくつろぐことはない。ほとんど全幕を通して私たちが目にするのは、ハムレットが何かかにかの役割を演じているさまである」と言い、「play-acting／演じること」が彼に強い満足感を与え、彼には劇的才能がある、と述べている。またアン・バートンはペンギン版『ハムレット』の序文の中で「復讐者とそれに敵対する者たちは、大抵の場合、最終的な対決の場に至るまでは現実を筋書として演技をする（real-life play-acting）」と述べている。

ハムレットは確かに芝居好きだし、芝居っ気がある。それは、旅役者の一行を前にして、自らお気に入りの芝居の台詞をひとくさり披露することからも明らかだ。また、復讐者というものは最後まで本心を偽らねば目的が達せられないのだから、常に演技をしていなければならないというのも当っていよう。「ハムレットが率直にくつろいで語り合えるのはホレイショーと旅役者の座長、そして墓掘りの三人だけだ」とジョン・ギルグッドは『舞台の演出』の中の「ハムレットについての覚え書」で語っている。

一九七九年の十月に、イギリスのオールド・ヴィック劇団が『ハムレット』をもって来日した。演出はトビー・ロバートソン、主役はデレク・ジャコビだった。このプロダクションで今なお鮮やかに記憶に焼き付いているのが、このハムレットと旅役者たちとの交歓の場なのである。

ハムレットは、お気に入りの芝居のひと場をやってくれと座長にリクエストする。役者たちは彼の周りにぐるりと放射状に腹ばいになる。中には頬づえをついている者もいる。そのくつろいだ円陣の中央に立ち、のびのびとくつろいでまず自ら「猛だけしき豪傑ピラス……」とアイネイアースの台詞を語り出すハムレット（二幕二場）。いかにも心の鎧をはずしたようなこの場のハムレットを見たとき、逆説的に彼の孤立を感じたものだ。たまさか訪れた役者たちに会ってはじめてくつろぐハムレットの姿から、常の彼がいかに「敵」に囲まれているかということが感じられたのだ。

という訳でギルグッドの言うように、ホレイショーと旅役者と墓掘り以外の人物は、すべて何らかのかたちでクローディアスの側に立っており、心が許せない。だからハムレットは常に演技をする。

だがそれだけだろうか。劇的才能といったいわば資質や、復讐者といった立場や、あるいはまたブルース・ウィルシャーが『役割演技とアイデンティティー』の中でハムレットは「世界」を作り上げる（invent）ために「俳優を演じている」と言っているような抽象的な理由だけが彼の演技を支えているのだろうか。

そうだとすると、ハムレットが父の亡霊に会う以前、復讐を決意する以前から、喪服という衣裳を着てすでに「演技」をしていることや、五幕で海から戻ったあとハムレットの演技性が希薄になることの説明がつかない。

ハムレットの演技の奥には、ここに引いたいくつかの理由に加えて、もっと強い必然性、この劇の構造に深く根ざし、ハムレットが演技をせざるを得ないような根本的な必然性がありはしないか。

その必然性とは、ハムレットには観客がいるということである。

ハムレットは見られている。そして、見られていることをハムレットは知っている。シェイクスピアのすべての戯曲の中でも、いや、恐らくは古今東西のすべての劇の中でも、ハムレットほど多くの他の登場人物から注目されている主人公はいないのではないだろうか。しかも、注目されていることを知っている主人公は――。

とりあえず、シェイクスピア四大悲劇の、ハムレット以外の主人公たちを考えてみよう。

オセローは確かにイアゴーに見られている。イアゴーは、その不満と嫉妬にたぎるまなざしを、終始ムーア将軍の一挙手一投足に向けている。だが、オセローはイアゴーから見られていることを知らない。考えようによっては、オセローの悲劇は彼がイアゴーに見られていることに気づかないという点に発しているとも言えるのではないか。そう言えば、オセローのみならず、デズデモーナもキャシオーもイアゴーの注視を浴びていながら、それに気づいていない。この三人の劇中人物に共通する愚直すれすれの素直さは、イアゴーの悪意の視線に対する無防備に由来しているのだ。「見る」イアゴーは優位に立ち、知らぬ間に「見られている」オセロー、デズデモーナ、キャシオーは絶対的に不利で、イアゴーの奸智のわなにはまるのだ。

マクベスはどうか。ダンカン王殺害を中心とする彼とその妻の主だった行動は、人目につかないところで密かに行われるのが特徴である。

リア王は、王位を譲りわたした途端にゴネリルやリーガンにとって邪魔者になる。その身を気づかうわずかばかりの腹心の者たちからの視線を除けば、彼は見られないどころか顧みられもしない。リアをかばおうとする老いたグロスター伯が、リーガンとコーンウォール公の手で両眼をえぐられ盲目となり、王の姿を見ることができないというのも象徴的である。

そこへいくとハムレットの見られ方は圧倒的だ。まずクローディアスが見ている。

ガートルードが見ている。ポローニアスもオフィーリアも見ている。ローゼンクランツとギルデンスターンが見ている。しかもこの二人の「御学友」は、狂った王子を見るために国王から召し出されたのではなかったか。それに加えて、先王の亡霊までもがハムレットを見ている。つまり、ほとんど宮廷全体が彼に注目しているわけだ。そして当のハムレットは、彼らが自分を見ていることを、終始様子をうかがっていることを、知っているのである。

イギリスの劇作家トム・ストッパードは、一九六六年に『ローゼンクランツとギルデンスターンは死んだ』を発表し演劇界に衝撃的なデビューを果たしたが、この作品は、『ハムレット』の見事な本歌取りであると同時に、そのまま優れた『ハムレット』論でもある。とりわけ、この小物の二人組が、いかにハムレットを見る存在であるかという点を、ストッパードは鋭く洞察しているのだ。

周知のとおり『ローゼンクランツとギルデンスターンは死んだ』というタイトルは、『ハムレット』の五幕二場、ハムレット以下すべての中心人物たちが非業の死をとげたあとで、イギリスからの使節が語る台詞から取られており、『ハムレット』劇の主だった登場人物を脇役に、ローゼンクランツとギルデンスターンという互いに名前が入れかわっても区別がつかないほどの端役を主役に据えた三幕構成の芝居である。イギリスで自分たちを待ちうけているのは死だと知ったローゼンクランツは終幕の幕切れ間際に船ばたから海を見やり「陽が沈む。それとも今風の理論によれば、地球が上がってくるのか」とつぶやくが、『ハムレット』を天動説とすれば『ローゼンクランツとギルデンスターンは死んだ』はいわば地動説で、ストッパードは『ハムレット』の視点を一八〇度ひっくり返してみせたのである。

『ローゼンクランツと……』の一幕の半ばで、ストッパードのオリジナルによるローゼンクランツとギルデンスターンの世界は、初めて『ハムレット』劇と交叉する。それは原作の『ハムレット』二幕一場の終り近く、オフィーリアが父ポローニアスに伝えるハムレットの異常行動の場面だ。原作では彼女の言葉による「報告」なのだが、ここではそれが実際にハムレットとオフィーリアがからむ情景となって、呆然としているローゼンクランツとギルデンスターン、そして私たち観客の目の前に繰り広げられる。

すぐそのあとに続くのは『ハムレット』の二幕二場、二人が国王と王妃に拝謁する場で、これ以後は『ハムレット』の劇的時間と『ローゼンクランツと……』のそれとは背中合せに重なって流れる。二人は、王からハムレットの狂気の原因を探り出すよう命令を受けるが、何からどう手をつけてよいのか分らない。宙ぶらりんの状態で、とりとめのない会話を交したり、ゲームで暇つぶしをしながら、それでも絶えずハムレットの様子をうかがっている。

興味深いのは、原作のハムレットの「独白」にあたる部分が『ローゼンクランツと……』ではどう処理されているか、言いかえればハムレットが第二、第三、第四の独白をしているはずの時に、ローゼンクランツとギルデンスターンが何をしているか、である(二人が登場するのは『ハムレット』の二幕二場からだから、一幕二場の第一独白には関りようがない)。

「さあひとりになった……」で始まる第二独白を「表」とすれば、それに対応する「裏」では、ローゼンクランツとギルデンスターンの二人は、旅役者の座長を相手に、その晩上演される予定の『ゴンザゴー殺し』のことやハムレットの狂気の諸症状などについて話している。ローゼンクランツは、彼らが見て取った症状の中に「ひとり言を言う」ことを入れ、それを「狂人のしるしだ」と判断する。ギルデンスターンは相棒のこの発言に「筋の通らないことを言うんならな。ところが、彼の言うことは筋が通ってる」と続けるが、これは、いわばハムレットの第二独白に対する彼らなりのコメントなのである。さらには、この場面に先立つ第一幕の幕切れ近く、ローゼンクランッとギルデンスターンは次のような言葉を交す。

ギル　あっちにいるかどうか見てきてくれ。
ロズ　誰が？
ギル　あっちだ。
（ロズ、舞台奥の袖へ行き、見て戻って来、形式的に報告する。）
ロズ　いる。
ギル　何してる？
ロズ　（さっきと同じように行って戻り）しゃべってる。
ギル　ひとり言か？
（ロズ、行きかけようとする。ギル、いらいらしてさえぎる）ひとりきりか？
ロズ　いや。
ギル　それなら、ひとり言じゃないじゃないか。

（傍点引用者）

ストッパードは、二人を第二独白に立ち合せる場面は設けていないが、このように「ひとり」とか「ひとり言」という言葉を連発させることによって、ハムレットが

「ひとり言」を言うのを彼らが見て知っていることにしてあり、さりげなく、だが周到に私たち観客の注意を王子の「独白」に向けるのだ。

第三独白の場合はもう少し手がこんでくる。二人は相も変らず「何してる？」「別に何も」「何かしてるだろう」「歩いてる」「手でか？」「いや、足でだ」といった馬鹿馬鹿しいやりとりをしながらハムレットの様子をうかがっており、単刀直入に狂気の原因を訊き出そうにも「何をきっかけに話をすればいいのか、困った、分んない」のである。

一方ハムレットは、「舞台奥から登場。立ち止まり、死ぬことの是非を勘案している。」そしてローゼンクランツとギルデンスターンは「ハムレットを見つめている」のだ。（傍点引用者）

このト書に続くローゼンクランツの台詞は次のようなものだ。

「でもやっぱり、これがチャンスってとこだろうな……近づいて、話しかけた方がいいか……そうだ、確かにこれはチャンスだ……何か、直かに、打ち解けて近づくような形で……一対一で……まっこうからズバリと……。そう、たとえば——なあ、おい、これは一体どういうことなんだ、とかなんとか……。そうだ。うん、こいつはどうやら飛んで火に入る夏の虫、てなところだからな。……降ってわいたようなこのチャンス、いつまでもぐだぐだ文句言っててもしょうがない。（ハムレットの方に向って行くが、勇気がくじける。また戻ってくる）おじけづいちまう、そこが問題なんだ。いざとなると、連中の人品に圧倒されちゃうんだ……」

　そしてすぐに、祈禱書を持ったオフィーリアが入って来、ハムレットは「森の妖精よ」と彼女に呼びかける。

　つまり、ハムレットが独白で「生きてこうあるか、消えてなくなるか」と人生の大問題に悩んでいるちょうどその時、ローゼンクランツとギルデンスターンは、王子に話しかけるべきか否かと実にケチな問題に頭を悩ませているわけだ。だが彼らにとってはそれが「大問題」。この二人が端役から主役の座へと引き出されても、所詮小物は小物というハムレットとの対比が、いくばくかの哀れさを伴ってここでもあざやかに描き出されている。そして結局彼らはハムレットに話しかけることができず、手をこまねいて見ていることしかできない。

　第四独白は、『ローゼンクランツとギルデンスターンは死んだ』の二幕目の終りの部分に来る。原作『ハムレット』の四幕四場、フォーティンブラス軍の兵士とハムレットが言葉を交しているはずのところで、ローゼンクランツとギルデンスターンは次のようなやりとりをする。

ギル あいつをイギリスまで連れて行くのさ。今、何してる？（ロズは舞台奥まで行って戻ってくる。）
ロズ 話してる。
ギル ひとり言か？（ロズが行きかけると、ギルはさえぎる）ひとりきりか？
ロズ いや兵隊と一緒だ。
ギル じゃあひとり言言ってるんじゃないんだな。
ロズ ひとりきりじゃない……行くか？ （傍点引用者）

次いでストッパードは、原作におけるハムレットと兵士との会話を織りこみながら、ローゼンクランツとギルデンスターンに先行きの不安と心細さを語らせ、ハムレットの「すぐ追いかける。ひと足先に行ってくれ」という台詞で、この場面のシェイクスピアからのコラージュを終える。言うまでもなく、『ハムレット』劇ではここで二人は退場し、ただひとり舞台に残ったハムレットは第四独白を始めることになる。だが『ローゼンクランツと……』では、ハムレットは舞台奥を向き、ローゼンクランツとギルデンスターンも退場しない。そして次のような言葉を交す。

ギル そっちにいるのか？
ロズ うん。
ギル 何してる？
（ロズは肩ごしに見る）
ロズ 話してる。
ギル ひ、と、り、言か？
ロズ うん。

（傍点引用者）

独白とは、今さら断わるまでもなく舞台の伝統的な約束事、当の人物が心の中で思っていることを観客に知らせるための約束事で、いわば純粋に精神の活動の舞台化なのである。それが他の登場人物には聞こえないというのが暗黙の了解だ。ところが、その約束をストッパードは故意に破り、声帯および口唇の活動（!?）を精神活動に加えて「ひとり言」とし、ローゼンクランツとギルデンスターンに聞こえていることにしてしまった。

『ハムレット』をもとにしてパロディを作る場合、独白部分の料理の仕方が他に考えられないわけではない。現に、サヴォイ・オペラで知られるW・S・ギルバートが書いた『ローゼンクランツとギルデンスターン』というバーレスク（一八七四年）では、二人は第三独白に割りこむ。

ハム 生きてこうあるか——消えてなくなるか！
ロズ そう——それが問題だ——
すべてを耐え忍ぶよりも
喉をかっ切る方が雄々しいことか——
ギル それとも、喉をかっ切るよりも
すべてを耐え忍ぶ方が？
ハム （邪魔をされていら立ち、「行け、行ってしまえ！」と言い、また語り出す）
死ぬ——眠る——
ロズ ただそれだけのことだ——死は長い眠りにすぎない——なぜためらうのです？
（短剣を差し出す）
ギル 唯一の問題は、いくつもの死に方のうちどれを選ぶかです。（ピストルを差し出す）

ハム　（恐怖にかられて）そんな恐ろしいものはしまってくれ。ぞっとする。行け、行ってしまえ！

眠れば、多分――

ロズ　夢を見ます。

そう、その通り。私は夢なんて見たことありませんが、ギルデンスターンはひと晩中夢を見て、うわごとを言っている。

（中略）

ハム　（本気で怒り出し）君たち、
どんな馬鹿だってはっきり分るはずだ、
三人一緒に独白はできないんだぞ！


これはこれで卓抜なアイディアであり、実に面白い。だが、王子を「見る」という『ハムレット』における彼ら二人の役割は逸脱してしまっている。ストッパードは、「独白」を「ひとり言」と意図的に誤解し、これまで詳しく見てきたような三つの場面を作った。独白場面という、本来ならば誰にも見られていないことが大前提である場面においてすら、ローゼンクランツとギルデンスターンにハムレットを見守らせ、ハムレットがいかに見られている存在であるかを強調、拡大して示したのである。『ハムレット』劇の本質に迫るあざやかなパロディ化。ストッパードが、ローゼンクランツとギルデンスターンを媒介に展開して見せたハムレットに集中する視線のベクトルは、『ハムレット』という劇とその主人公を読み取るひとつの鍵である。そこから彼の演技性が解けてくるからだ。

かくもハムレットは見られている。ハムレットはそれを意識している。とり立てて芝居っ気などのない並の人間でも、他者の視線があるところでは心理学で言う「表出規制（display rules）」が働くものだ。他者の視線を意識的無意識的に感じ取り、自分の感情を圧し殺そうとする表出規制とそれを装う演技との間には紙一重の差しかない。まして芝居っ気の旺盛な人物ならばなおさらのこと、見る者＝観客に取り囲まれれば、一足とびに演技へと向うはずだ。『劇場の構図』において、劇場建築の研究家である著者清水裕之氏も「演技とは常に観客のまなざしを意識することにより成り立っている」と述べているが、ハムレットの演技もまた同じ条件のもとで成立しているのである。ハムレットを中心としたこの劇世界全体が、演技を発生させる劇場の構図をそなえていると言ってもいい。

見られていると知ったハムレットは、相手を見返す。たとえば二幕二場、ローゼンクランツとギルデンスターンが自発的に自分に会いに来たわけではなく、国王から呼ばれていわばスパイとして働いていると勘づいたハムレットは、「よし、それならこっちもお前たちから目を離さないぞ」とつぶやくのだ。

彼を見るまなざしをハムレットがはね返し、逆に見返すというこの視線の衝突が頂点に達するのが、三幕二場の劇中劇の場面である。父王の死の模様とそっくりの場面をはめこんだ『ゴンザゴー殺し』の芝居が上演されようとする時、ハムレットはホレイショーに言う。「その場面が始まったら、全身全霊を傾けて叔父を観察してくれ。（中略）叔父の様子に注意を向けるのだ。俺も奴の顔にこの目を釘づけにしていよう」と。

ハムレットとクローディアスは、『ゴンザゴー殺し』を透かして互いに注視し合うことになる。

その結果、劇中劇『ゴンザゴー殺し』は、ハムレットに、父を殺した下手人がクローディアスであることを明らかにし、同時にクローディアスにも、ハムレットが彼の殺人の秘密を知った危険人物だということを確信させる。ここで二人の立場は互角になる。これ以後彼らはもう互いに疑心暗鬼の腹のさぐり合いをする必要はなくなるのである。

劇中劇の途中で席を立ったクローディアスは、ポローニアスが芝居中止の命令を出したあと、「あかりを持て、あかりを」と叫ぶが、BBCテレビが制作した『ハムレット』のこの場面では、二人の視線・注意・敵意の衝突がまさに火花を散らさんばかりであった。この「あかり」は当然クローディアスが居室に引き上げるために従者に持たせる照明で、シェイクスピアもそのつもりで書いたのだろうが、BBCテレビのロドニー・ベネットの演出では、クローディアスがそのあかりを引ったくり、自分とハムレットの間にかざすのである。画面に大映しになった彼らの横顔の間で炎が揺れる。この時のあかりは、二人の敵対する人物が各々相手の顔色と眼の奥にあるものを見通すための照明に転じた。

配下にある者たちの眼を総動員してまでハムレットを見、彼の真意をさぐろうとするクローディアス。三幕一場、オフィーリアを囮とし、ハムレットの狂気が本当に恋によるものかどうかを見定めようとするとき、彼は言う。「もの陰に隠れ、向こうからは見られずに見る（seeing unseen）。二人の出会いをとくと観察し、（恋の悩みかどうかを）判断する」と。

『オセロー』に触れたところで、「見る」イアゴーは優位に立ち、知らぬ間に「見られている」オセローたちは不利、と言ったが、視線の政治学において「見る」優位を更に強固にするのは、ここでクローディアスが言っているとおり「見られずに見る」ことである。

そのクローディアスは、劇中劇の場ではホレイショーの視線をも借りたハムレットの眼によって逆に徹底的に見られることになる。だが、BBC版『ハムレット』では、クローディアスが更にハムレットの視線を切り返すという解釈を取り、この劇のひとつの基盤である視線の政治学を集約的に見せたのである。

ハムレットは、自分を見ている相手を見返すことによって、見られるという不利な立場を互角の立場に立て直すのだが、それを更に有利な位置にまで高めるのが、この主人公の特徴となっている「演技」なのである。しかもハムレットは、彼を見る観客であるはずの者を「相手役」として演技をする。彼らを自分のドラマツルギーの中に巻きこんでしまうのだ。

「ハムレット殿下、ご機嫌はいかがで?」と王子の様子をうかがいに来たポローニアスを、手にした一冊の本を小道具としてハムレットが自在にあしらう場面(二幕二場)や、雲の形についてあれこれ言って彼をからかう場面(三幕二場)、そしてオフィーリア相手の尼寺の場(三幕一場)などはその典型だろう。これらの場面を舞台で見る時の私たちは、ハムレット役の俳優がどう演じるかではなく、ハ、ム、レ、ッ、ト、がその場をどう演じて切り抜けるかに関心を向ける。

ローゼンクランツとギルデンスターンを相手役にした時のハムレットが、その演技と演出の冴えを見せることは言うまでもない。そもそもトム・ストッパードが『ローゼンクランツとギルデンスターンは死んだ』の全篇を通して描き出そうとしたのは、部外者であり最も純粋観客に近い立場にあるこの二人が、どんなふうに『ハムレット』劇の中に引きずりこまれ、ハムレットのドラマツルギーに操られて死に至るか、ということなのだった。ところで、純粋にハムレットを見ているということで言えば、ホレイショーもそうなのだが、この忠実な友人は終始一貫ハムレットの側についており、そのまなざしは観客のものというよりはむしろ、いわば裏方の視線と言えよう。

観客＝注視する者たちの視線を意識して演技をするハムレットは、時に彼らの予想・期待に応え、時にそれをはぐらかす。そこで、たとえば「狂人の言いぐさにしては一本すじが通っている」と「観客」の頭は混乱をきたす。見せかけを越えたもの——父の死の悲しみ、母やオフィーリアに対する幻滅、叔父への怒りと復讐心など——と見せかけとが混在するために、ハムレットの言動は矛盾に満ち眩惑的になるのである。

ハムレットを身近かに置いておくことの危険を悟ったクローディアスは、彼をイギリスに送ることにする。だが、出航して二日後に船を襲った海賊の手で、ハムレットは再びデンマークに送りとどけられる。

帰国してからの第五幕のハムレットは、やはり喪服を着ているのだろうか。そうかもしれない。そうでないかもしれない。いずれにしろ、イギリス行き以前の喪服姿ほど、彼がどういう装いをしているかは明確ではなかろう。衣装はもはや、彼にとっては重要ではないのだ。この不明確さは、五幕に至ってハムレットの演技性が希薄になることと対応していはしまいか。

ハムレットはもう四幕三場以前ほど演技をする必要はないのだ。クローディアスが先王を殺害したことはすでに明らかであり、イギリスに宛てた彼の親書によって、叔父が自分の命をねらっているという事実も摑んだからだ。

そして、彼が演じなくなる要因がもうひとつある。それは、「観客」の不在である。彼を演技へと駆り立てていた観客のほとんどは五幕ではもう現れない。ポローニアスとオフィーリアは死に、ローゼンクランツとギルデンスターンも城を去り、イギリスで彼らを待ち受ける死に向っている。皮肉なことに、ハムレット自らが、直接的間接的にこれらの彼の観客を死へと追いやったのだ。恐らくハムレットの心の動きまでも見ていただろう亡霊も、もはや姿を現さない。

確かに新たな観客としてオズリックが出て来る。ハムレットがこのお世辞たらたらの宮廷人の片言隻句の揚足を取り、派手な帽子の扱い方をはじめ一挙手一投足をからかう場面は、彼がポローニアスをからかう場面とパラレルになっている。だがポローニアスに較べると、オズリックはいかにも役者が小さい。たとえば三幕二場のポローニアスは、ハムレットが雲を指さしてラクダに似ていると言えばラクダだと言い、イタチだと言えばイタチだと言い、ハムレットに翻弄されながらも、とことんつきあいかねない勢いである。その勢いに押されて話を本筋に戻すのはハムレットの方だ。ところがオズリックは、ハムレットが寒いと言えば寒いと言い、むし暑いと言えばむし暑いと調子を合せるものの、すぐに言葉に詰まって話題をそらしてしまう。こんな頼りない観客ではハムレットも演じがいがないというものだ。

あとに残っているのは、彼の最大の観客であり相手役のクローディアスとその傀儡のレアティーズだけである。だが、クローディアスとの対決は、もはや演技という仮面を剝ぎ取った素面の対決になっているはずだ。

五幕に至って具体的に表に出るハムレットの演技性が薄れるとはいうものの、演じるという意識は彼の中に一貫してあり、最後まで残っている。

大詰め、レアティーズとの剣の試合のただなかで王妃が毒杯に倒れ、国王をハムレットが刺し殺し、彼の剣の一撃を受けたレアティーズは息を引きとる。ハムレットの体にもレアティーズに負わされた傷から毒がまわりはじめる。踵を接して死んで行く彼らを目のあたりにして、呆然自失であろう並いる廷臣たちにむかい、ハムレットは次のように言う。「この惨状に蒼ざめ震えているお前たち、この芝居の台詞のない脇役か、それとも観客か――」と。

「この芝居」とは、たった今まで繰り広げられていた剣劇、殺人劇である。ハムレット自らがこう言うということは、彼自身もそれに出演していたと言っているわけだ。

彼にとっての主だった観客がいなくなってしまったあとも、多くの者が見守る場では、つまり観客の視線のあるところでは、相変らず彼はそれを意識し、演じるのである。しかも、彼らに向って「台詞のない脇役か、それとも観客か――」と呼びかけている言葉からも明らかなとおり、自分が演じるドラマに観客を共演者として巻きこんで行くという、これまでのハムレットの行動の基本型がここにもある。

中心的な登場人物ひとりひとりが、ハムレットにとっては観客であり相手役であった。ここに至ってその劇と劇場が崩れ、惨劇を見守っていた廷臣たちが死者及びハムレットにとって観客・相手役である劇場が、浮び上がる。そしてこの劇場は、すぐ次の瞬間には更にその外にある観客の目にさらされるのだ。つまり、フォーティンブラスとその兵士たち、そしてイギリスからの使節という観客である。『ハムレット』という劇の、入れ子になった劇場の構図が幕切れに明らかになる。

ジョン・ギルグッドは先に引いた「ハムレットについての覚え書」の中で、俳優にとってのハムレットという役柄の魅力と、俳優がはまりがちな陥穽について述べている。そのひとつは、「単純明快で説得力をもった一本の線に沿って成長するといった、完結した基本的な人物人格を呈示するのではなく、場面ごとの可能性を切り拓き、各々の場面の芝居がかった効果を出したいという誘惑にかられる」というものだ。この誘惑は恐らく、ハムレットが個々の場面で、観客・相手役を替えてはその場に応じた演技をしていることに発してもいるのではなかろうか。俳優にとっては、この役がそういう手のこんだ二重の演技を必要とする点も魅力なのではあるまいか。

常に「観客」に見られているハムレットの、演技に覆われた分裂した言動に、辛うじて一貫性を保たせているのが、誰も見ていないところ（それは心の中だけかもしれない）で「見せかけを超えたもの」を吐露する独白場面なのかもしれない。生ま身の人間にも劇の登場人物にも「完結した基本的な人格」というものがあることを前提とすれば――。

ハムレットの独白の数（短いものも含め八カ所）は、グランヴィル・バーカーも言っているとおり「異例の多さ」で、当然「なぜだろう」という疑問が湧く。たとえばライオネル・エイベルは、『メタシアター』において次のような理由づけを行っている。

「ハムレットが何ら躊躇することなく行動に移れば、悲劇の成立が危ぶまれる。そこでシェイクスピアはハムレットに行動を禁ずる。そして行動しないハムレットに哲学を語らせることになった。こうして、われわれの前には、存在と非存在をめぐるあの素晴しい独白が繰り広げられることになる」（高橋康也・大橋洋一訳）

だが、他に例を見ないほど数多くの独白は、ハムレットの演技性の面から見ても意味を持ってくる。トム・ストッパードの意図的な誤解は措くとして、独白をするハムレットは誰にも見られていない。従って他の登場人物の視線を意識した「演技」もしていない。自意識という観客に向けての演技を除いては――。だから「見せかけを超えたもの（哲学も含めて）」が語れる。独白は、他者の視線を意識する場面での過剰なばかりの演技に対する一種のバランス装置と考えられる。そういえば、彼の演技性が希薄になる第五幕では、独白はただの一度も語られないのだった。

視線の網に捕えられ、それを見返しはね返す視線と、演技の仮面によって自らを護ろうとし、またそれを最大の武器とするハムレット。さまざまな「観客＝共演者」を相手にさまざまな役を演じるハムレット。

今、私たちは、生身の人間の眼ばかりではなく、カメラやヴィデオ、マスコミといった見る・見られる装置が、日常生活の至るところに氾濫する世界に生きている。人間には首尾一貫した人格があるなどというのは幻想で、与えられた状況に応じた役割演技の集積が「人格」であり「私」だという人間観が支配的である。現につかこうへいから鴻上尚史まで、今日の日本の若い劇作家たちの多くは、そういう人間観の上に立って作品を創り出している。恐らく私たちの多くが、演技やペルソナといった表層そのものが実体だという考え方を、実感をもって受けとめるようになっているのではないか。また、あらゆる状況や機構、人間関係の場を「劇場」の比喩でとらえようとする姿勢も、折に触れ視野に入ってくる。

ハムレットがいかに「現代人」であるかはこれまでさまざまな面から論じられてきているが、演技する主人公としてのハムレットは、このような今という時代の空気を吸ってもなお、あざやかに生きられるということを、改めて私たちに知らしめるのだ。

この種の文章に後日談というのも妙な話だけれど、「演技する主人公ハムレット」を書いてからほぼ二年後、まさしく「視線の政治学」がライトモチーフになっていると言えるような『ハムレット』を目の当たりにして、私は興奮を抑えきれなかった。

*

一九八八年の春に東京・新大久保に東京グローブ座がオープンし、そのオープニング・フェスティヴァルの一環として、六月末にスウェーデン王立劇場による『ハムレット』が上演された。演出は映画監督として日本でもおなじみのイングマール・ベルイマンである。

『ハムレット』が書かれてからそろそろ四百年になろうとしているが、その長い上演史の中でもこういう解釈はベルイマンが最初ではないかと思われる場面が、これでもかこれでもかと繰り出される刺激的な舞台。

まず、一幕二場の冒頭で、新国王のクローディアスと王妃ガートルードが、嬌声を上げながら体をからみ合わせて転がり出てくるのに度肝を抜かれるが、ペーター・ストルマーレが扮するハムレットも、あっと驚くいでたちで登場する。やはり黒づくめではあるが、なんとレインコート姿で、おまけにサングラスまでかけているのだ。ちよっと古めかしく「黒眼鏡」と言ったほうがいいくらいの濃いサングラスである。

このサングラス、私も初めのうちは、ただ鬼面人を驚かすための小道具か、せいぜいハムレットの世をすねた態度を表す小道具だと思って見ていたのだが、どうしてそれどころではなかった。

この場でハムレットはクローディアスに「どうした、相変わらず暗い雲にとざされているな?」と問い掛けられる。ハムレットの答えはI am too much in the sun. この台詞における sun の一義的な意味は、王の言う「暗い雲」を受けた「太陽の光」だが、「太陽の光」は国王の威光とも重なるので、全体としては「暗い雲どころか王の威光という光を浴びすぎている」ということになる。だが、sun は「息子」という意味の son と同音なので、too much in the sun の裏には「息子と呼ばれすぎている」という嫌みのこもった意味が張り付いてもいるのだ。そこで、太陽の光を遮るためのサングラス。ここでハムレットがかけているサングラスは、クローディアスの「威光」を遮るものであると同時に「息子と呼ばないでくれ」という意思表示の表象にもなるわけだ。それだけではない。

ベルイマンのハムレットは、その後の様々な場面からも明らかなように、宮廷中の注視を浴びていることを強烈に意識している。

そういう主人公にとってのサングラスである。彼自身の視線のありかを気づかれることなく相手や周囲の人間を「見る」ために、これ以上に有効な装置があるだろうか。ハムレットはサングラスをかけることによって、クローディアスが三幕一場で取る「見られずに見る（seeing unseen）」作戦を先取りしていたのだ。決して伊達眼鏡などではなかったのだ。sun をさけるためでもある。

「見る・見られる・見返す」――視線がキーワードであることは、劇中劇の場面でも、それに続くガートルードの寝室の場面でもはっきりと示される。

ハムレットからクローディアスの様子をよく見ていてくれと頼まれたホレイショーは、双眼鏡を目に当てて、王のごく小さな表情の変化も見逃すまいとする。動揺を隠しきれないクローディアスが荒々しく席を立って去ると、いかにも「やったア！」と言うように劇中劇の成果を喜びあうハムレットとホレイショー。ホレイショーは、毒殺の話になったときの王の様子を「はっきりと見届けました（I did very well note him.）」と言う。

一場置いたいわゆる「寝室の場」（三幕四場）。母の寝室に呼ばれたハムレットは、先手を打って先王に対する彼女の不実をなじろうとする。その勢いに気押されたガートルードは、「何をするの？ まさか、私を殺す気？ 助けて、誰か！」と叫ぶ。母子の話し合いの一部始終を聞くために壁掛けの蔭に隠れていた（これまた seeing unseen）ポローニアスも、大声を上げて人を呼ぶ。ハムレットは壁掛けごしに剣を突き刺す。よろめき出てきたポローニアスは片目を押えている。その指のあいだから流れる血。ハムレットはポローニアスの「目」を刺した。「見る」ことを封じたのだ。

見ることは知ることである。ベルイマンは、ほとんど全幕を通してオフィーリアを舞台に登場させる。舞台の床には白い線で大きな円が引かれ、主なアクションはすべてこの円の中で起こるのだが、彼女は円の外に居ながら象徴的なかたちですべてを「見る」ことになる。純で素朴な彼女の頭では到底処理しきれないほどのものを見てしまうのだ。発狂するのも無理はない。

佯狂のハムレットに「尼寺へ行け」と言い捨てられたオフィーリアは、「万人の賛美の的」であった王子の変貌を目の当たりにして悲嘆に暮れるが、その結びの台詞は「ああ、悲しい、昔を見た目で今のありさまを見なくてはならない（O woe is me / T'have seen what I have seen, see what I see.）」。かつて目の前にあったものを見てしまい、いま目の前にあるものを見る――言うまでもなく、これは狂う前のハムレットと現在のハムレットのことを言っているのだが、ベルイマンはこの台詞を拡大解釈して、オフィーリアにすべてを「見させた」のではないだろうか。

ところで、この「尼寺の場」の前のシーンがすごかった。ポローニアスの発案で、ハムレットの狂気の因を探るためにオフィーリアを囮にしようとするとき、ガートルードがオフィーリアの唇に真っ赤な口紅を塗り、ハイヒールを履かせ、ぐいと両肩を剝きだしにするのだ。強制された色仕掛け。ハムレットを「見る」ためのあざとい罠ではあった。

狂ってからのオフィーリアは、長い髪の毛を自らの手でばさばさと切ってしまう。そして、クローディアスの顔を望遠鏡でのぞき見る仕草をするのである。父の死を知りフランスから急遽舞い戻ったレアティーズの前に現れたオフィーリアは、血まみれのハンカチを片目に当てている。またもや「目」である。

この舞台における「見る」存在としては、かつらを被り仮面をつけて(まるでストッキング強盗のように見えたものだ)ずらりと居並ぶ宮廷人も忘れてはならない。一幕二場冒頭のクローディアスとガートルードの登場のことはすでに述べたが、そこでもこの不気味な宮廷人たちは二人を見守り、忍び手のような拍手をするのだった。観客としての宮廷人。

オフィーリアの埋葬の場では、彼らは喪服に身を包み、黒いこうもり傘をさして駆け足で登場する。埋葬が終わり、舞台奥のこうもり傘の群れが再び駆け足で退場すると、そこに立っているのは、初めのころと同じ水色のコスチュームを着たオフィーリアである。

話は「見る」ことから離れるが、大詰め、ハムレットがクローディアスを刺し殺す場面では、思わずアッと声を上げてしまった。体に毒がまわった瀕死のハムレット。クローディアスは彼の剣をかわし、逃げおおせるかに見えた瞬間、先王の亡霊が現れ、後ろから彼を羽がい締めにする。一方ホレイショーは、もう立っていることもできないハムレットを背後から抱き、身動きできずにいるクローディアスの面前までかかえるようにして連れて行く。復讐の完遂である。

さらに驚くべきは、幕切れでホレイショーがフォーティンブラス配下の兵士たちに銃殺されてしまうことである。死んだオフィーリアの視線が生きているのとは裏腹に、すべての出来事の目撃者であるホレイショーの視線とその記憶は消滅する。

視線の網の張り巡らされた『ハムレット』――ベルイマンはその網を様々なかたちで見事に顕在化したと言えるだろう。

一九九〇年は『ハムレット』の大ラッシュだった。私の知るかぎり、海外からの来日公演六本（イギリス人演出家・俳優によるものは、チーク・バイ・ジャウル劇団のみ）

を含めて十七本にのぼる『ハムレット』、あるいはこの作品を下敷きにしたハムレット物が上演された。その中には、こんにゃく座のオペラ版、モーリス・ベジャールのダンスといった芝居以外の舞台もある。私が見たのはそのうち十六本で、ほぼ三週間に一本の割りで様々なハムレットにお目にかかっていたことになる。

実は、一九七五年にも年間の『ハムレット』上演六本という記録があるのだが、九〇年のラッシュの特徴は、来日公演の多さと同時に、それまではシェイクスピアを取り上げたことのない若手の演劇人の舞台が数多く加わっていたことだろう。

彼らのアプローチは、すでに述べたように、この古典をどういう新解釈で読み取るかというよりは、それぞれが抱える関心や問題を『ハムレット』に託す、というものだ。

『ハムレット』は内憂外患の劇である。

もちろん、内と外というのは相対的な区分だから、どこに境界線を引くかによって内外は変わる。たとえばハムレット個人の心の中が内ならば、父王の死による悲しみ、母妃の叔父との早すぎる再婚からくる女性不信、人間不信、世継ぎの王子であるにもかかわらず自身は王位に就けないという不満、などが内憂となり、そういう内憂を彼に抱かせる外の世界は「関節」がはずれ、患っていることになる。

また、ねじれてしまった新王夫妻との関係、言わば「家庭」を内と考えれば、ハムレットが「牢獄」とみなすデンマークという「国家」は外であり、それがフォーティンブラスに率いられたノルウェイ軍に脅かされているという外患があるわけだ。

個人、家庭、なんらかの小集団、社会、国家、世界、宇宙。その何を内と見、何を外と見るかによって、また、そのいずれに比重を置いて演出するかによって、この芝居は、限りない求心性を帯びてもくれれば、どこまでも広がる遠心力をも持ってくる。今日ここで生きる我々の内憂外患が、『ハムレット』のそれに託されるわけだ。

上杉祥三が脚色・演出・主演した『BROKEN（暴君）ハムレット』の背景は古代の飛鳥。主人公には「羽無劣人」という漢字名が与えられ、言葉ばかりで行動に出られない（飛べない）現代の若者像を打ち出す（内憂派）。このヴァージョンは、自由に軽やかに原作とたわむれながら、作品全体のポイントはきちっと押え、現代の私たちの共感を呼ぶ生き生きとしたハムレット像を創り出した。

語呂合わせ、洒落といった言葉遊びはシェイクスピアの十八番だが、「羽無劣人」にもそれはふんだんに盛り込まれている。たとえば、有名な第三独白の冒頭の To be, or not to be, that is the question は、ローマ字読みにして「飛べ、もっと飛べ、雑踏のニワトリよ」となり、リフレインのように随所で聞かれる。つまり羽無劣人は、名は体を表し、飛ぶべき羽を持たないニワトリに擬されているのだ。劇の時代背景を「飛ぶ鳥を落す勢いで栄えた飛鳥」としたのが生きる。

流山児祥は『流山児ハムレット』の舞台を返還前の香港のアンダーワールドに置き、天安門事件を織り込みながら、はずれてしまった世界の関節を正すべく闘って敗れた若者としてハムレットを描く（外患派）。ここでは、レアティーズとオフィーリアは一緒に拳法の練習をしながら登場し、この兄妹の仲の良さと、オフィーリアの元気潑剌ぶりが示される。それだけに彼女の狂気と死は一層いたましく、それを知ったレアティーズの嘆きに説得力を与える。ハムレットの佯狂の場がふるっている。女装である。しかもただの女装ではない。彼は、薄汚れぼろぼろになったウェディング・ドレスを着るのだ。その上、このウェディング・ドレスを彼に渡すのは父王の亡霊。段ボールの箱に入ったものを投げやりにどんと放り出す。穿った表現だ。先王の結婚がクローディアスによって汚されたことを暗示し、ハムレットが佯狂の演技までも父に導かれているという解釈を明示し、ハムレットの狂気はオフィーリアへの恋のゆえ、というポローニアスの判断をとりあえずは裏付けるからだ。

（佯狂のハムレットと言えば、一九八九年にストラットフォードで見たロン・ダニエルズ演出、マーク・ライランス主演のそれも意表を突いていた。なんと、まるで食べこぼしでもくっついているように胸のあたりが薄汚れた縞柄パジャマで現れたのだ。狂った様子＝常とは違っただらしない服装、と解釈すれば昼日なかもパジャマのままというのはぴったりなわけだ。）すべてが終わり、累々と屍が横たわる中、上半身裸のハムレットは、どこにも行き着かない高い梯子を昇ろうとしてはずり落ちる。その姿にかぶせて宇崎竜童の「1989・REQUIEM」が流れる。これは天安門事件の犠牲となった中国の若者たちに捧げられた曲なのだが、その中の「友よ」という歌詞が劇中のハムレットへの呼びかけに聞こえる。印象深い痛切な幕切れだ。

劇団離風霊船の『地球サイズのハムレット』（伊東由美子作・演出）の主人公は、危機に瀕した世界を救うという、一人で解決するには大きすぎる命題を課せられた八百屋の跡取り息子である（やはり外患派）。この設定からも察しがつくように、悲喜劇的なハムレットである。

トム・ストッパードの『ローゼンクランツとギルデンスターンは死んだ』と同じように『ハムレット』の劇世界を裏返しにし、更にひとひねりしたのは、横内謙介作・演出による善人会議の『フォーティンブラス』だ。ひとひねりというのは、これが『ハムレット』を演じているある劇場を舞台にしたバックステージものになっているからだ。主人公はフォーティンブラス役の武年という名の俳優である。「俺の出番なんか、正味三時間の芝居で、始まってから二時間十五分後ですよ。しかも、たった二回」という彼をはじめとする脇役たちと、ハムレット役の主演俳優との争いが、「表」の舞台を織り込みながら描かれる。

　劇場には幽霊が出るというのはよく聞く話だが、それと先王ハムレットの亡霊の出現をずらして重ね、かつて名脇役だった亡き武年の父が、フォーティンブラスの父ノルウェイ王の亡霊として現れる。

　亡霊に扮した幽霊とはややこしいことだが、彼は「息子よ、もうハムレットを恐れることはないぞ。父の亡霊がこうしてそなたの前に姿を現したからには、条件は同じだ。ハムレットにあって、フォーティンブラスにないものは、もはや何もないのだ」と言って、『ハムレット』における先王の亡霊と同じ役割を果たす。この幽霊は、ノルウェイ王としては王子フォーティンブラスにハムレットへの復讐を促し、役者としては息子の武年に主役を食ってしまえと唆す。

　旧ソ連のリュビーモフやベリャコーヴィッチ、ポーランドのアンジェイ・ワイダといったかつての「社会主義国」の演出家たちが作った舞台には、国家体制の圧力が重苦しく覆いかぶさっている（「芝居日記6」参照）。ワイダの『ハムレット』は、劇場（グローブ座）の客席と舞台とを逆転させるという斬新な手法を取り、主役は女優が演じた。イタリアの劇団イ・マガッツィーニの『ハムレット・マシーン』(ドイツのハイナー・ミュラー作)は、作者の精神歴を「死の舞踏」のように象徴的、内省的に視覚化する。

『ハムレット』は、切実な内憂外患意識をもってそれを託せば、しっかりと受け止め、応えてくれる劇なのだ。

もともとこの芝居では「外」が重要な役割を演じている。ハムレットはドイツのウィッテンバーグに留学していた。レアティーズはフランスに遊学、ノルウェイ王子フォーティンブラスはデンマークを抜けてポーランドに進軍しようとしている。そして、ハムレットはイングランドへ送られる。

シェイクスピアの悲劇の中でも、単なるエピソードとしてではなく登場人物の在り方や劇の運びと深く関わるかたちで、これほど多くの「外国」が言及されるものはない。

ハムレットという主人公は、王子であって王ではない。王位継承権は約束されたものの、実権は持たないままに死んでしまう。この点彼は、シェイクスピアの四大悲劇の他の主人公たちとは決定的に異なっている。

退位はしたが、長らく王位に就いていたリア王、先王を暗殺しスコットランド王となったマクベス、ヴェニス公国の傭兵とは言え大艦隊を掌握する将軍であるオセロー。それにひきかえ、三十歳にして学生のハムレットは、言わば永遠のモラトリアム青年なのだ。

今いかに世界の患いが重いかということは、情報網の発達によって時々刻々私たちの目や耳に入ってくる。細分化され専門化され、管理された社会機構のせいで、どんな立場にあっても「部分」しか摑めず「実権」が持てないという感覚、そして、寿命が延びたおかげで「四十、五十はまだ子供」などとも言われ、いつまでたっても「大人」であるという実感が持ちにくいことなどは、私たちを心理的なモラトリアム状態に陥れないだろうか。こうした諸状況が、これほどまでに『ハムレット』がモテる背景になっているような気がする。『ハムレット』は、私たちの内憂外患を映す鏡なのだ。

Seeing unseen,/ We may of their encounter frankly judge.

いきなり二人の墓掘りの登場である。彼らは陰気かつ暢気な調子で舞台前中央に墓を掘り始める。四角い穴の両側に土がたまってゆく。この墓は、私たちの視界から決して消えることはない。

これはまさしくメメント・モーリの『ハムレット』なのだ。埋葬されるオフィーリアは言うまでもなく、実に様々な人物がこの墓に転がり込む。大道芸人めいた旅役者たちの演じる劇中劇の王までもが……。

ペレストロイカで国外追放を解かれた旧ソ連の演出家ユーリー・リュビーモフが手掛けた舞台。

リュビーモフは、七一年に今は亡き伝説的名優ウラジーミル・ヴィソツキーを主役に据え、モスクワのタガンカ劇場で『ハムレット』を上演したのだが、三月二十三日に銀座のセゾン劇場で幕を開けたのは、昨年彼がイギリスの俳優たちを使ってそれを再現したものである。

初演からほぼ二十年も経っているというのに、そんな歳月は全く感じられず、何から何まで驚くほど新鮮だ。

常にそこにある墓穴とともに、この舞台を支配するのは巨大な幕である。

ほとんどロープと言ってもいいくらいの太さの紐で編み上げられた、ソフト・スカルプチャーとも言うべき重量感のあるこの幕は、時と状況に応じて回転したり、客席に対して直角に垂れたまま上手から下手へ、下手から上手へと、登場人物をなぎ倒さんばかりの勢いで移動したり、また舞台全面を覆ったりする。逆光を浴びると、まるで全ての色彩が失せたフンデルトワッサーの絵のように、ダイナミックな透かし模様が浮かび上がる。

それは壁であり、超自然の力であり、また、権力や運命とも読み取れる。人々がこの幕のこちら側から向こう側へ、向こうからこちらへ動くとき、その裾をスコップで持ち上げて通り口をつけるのは二人の墓掘りたちだ。誰もが常にこの幕の裏側を気にかけており、絶えず編目から向こうをのぞいたり、裾を上げて反対側を窺ったりしている。監視する視線のために片時も真の安らぎを得られないのはハムレットひとりではないのだった。

最後にハムレットが復讐を遂げるときも、全ての死者（先王の亡霊、ポローニアス、オフィーリア、ローゼンクランツとギルデンスターン）によって裏側から幕ごと押されるかたちでクローディアスはハムレットの剣を浴びる（ベルイマンも、亡霊がクローディアスを後ろから羽がい締めにするという演出を取ったが、リュビーモフは彼よりずっと前にもっと過激な解釈をしていたわけだ）。

主役の地位をも奪いかねないこの幕の支配力、床から放射状に射し昇る光、幕や舞台奥のメタリックな壁などに映る影、効果的なサウンド――その中の登場人物たちの動きは実に美しい。ほとんどダンスの振付けと言ってもいいくらいだ。すべて毛糸編みの衣装や押えた色彩などを含め、これほど美的に構成された『ハムレット』は見たことがない。従って、ヘタをすると俳優たちは「人形」になりかねないのだが、ちょっと一本調子なのが気になるもののハムレット（ダニエル・ウェッブ）も可憐なオフィーリア（ヴェロニカ・スマート）も、大胆な演出に拮抗する力を見せてくれた。

大胆と言えば、台詞のカットの仕方やその入れ換えも大胆そのもの。たとえばこの『ハムレット』にはフォーティンブラスは登場しない。ハムレットが死に、あたかも全ては無に帰し、次の時代などない、といった荒涼感のうちに劇は閉じるのだ。

●90年5月

スポットライトは、語られる台詞をすべて独白にする。

十七世紀英国の詩人ジョン・ダンは「人は誰も島ではない」「誰もが大陸の一片だ」と詠った。

ヴァレリー・ベリャコーヴィッチ演出によるモスクワ・ユーゴザーパト劇場の『ハムレット』を見ているあいだ中、この詩句が幾度も私の頭をかすめた。と言っても裏返しになったかたちで……。

すなわち、「人は誰もが島だ」

ここでは人は孤島。その孤島と孤島を隔てる海は濃い闇である。

開幕と同時に、舞台奥の天井から一列になって五本の柱がするすると降りてくる。その一本一本の底から強い光が落ちている。それは巨大な懐中電灯といったふうで、床に光の水玉が並ぶ。その背後から登場人物たちが入って来、舞台全面に散ると同時に闇は明るく溶ける。ビートのきいたリズムに乗ったパレードだ。これは言わばご挨拶で、全員が退場すると、舞台はまた闇。

下手の端のスポットライトの中に立つ兵士の誰何の声から、劇は始まる。「ああ、文字どおり一寸先は闇なのだ」と思う。不安。

こんな孤独な『ハムレット』は見たことがない。孤独なのはハムレットひとりだけではなくて、端役に至るまでのすべての人物がそうだという意味で。

その孤独を作り出すのがスポットライトである。

舞台全体が明るくなったのは最初のパレードの時だけではなかったろうか。そして、スポットが消えたのは、あらゆるものが薄明の中で行われるハムレットとレアティーズの剣の試合のときだけ。少なくともそういう印象が残るくらい、この『ハムレット』の闇と丸い明り溜りの生み出す効果は強烈だ。

「対話」であるはずの台詞さえ、それを語る人々が闇に隔てられた明りの中に閉じ込められていると、すべてが独白になってしまうのだった。だから、孤独。

中でも取り分けダイナミックに、フルスピードで動く孤独、それがハムレットだ。

怪異と言っていいほどの風貌をそなえたヴィクトル・アヴィーロフが、この舞台の成功の大半を担っているのは間違いない。鋼鉄のバネのように強靭でしなやかな体、ぎょろっとした大きな眼、しわがれた声。彼は知的な豹だ。その鋭い眼光は、まさしく闇を貫くのである。

彼以外の俳優たちも粒が揃っている。不気味な明るさを持ったベリャコーヴィッチ自身が扮するクローディアス。ハムレットとの対立が際立つ。不敵な高笑いをあげながらハムレットの剣に倒れるクローディアスというのも、私は初めて見た。歪んだ狂気が、見ていて痛切な思いを掻き立てるナジェージダ・バダコーワのオフィーリア。

第三独白を剣の試合の直前に移した効果や、幕切れのフォーティンブラスの扱いなど、疑問は残るものの、これだけ独自な演出の『ハムレット』は類まれだろう。

『終わりよければすべてよし』

失ったものを褒め称えれば、思い出は貴重になる

『終わりよければすべてよし（*All's Well that Ends Well*）』はシェイクスピアの戯曲としては異例ずくめの作品だ。

まず、女性の登場人物が劇の口火を切るということ。他の三十六作品では例外なく男性キャラクターが第一声を発するのだけれど——。これが異例その一。

幕が開くと、そこは南フランスのルシヨンの伯爵邸。ト書きには「若いルシヨン伯爵バートラム、その母である伯爵夫人、ヘレン、ラフュー卿が登場。みな喪に服している」とある。その開口一番が「息子を送り出すのは、私にとって二人目の夫の埋葬です」という伯爵夫人の台詞なのだ。彼女へのバートラムの答えやそれに続くやりとりから分かってくるのは、彼が父伯爵を失ったばかりで、これからパリへ行き、後見人であるフランス王に伺候するということ。そしてこの劇のヒロインのヘレンが亡き伯爵の主治医ジェラール・ド・ナルボンヌの娘であり、彼女もまた父を亡くしており、

伯爵夫人に養育されているということ。

異例その二。そのヘレンが「手に職を持つ」女性であること。

彼女には亡父から授かった医術や薬学の心得がある。いわばシェイクスピア劇における唯一無二のキャリアウーマン。その点が異例である。ヘレン以外のシェイクスピアのヒロインはほとんどすべて国王とか公爵といった偉い男性の娘か妻なのだ。『ロミオとジュリエット』のジュリエットはヴェローナの名家の娘、『お気に召すまま』のロザリンドは前公爵の姫君、『オセロー』のデズデモーナはヴェニスの貴族の娘にして将軍の妻。「仕事がある」という意味で、例外は『アントニーとクレオパトラ』のエジプト女王クレオパトラと『尺には尺を』の見習い修道女イザベラ、そして、男装し小姓シザーリオとして働く『十二夜』のヴァイオラくらいだろうか。シェイクスピアはすべての作品において必ず新たなチャレンジをしているが、ヒロイン、ヘレンのこんな人物造形も、当時としては極めて新しかったはず。

ところでシェイクスピア戯曲の例に漏れず、この喜劇にも元ネタがある。ボッカッチョの『デカメロン』第三日第九話である。そのあらすじを引用しよう。「ジレット・ド・ナルボンヌは瘻（ろう）を病むフランス国王の治癒（ちゆ）に成功し、ベルトラン・ド・ルシヨンを夫に戴きたいと願い出る。ベルトランとしてはその気がないのにジレットと結婚させられたので面白くない。フィレンツェへ行ってしまい、その地で若い娘に惚れこむ。するとジレットは彼女になりすましてベルトランと共寝し、二人の子供を得る。ベルトランも彼女をいとおしんで、結局妻として遇する」（河出文庫、平川祐弘訳）

このジレットがヘレン、ベルトランがバートラム、フィレンツェの若い娘がダイアナ、「彼女になりすます」のがいわゆるベッド・トリックというわけだ。だが大きな違いもある。『終わりよければ』には「二人の子供（双子）」は登場せず、ヘレンは妊娠するのみ。

『終わりよければすべてよし』のプロットも大筋で『デカメロン』を踏襲しているが、シェイクスピアは伯爵夫人とラフュー卿に加え、パローレスという口だけ達者な貴族と道化ラヴァッチを創造し、フランス王の役割や人物像も大きくふくらましている。

『終わりよければすべてよし』は彩の国シェイクスピア・シリーズ第37弾として二〇二一年五月に彩の国さいたま芸術劇場大ホールで上演された。演出は吉田鋼太郎。二〇一六年五月十二日に亡くなった蜷川幸雄のあとを継いで彩の国シェイクスピア・シリーズの二代目芸術監督に就任した。シェイクスピアの全戯曲三十七本の上演をかかげた同シリーズだが、その時点で未上演だった以下の五作品――『アテネのタイモン』『ヘンリー五世』『ヘンリー八世』『ジョン王』『終わりよければすべてよし』――

が吉田に託された。『終わりよければすべてよし』は二十三年にわたるシリーズのトリを務めた。

吉田演出の『終わりよければすべてよし』には、この作品の本質的な深部を照射するいくつもの鮮やかな解釈が見られたが、ヘレンの「手に職」という独自性にも早々と光を当てた。

ヘレンはバートラムに熱烈に恋している。そのことを執事から聞かされた伯爵夫人は、ヘレンに真偽を問いただそうとする（一幕三場）。原作戯曲の伯爵夫人は、お抱え道化ラヴァッチに言いつけてヘレンを呼びにやるのだが、吉田演出では、伯爵夫人がヘレンの部屋を訪ねる。その部屋があっと驚くしつらえ。吉田鋼太郎はヘレンに研究室を与えたのだ。試験管やビーカーや砂時計の載ったデスクがあり、その背後に巨大な人体模型が二体（一体はスケルトン）そびえるように立っている。戯曲のト書きにはそんな指定はない。吉田はヘレンの「手に職」の面を研究室という場を与えることによって拡大し強調した。ヘレンが研究室こみで医師だった父の仕事を継いでいることを表す装置だ。

異例その三。ヒロインのほうが相手の男性より身分が下だということ。

シェイクスピアに登場する数あるカップルの中で、女性の方（ヘレン）が男性（バートラム）より身分が低いという点でも異例だ。シェイクスピア作品の中には様々な恋人カップルが登場するが、身分の違いで見ると、ほとんどすべて男女の身分が同等か、あるいは女のほうが上。〈男が上で女が下〉というケースは本作と『十二夜』(イリリアの公爵オーシーノーとヴァイオラ)、『尺には尺を』(そもそもカップルと呼べるか否か問題だが、ウィーンの公爵ヴィンセンショーとイザベラ)だけと言っていい。しかもヘレンは、バートラムを恋愛対象として見るだけでなく、身分違いの結婚という、言わば革命をやり遂げてしまう。

訳している際に特に難しかったのは、ヘレンのバートラムに対する言葉づかいだった。時にヘレンはバートラムに対して命令形を使うが、これが訳しにくい。劇作家の永井愛は傑作戯曲『ら抜きの殺意』で「日本語の女性言葉には命令形がない」と喝破した。確かに日本語では「~してください」「~していただけますか」というように、「命令」ではなく「依頼」になってしまう。原文の命令形の台詞を「依頼」の女性言葉にしないように、細心の注意を払った。これはヘレンだけでなく、フィレンツェでバートラムが惚れこむダイアナの台詞についても言える。落ちぶれた貴族の娘である彼女がバートラムをベッド・トリックに誘導する場面では、「真夜中に私の部屋の窓を叩きなさい」と言わせた。従来訳ではすべて「叩いてください」だったが、バートラムの誘いに応える振りはしても自らの望みではないのだから、「依頼」にしてはまずい。こうした箇所が全編に散見され、そのたびに訳しづらさを感じたものだ。その理由を考えてみたら、男の身分が上で女の身分が下という、この作品の異例その三に気がついたというわけだ。

異例その四。女性登場人物に多くの独白が与えられていること。

この作品でシェイクスピアは、明らかに女性に肩入れしている。男性人物にはパローレスにしか独白がないのに対して、ヘレンは三回、伯爵夫人は二回、ダイアナにも独白がある。当時の演劇の約束事として、独白は観客の共感を呼ぶための通り道。独白は、いわば自問自答。己の心の揺れの表出だ。その独白をこれだけ女性のキャラクターに与えるということは、シェイクスピアが彼女たちに心を寄せ、観客に共感してほしいと考えていたことの表れと言ってよかろう。シェイクスピアの全キャラクターの中で最も独白が多いのはハムレットだが、女性キャラクターでジュリエットに次いで多いのが、実はヘレンなのだ。読み合わせの際に吉田が「ヘレンは〝女ハムレット〟だ」と言うのを聞いて、なるほどと膝を打ったものだ。

シェイクスピアがオリジナルの人物として登場させた一人が、バートラムの母ルシヨン伯爵夫人だと言ったが、彼女には、ヘレンに対する世代も身分も越えたシスターフッド（姉妹愛）とでも言うべき情愛が感じられる。先に述べた一幕三場、ヘレンが伯爵夫人に対してバートラムへの秘めた想いを告白するのかしないのかという場面は、両者の一種のバトルが見ものである。戯曲に書かれている二人の心の機微をさらに際立たせる吉田演出に、石原さとみと宮本裕子が応え、稽古の段階から想像を超えた緊迫感あふれる場面になっていた。

ヘレンがいわゆる「ベッド・トリック」をバートラムに仕掛けるフィレンツェでも、ダイアナをはじめとする女のコミュニティが描かれる。この作品は全体を通して、それぞれの社会的階層にある女たちの連帯がいきいきと書かれている点が大きな特徴だ。と、ここまでの「異例」は翻訳の過程で気づいたことだが、第五の異例には翻訳中には気づかず、稽古場で「ああっ、そう言えば！」と思い至った。

その五番目の異例とは、望まぬ結婚を権威によって強要される男性が登場すること。四月十日に始まった稽古は順調に進み、四月二十五日には二幕三場まで行っていた。この場ではどんなことが起きるか――王は、難病を治してくれたヘレンに、約束通り臣下の中から夫を選ぶことを許す。ヘレンは居並ぶ貴族の中からバートラムを選ぶ、「こちらが『その人』です」と言って。

ところがバートラムはそれを拒否する。「お願いです、陛下、この件に関しては、私自身の目を使わせてください。（中略）貧乏医者の娘を妻に？」

だが結局彼は王の意向に従わざるを得ない。

本番では王による言葉のみの恫喝と威圧にバートラムが屈することになったが、稽古の初期の二人の対決は凄まじかった。吉田自身が扮する国王は、傍のラフュー卿（正名僕蔵）のステッキを引ったくるように手にすると、足下にうずくまるバートラム（藤原竜也）を打擲するやら足蹴にするやら。

私は台本にこう書き込んだ――「この場の稽古を見て、私の中にバートラムへの同情が湧いてきてビックリ。竜也の演技がよかった。アップステージ（舞台奥）から『永遠に続く生き地獄だぁ』と叫びながらものすごい勢いで一気に駆け出してきて、スタッフ席を抜けると、私のうしろの壁角に背中をへばりつかせた。彼のヒフンコウガイの源はフランス王の権力の大きさ、その絶対性で、バートラムがその犠牲者に見える」。私はそう書いた横に竜也の姿をスケッチした。

そして気づいたのだ、シェイクスピア劇において、父権・王権によって望まぬ相手と結婚させられそうになる人物は、『夏の夜の夢』のハーミアや、『ロミオとジュリエット』のジュリエット（従兄ティボルトがロミオに殺され、ロミオが追放されたのち、父キャピュレットはパリス伯爵との結婚を決めてしまう）。同じ目に遭う「男」はシェイクスピア劇中バートラムただ一人。

そこで我ながらビックリなのだが、最低男バートラムへの「同情が湧いてきた」というわけだ。

異例その六。

「シェイクスピアに関するかぎり、すべての喜劇は結婚で終わり、すべての悲劇は結婚から始まる」というのが私の持論だが、例外が二作品ある。『ロミオとジュリエット』と『終わりよければすべてよし』だ。両方ともプロットの半ばに「結婚」がある。それ以前は喜劇、それ以後は悲劇。

『ロミオとジュリエット』の場合はいまさら言うまでもないが、二人がロレンス神父の司式で密かに結婚式を挙げた直後、ロミオはジュリエットの従兄ティボルトを殺してしまい、マントヴァに追放になる。そこから二人の自死という悲劇的な結末までは一直線だ。

『終わりよければ』でも劇半ばの「結婚」からヘレンとバートラムそれぞれの悲劇が始まる。ヘレンは王によってせっかく結婚式を挙げてもらったのに、初夜を迎えることもなく、キスひとつしてもらえずにルシヨンに送り返される（二幕五場）。

バートラムの悲劇とは何か。初夜を拒否してフィレンツェに向かい、フィレンツェ軍に入ってトスカナ戦役で戦うが、顔に負傷することだ（尤も彼がいつどこで傷を負ったかは分らないのだが）。この劇自体はあくまでも喜劇なので、ラストはもう一度「再婚」のかたちで「結婚」。『終わりよければ』では結婚が二度！　しかも最初の結婚で夫婦になったのと同じカップルが「再婚」する。これはもう異例の極みである。

ルシヨンに戻ったヘレンにバートラムの手紙が届けられる。そこにはこうある、「お前が私の指から決して抜けることのない指輪を手に入れ、私を父親とする子供をお前の胎(はら)から産んで見せる時が来れば、私を夫と呼べ。だがそのような時は決してこないと書いておく」。無理難題の極み。

だがヘレンはこの「悲劇」を跳ね返す。自分もフィレンツェへ行き、ベッド・トリックまでしてバートラムが突きつけた実現不可能な条件をクリアするのだ。バートラムにこれほど手ひどく振られてもへこたれないヘレンの行動は、現代からするとやり過ぎに感じられるかもしれない。だがヘレンがバートラムと結婚しているという事実が重要で、当時の価値観では、結婚した女には夫と床を共にする「権利」があり、それをしないのは男が「義務」を果たしていないことになる。また、二〇〇七年に出版されたジャーメイン・グリア著の『シェイクスピアの妻（*Shakespeare's Wife*）』によれば、十六世紀には「妻から離れて暮らすのは犯罪だった（living away from a wife was a crime）」という。彼女の行動には正当性がある。だからこそダイアナとその母もヘレンの「企み」に乗るのだ。

連帯する女たちの一方で、バートラムにしろパローレスにしろ、男たちは身から出た錆でさんざんな目に遭う。ところがシェイクスピアは、彼らにもちゃんと退路を残している。この作品はダメ男たちがひとり残らず改心する物語でもあり、最終的には彼らの居場所も用意されている。

ヘレンから逃げ続けているにも拘らずダイアナを熱烈に口説くバートラムは、シェイクスピアの登場人物の中でも一、二を争う最低男と言えるが、当時の貴族の結婚において、自分と釣り合う身分の相手を求めるのはごく自然な感覚だった。それは責められないにしても、ヘレンとダイアナに対するあの態度の差！　それほどヘレンを拒絶していたのに、最後になぜ唐突に改心するのか？　吉田はバートラムの成長にも説得力を持たせる演出プランを立てた。

公演プログラムに寄せた吉田鋼太郎の言葉を引こう。

「シェイクスピアの中でも問題劇とされるだけあって、本当にタイトル通りでいいのか、物議をかもすラストではあるんですよね。実際、自分の劇団で演出した時には、「こんな形で幸せなのか？」というモヤモヤした終わり方にしました。ところが今回稽古を続けてみると、これは絶対的なハッピーエンドだと確信するようになったんです。」

「キーパーソンのヘレンは恋に焦がれる片想いの少女から、王様の難病を治し、バートラムに拒否され、成長していきます。一度は身を引く決心をしても諦められず、普通では考えられないことをやってのける。特別な強さと胆力で人生を切り開いていくんです。もう一方の主軸であるバートラムは未成熟な青年で、ヘレンを退け戦争に行き、様々な経験を積む。シェイクスピアが恐ろしい作家だと思うのは、戦争から帰ったバートラムが「顔を半分隠している」という描写があるんですよ。当時の風習で刀傷を隠すためなのか、娼婦と遊んだツケで違う病気の痕を隠すためか。いずれにせよ、傷を負ったバートラムは、昔のバートラムではないんです。傷を負ったことで、優しさも芽生えたんじゃないかな。成長した二人が最後に巡り合った時、自分たちは愛し合うべきだと気づく。それはたぶん理屈じゃないんですね。バートラムは、自分を心の底から愛してくれる女性はヘレンしかいないとわかったはず。要はシェイクスピアにありがちなご都合主義のハッピーエンドではなく、わりとリアルなプロセスを経たハッピーエンドじゃないか、と。素敵な女性たちに対して男はバカばっかりという、現実社会も反映してね（笑）。人々の思いが錯綜し、状況が目まぐるしく変化していく、実に面白い芝居ですよ。」

「少女から大人の女性まで演じられる石原さとみさんの芯の強さは、ヘレンにぴったりです。彼女が愛し抜くバートラムが輝きを放ってこそこの芝居は成立する訳で、そこに説得力を持たせられる藤原竜也君のパワーが、劇に波動を与えてくれます。バートラムの成長を測る相手ともいえるパローレスの横田（栄司）君には、虚言癖のあるインチキ男をリアルに演じてほしいと発破をかけているところ。いずれも人間くさくて魅力的な登場人物ばかりなので、嘘のない芝居にできるように、全員で必死に稽古を続けています。」

「実は個人的にもこの作品はいわくつきで、学生時代に一度上演しかけて出演者のケガで中止になり、自分の劇団で上演した時にも、これでいいのだろうかと不完全燃焼のまま終えました。だから今回は三度目の正直で、並々ならぬ思い入れがあるんです。そう言う作品が、何の因果か彩の国シェイクスピア・シリーズの最終作となったというこの不思議。四〇年間シェイクスピアをやってきた全知全能を懸けて読み解きたいですし、シリーズに参加してきた自分の思いと、蜷川さんに対する感謝の気持ちと、全てをぶつけたいと思います。でもね、これは自信を持って言えますよ、絶対に面白くなりますから！」

しかり、本作の吉田鋼太郎演出の最大の功績は、私見ながら、まず、四幕五場のラヴァッチの報告をカットしなかったことだ。ラヴァッチは言う、「ああ、奥様、あっちに若様が。顔にビロードの傷隠しを貼りつけて。その下に傷があるかどうかはビロードのみぞ知るってところだが、とにかく上等なビロードの切れ端だ。左の頰は分厚いビロードの頰だが、右の頰はむき出しです。（中略）茹でるために切れ目を入れた肉って顔ですよ」と。

吉田はさらに、大詰めの五幕三場で久々に登場する藤原バートラムの顔の左半分を深いワインカラーのビロードの傷当てで覆った。

なぜわざわざこんなことを言うかというと、私がそれまで見てきた『終わりよければすべてよし』では、ラヴァッチの報告をカットし、したがって五幕三場のバートラムも無傷だったからだ。たとえばBBC・TVが一九八一年に世に出したShakespeare Collectionの一巻（二〇〇五年にDVD化）がそうだ。よく意図が分からないのはロンドンの「シェイクスピアのグローブ座（Shakespeare's Globe）」が上演・発売したヴァージョンで、このジョン・ダヴ演出版では、ラヴァッチの報告はあるのに、五幕三場のバートラムの顔には傷がなく、まして傷隠しもつけていないのだ。

『終わりよければすべてよし』の材源がボッカッチョの『デカメロン』第三日第九話であることはすでに言った。デカメロンには登場しない伯爵夫人、ラフュー卿、パローレス、ラヴァッチらがシェイクスピアの創造であることも。

実はバートラムが顔面に傷を負うことも元ネタにはない。これまたシェイクスピアのオリジナルなのだ。シェイクスピアがわざわざ書き加えたエピソードである。カットしてはいけないだろう。顔面の負傷は美男のバートラムにとって最大の挫折に違いない。これがあるからこそ、生きていることが分ったヘレンへの「許してくれ！」という彼の言葉に真情がこもるのであり吉田の言う「絶対的なハッピーエンド」が生まれるのだから。

バートラムの顔面の傷はヘレンの人間としての成長にもからんでくる。ヘレンはなぜバートラムをそんなに愛するのか。戯曲を読み返してみると、彼女はバートラムの容貌のことしか言っていない。バートラムがパリに向かって出発したとき、ヘレンは言う、「お父様が亡くなったときだってこんなに泣きはしなかった……私の胸に浮かぶのはバートラムの顔だけ。もうおしまいだ。生きていられない、駄目、バートラムが居なくなったら……私はいつもあの人を眺めて、そばに坐って、あの弓なりの眉や鷹のようにきりっとした目や巻き毛を心の写生帖に描いていた――」

要するにヘレンは面食いだったのだ。

そのヘレンのバートラムへの愛は、彼が顔面に傷を負っても変わらない。ヘレンは、バートラムの顔かたちにのみ惹かれていた自分を超えたのだ。

「失ってから愛してきたあのヘレン」とバートラムは言う（五幕三場）。人間は愚かだから「失ってから愛する」ということをする。ヘレンもバートラムもそれぞれ成長し、再会し、かくしてこの二人に「絶対的なハッピーエンド」がもたらされる。

本書の冒頭で引いた蜷川幸雄の言葉が蘇ってくる。「実はね、僕は、基本的には戯曲に書かれていることはちゃんとやるし、ト書きもきちっとやる。書かれている限りは全部やるけれども、書かれてないことは何やってもいいんだって思ってる。だから書かれてないことを足すんだ」

『終わりよければすべてよし』ではヘレンの「研究室」は書かれてない。ラヴァッチの報告は「書かれている」。五幕三場の大詰めのト書きは「バートラム登場（*Enter* BERTRAM.）」とあるだけで、彼が傷当てをしているか否かは書かれていない。

さらに吉田鋼太郎は、「書かれていない」無言のエピローグを「足した」。それは、真紅の彼岸花に覆われた舞台中央で下手（しもて）側にバートラムが跪（ひざまず）き、上手（かみて）側に立ったヘレンが上体をかがめてバートラムの顔の左側、つまり傷当てをつけた側にそっとキスをする。そこで暗転。幕。

蜷川幸雄の演出魂と同じものが吉田鋼太郎のなかに脈打ち、息づいている。

Praising what is lost Makes the remembrance dear.

エピローグⅠ　「われらの同時代劇」シェイクスピア

演出のちから

私の「楽屋」たる仕事部屋の真ん中にはワープロ用のパソコンがでんと控えている。本は、芝居関係のものが大半を占めるのはもちろんだが、他分野の研究者や著述業の方々と違う「小道具」は、年度ごとに分かれて段ボールの箱に納まった多量の芝居のパンフレット、そして、ヴィデオ・テープの山だろう。

演劇に関係のない映画のヴィデオは居間の棚に並んでいるが、ここにあるのは、テレビで放映された舞台中継を録画したものから、映画化されたシェイクスピアその他の舞台劇、ロンドンで買ってきたTVヴァージョンのシェイクスピア劇（パル・システムなので、日本のVHSに変換しないと見られない。従って本数は倍になる）など多岐にわたる。書籍のみならず、パンフレットやテープの増殖への対応も頭痛の種ではある。

さて、記憶に残る数々のシェイクスピア劇の舞台について書き終えたいま、改めてそのパンフレットをひとつひとつ手に取ってみると、ここに取り上げなかった舞台でも、ひとこと言っておきたかったなあと思うものがいくつもある。

そのひとつ。

小ぶりで薄いパンフレットの表紙には、赤と白と黒だけで四人の男女が描かれている。その描法はエルテのイラストレーションを思わせる。トップ・ハットの男性も、ふわっと白い大きな毛皮のストールをまとった女性も、単純化したエレガントな線ですっきりと描かれている。

一九九一年の夏、ストラットフォードのスワン座で『ヴェローナの二紳士』を見た。パンフレットの表紙絵のとおり、エレガントで素敵な舞台だった。演出はデイヴィッド・サッカー。見る前から、「今シーズンのストラットフォードではこれが一番」という評判を聞いていた。半信半疑だった。なにしろモノがモノである。

『ヴェローナの二紳士』は、ルネ・ジラールが『羨望の演劇（*A Theater of Envy*）』で、シェイクスピアの登場人物に一貫するミメーシス論の出発点としているように、テーマ的にはいろいろと面白い要素を持ってはいるものの、戯曲としてはかなり雑に書かれていると言ってよかろう。読んだかぎりでは、どこをどうすれば、そんなにいい舞台になるのか見当もつかないはずだ。

　主人公はヴェローナの青年紳士ヴァレンタインと親友のプローティアス。人生修行のためミラノへ赴き大公に仕えたヴァレンタインは、大公の娘シルヴィアと恋仲になる。プローティアスも、恋人ジュリアをあとに残してミラノに渡るが、シルヴィアに横恋慕。ヴァレンタインを陥れシルヴィアをわがものにしようと計る。ジュリアは男装してプローティアスのあとを追う。

　という訳でふた組の男女の恋と思惑がややこしく絡み合うのだが、その結末のつけ方がいかにもご都合主義なのだ。この辺でケリをつけなければ芝居が終わらないとばかりに、なんの伏線もなしに唐突に山賊が現れるわ、襲われたヴァレンタインは山賊の頭目になるわ、プローティアスはあっという間に改心するわ、それをまたヴァレンタインがあっさり許すわ……。挙げ句の果てに、ヴァレンタインは、友情のためなら恋人シルヴィアを譲ってもいいと言い出す始末。お世辞にもよく書けた芝居とは言いがたい。

　さてその舞台は？

　白木のスワン座のステージにはしだれ桜が咲き乱れている。芝居が始まる三十分も前から、奥に陣取った七人編成のバンドに合わせ、品のよいイヴニング・ドレスやタキシードに身を包んだ歌手たちが入れ替わり立ち替わり現れて、「ブルー・ムーン」

や「恋は不思議」などのノスタルジックなラヴ・ソングを歌っている。歌手は全員RSCの俳優なのだが、そのうまいこと(プログラムで確かめるまでは、プロの歌手かと思った)。舞台転換も歌と演奏でつながれる。適度な甘さのロマンティックな雰囲気に乗って、観客はうっとりと芝居の世界に誘い込まれる。

衣装や装置・小道具はすべて一九二〇年代・三〇年代風で、まるで映画の『華麗なるギャッツビー』から抜け出してきたようだ。

ディテールに凝った緻密な舞台作り。

おまけに、プローティアスの従僕ラーンスの飼犬クラブが、本水・本火ならぬ本犬で、これが名演技を見せるものだから大受けだった。キャスト表を見ると、「ウーリー/ベン」とあるから、ダブル・キャストだったらしい。私が見たチャコール・グレーのとぼけた顔の大型テリアはどちらだったのだろう。

ともあれ、「ばかばかしい、こんなことありっこない」と思わせるご都合主義的展開が、演出の力で逆転し、「現実の世ではあり得ないことも、お芝居の世界では可能なのだ」という至福感すら生み出すのだった。

これもまた、戯曲を読んだだけでは分からない作品の魅力を、演出が引き出した好例である。

そして、舞台の残像を反芻しながらまた戯曲を読み返すわけだが、特にシェイクスピアの場合は、戯曲を読み、舞台を見、それに刺激されてまた読むという往還を繰り返して飽きることがない。

演出家のシェイクスピア

一九八八年春に東京グローブ座がオープンして以来、イギリスをはじめとする海外のシェイクスピア劇を居ながらにして数多く見られるようになった。また、来日した演出家と日本人俳優による舞台も目立って多くなっている。八〇年代後半になると、それまではシェイクスピアには無縁と思われた、いわゆる小劇場演劇系の若い世代の演劇人が、次々とシェイクスピアを手掛けるようになった。日本におけるシェイクスピア劇の上演模様もひと昔前に較べると大きく変化しているのだ。私個人に関しても、ロンドンやストラットフォードまで出かけて劇場を巡る機会が増えている。

そうすると、おのずと彼我のシェイクスピアへのアプローチの違いも見えてくるような気がする。

おおまかを承知で言えば、イギリスのシェイクスピア劇の場合はあくまでも戯曲を綿密に読むことから出発している。その細かさは、たとえばジョン・ケアード演出の

『夏の夜の夢』のボトムの髭の例でも明らかなように、ほとんど呆れるほどだ。戯曲を細かく読み込み、ひとつの台詞から一人の人物造形、ひとつの場面から作品全体にいたるまで新たな解釈を加えること、それが主眼である。

一方、日本を含む非英語圏の場合、テクストを細かく読むといっても、それはすでに翻訳なので、おのずから限界がある。むしろ、予め演出の側にその作品に託したい問題なりテーマがあって、細かなテクストの読みよりはそちらを優先させる傾向にあるのではないだろうか。当然、具体的な舞台表現は大胆になる。ときには「翻案」と言ったほうがいいくらいに――。

断っておくが、これはあくまでも「おおまか」な違いであって、非英語圏の演出家がテクストを細かく読んでいないということでもなければ、英語圏の演出家が大胆さに欠けるということでもない。

最近、イギリスの演出家の戯曲の読みの綿密さ、深さを改めて思い知らされる経験をした。『RSC演出家のシェイクスピア――《十二夜》へのアプローチ（*Directors' Shakespeare――approaches to Twelfth Night*）』という本を読んだのである。

これは、追々『ハムレット』や『マクベス』についても出版される予定と聞く「演出家のシェイクスピア」シリーズの第一弾。編集と解説と司会を演劇評論家のマイケル・ビリントンが引き受け、『十二夜』という芝居の様々な局面について、ビル・アレグザンダー、ジョン・バートン、ジョン・ケアード、テリー・ハンズの四人が座談会形式で語り合ったものだ。彼らはいずれも、RSCですでに演劇史に残る『十二夜』を手掛けたことのある演出家である。

目次を一瞥しただけでその細かさが分かる。章のタイトルをいくつか書き出してみよう。

どういう芝居か？
季節、月、日
イリリアとは何か？
転位されたイギリスらしさ
この芝居の社会構造
ヴァイオラ——おとなしいか快活か
マルヴォーリオ——執事の社会的地位
セバスチャンの役割
etc. etc. etc.

その語らいの中で、たとえば『十二夜』では、季節よりも海が背景にあることが重要で、「海」という言葉は五、六十回も出てくることが指摘される。

イリリアという場についても、様々な意見が飛び交う。たとえば、ビル・アレグザンダーの考え方は極めて実証的である。ヴァイオラとセバスチャンの故郷メッサリーンはおそらくマルセイユで、多分二人が難破した船はヴェニスに向っていただろうから、イリリアは現在のギリシャかユーゴスラヴィアあたり、というわけだ。

登場人物の分析もオーシーノからフェイビアンに至るまで全員にわたる。サー・アンドルーは「ノー」と言えない人間だという指摘が面白い。

こうした分析は、だが、A・C・ブラッドレーのいわゆる性格批評とは一線を画すものだ。四人の演出家たちの基本姿勢は、これらの人物を実際の舞台でどう生かすかというところにあるからだ。

そこで、ひとりひとりの人物の年齢を何歳くらいと考えるべきか、ヴァイオラ役とセバスチャン役の俳優はどの程度似ていることが望ましいか、フェステの歌のうまさはどのくらいと考えられるか、といった実際的なことも論じられる。そこが学者の書いた研究書とは違っている。

「戯曲をひたすら読んで、読んで、読む」とはジョン・バートンの発言だ。ジョン・ケアードもバートンに同意し、リハーサルに臨む演出家を、ベートーヴェンのシンフォニーを完全に暗符して指揮台に昇るコンダクターになぞらえる。演出の原点も解釈の鍵も「読む」ことにあるわけだ。

先人の解釈やアカデミックなアプローチをも踏まえ、現場経験の豊かな四人が語り合うだけに、この本を読み終えたときは、『十二夜』の舞台を何本も見たような充実感・満足感を味わったものだ。

シェイクスピアは多言語で語る

ひるがえって、非英語圏のシェイクスピアへのアプローチはどうか。

先ほど、テクストの細かい読みに関しては「すでに翻訳なのでおのずから限界がある」と言ったが、別の見方をすれば、翻訳なればこその利点もある。

イギリスの演出家や俳優たちが、日本のシェイクスピア劇を羨ましがるのを直接間接に幾度も聞いたことがある。日本人はいい、今の言葉でシェイクスピアをやれるんだから、と言うのである。自分たちにもよく意味が分からない箇所で、日本の観客は大笑いしている、今の日本語になっているからだろう、とも（もっともこれは、原文とはあまり関係ないギャグを入れたり、滑稽な仕草をつけたりした結果かもしれないのだが)。

なるほど、と思った。『ハムレット』の創作年代が一六〇〇年ごろだからといって、よもやそれを関ヶ原の合戦のころの日本語に移そうとは誰ひとり考えないだろう。坪内逍遥訳はさておき、福田恆存訳から小田島雄志訳まですべて「今」の日本語。これは非英語への翻訳すべてに言えるのではないか。私はスウェーデン語もルーマニア語もちんぷんかんぷんだから断言はできないけれど、おそらくベルイマン演出の『ハムレット』もシルヴィウ・プルカレーテ演出の『タイタス・アンドロニカス』も、それぞれ現代のスウェーデン語、現代のルーマニア語に翻訳されたものに違いない。日本の場合、一九七〇年代後半以降のシェイクスピア劇上演の盛況は、小田島訳の誕生を抜きにしては考えられない。

言葉の点でも「現代劇」である非英語圏のシェイクスピアへのアプローチ。その道は、現代語に踏み慣らされているという意味で、今の問題や関心を託しやすくなっている。

たとえば、一九九二年五月に来日したルーマニア国立クライオーヴァ劇場が、東京グローブ座で上演した『タイタス・アンドロニカス』。

禁欲的なまでに簡素で質素な舞台、そこで繰り広げられる血まみれの復讐劇は、チヤウチェスク政権が倒れたのちに作り出された。演出のシルヴィウ・プルカレーテは一九五〇年生まれだ。

古代ローマを舞台にしたこの残酷劇は、シェイクスピアがその劇作家生活の最も初期に書いたもののひとつだが、十六人に及ぶ主な登場人物のうち最後まで生き残るのはわずか二人。しかも次々と命を落す十三人の人物の死に方が、どれもこれも極め付のむごたらしさグロテスクさなので、他のシェイクスピア作品に較べると、上演は極端に少ないという難物である。

だが、プルカレーテは、息つく暇もなく連なる残酷でグロテスクな場面を時には象徴的に、時にはリアルに描き出し、更にユーモラスですらある人物造形を加えて洗練された舞台を作った。

まだ暗い舞台に、鈍く光る黄金の長衣をまとい帽子をかぶった祭司のような男がゆっくりとした足取りで登場する。手には灯明を持っている。祭司はそれを舞台の中央に置き、祈るような姿勢でうずくまる。戯曲には書かれていないこの人物は、時には悲鳴のような声を発しながら、ところどころで現れる。言わば血まみれの世界に対する「嘆き」と「祈り」の具現である。シェイクスピアの全作品の中でも最も「劇画」的な『タイタス・アンドロニカス』の劇世界に、奥行きと静けさを与える役を担っていた。

そのあとに現れるのは二台のテレビ受像機である。それぞれの画面に映っている二人の男は、何ごとかを激しい口調で語っている。

明りが入ると、舞台には白い幕が幾重にも張り巡らされている。白といっても晒していない生なりの白で、それも天竺木綿のような質感である。その中の一番奥の幕が半ばまで降りて来ると、観客に背を向けた男が二人、深紅の照明を浴びた暗い背景に向かって演説をしている。「我こそは次期ローマ皇帝」と民衆に訴えているサターナイナスとバシエーナスである。テレビに映っていたのは彼らの顔だったのだ。この劇における「政治」を強調する見事な導入である。

ゴート族との戦いでローマに勝利をもたらした将軍タイタスは、この政治に巻き込まれる。皇帝の座に就いたサターナイナスとその妃となったゴート族の女王タモーラ、及び彼女の息子たちによって息子を殺され、娘を汚される。だまされて自らの片腕も切り落とす。

残酷な場面の象徴的な描き方とリアルな描き方と言ったが、たとえば娘ラヴィニアがタモーラの二人の息子ディミートリアスとカイロンに凌辱され、舌を抜かれ、両腕を切り落とされる場面にもその絶妙なバランスが見て取れる。彼女は床にうつ伏せになったまま、カイロンたちに幕の裾から奥に引きずり込まれる。脚、下半身、胴体、頭、と彼女の姿は徐々に観客の目の前から消えてゆく。これは凌辱の象徴的な描き方。だが、次に私たち観客が目にするラヴィニアの姿はリアリスティックに無惨だ。血に染まった口もと、白いドレスの袖は肩からだらりと垂れ、やはり血まみれなのだ。

また、ユーモラスな人物造形と言ったが、それはタモーラの息子たちやタモーラの愛人のエアロンに見られる。ディミートリアスもカイロンも双子のようにそっくりで、おまけに滑稽な肥満体、いかにもママの支配下でいい気になっているドラ息子といったふうに作ってある。顔だけを真っ黒に塗って黒人であることを表したエアロンは、悪事を楽しむ不気味さを全身にみなぎらせて迫力満点だ。原作では彼は生き埋めにされ殺されることになるのだが、ここでは天井から吊された網に捉えられ、兵士たちの無数の金属棒で前後左右からズブズブ刺し貫かれる。

タイタスが、殺害したディミートリアスとカイロンの肉を挽き、パイに焼いてタモーラに食べさせる饗宴の場では、モーツァルトのピアノ・コンチェルト二十番の第二楽章が流れ、そのズレはすさまじいばかり。

果敢で繊細で、目を見張るような『タイタス・アンドロニカス』。

ルーマニア革命が起こり、チャウチェスク大統領夫妻が逮捕され、時をおかず処刑されたのは一九八九年の十二月だ。プルカレーテが、この流血をものともしない独裁者夫妻を、残虐な暴君サターナイナスとタモーラに重ねているのは明らかだ。そもそも冒頭、テレビ画面に映った顔を見たとき「あ、チャウチェスク！」と思ったのは私だけではなかったはず。シェイクスピア劇の中でも屈指の残虐な劇に自国の悲惨を重ねればこそ、原作には書かれていない祭司を登場させたとは言えまいか。彼の悲痛な詠唱と祈りは、この劇における受難者を悼むと同時に、たとえばチミソアラの村における大量虐殺の犠牲者への鎮魂でもあったのではないか。クライオーヴァ劇場の『タイタス・アンドロニカス』は、ルーマニアの現在を映し出していたのだ。

いや、そういうことで言えば、シェイクスピアのほとんどすべての作品は、鏡となって内憂外患のみならず、個人の喜怒哀楽から時代精神までを映し出す。ヤン・コットは、彼のシェイクスピア論に『シェイクスピアはわれらの同時代人』というタイトルをつけたが、シェイクスピアの作品を具体的に「我らの同時代」のものにするのは舞台である。劇場の舞台こそ、シェイクスピアを現代劇として「読む」最良の場なのだ。これからも私は、私の「楽屋」と劇場とを行き来して（それはテクストと上演との往還とも重なるのだが）、その心躍る作業を続けるだろう。

エピローグII　インタヴュー
現場での醍醐味――「シンベリン」を中心に

――松岡和子先生はシェイクスピア戯曲三十七本すべての上演を目指す、彩の国シェイクスピア・シリーズの公演に合わせて、シェイクスピア戯曲の全新訳に挑んでいらっしゃいます。この翻訳作品はちくま文庫から刊行されています。四月二日から上演される第25弾の「シンベリン」はワールド・シェイクスピア・フェスティバル正式招聘作品でもあり五月二十九日からロンドンのバービカン・センターで上演されます。

シェイクスピアのすごさ

今回の「シンベリン」は歌舞伎や日本舞踊の引き抜きとか源氏物語絵巻の「雨夜の品定め」の場面など、日本の伝統芸能や和の要素がたくさん盛り込まれていますが、この姿勢はそもそも日本人のためのシェイクスピアをどういうふうに作るかという蜷川さんの発想が原点です。日本人が西洋人に扮するというのは、やる方も見る方もなんか恥ずかしさが付きまといますよね。蜷川さんは、そういう恥ずかしさをあらかじめ解消するために、開幕時に日本人がシェイクスピアをやるということをバラしたり──「シンベリン」の場合は、全キャストが「素」で出てくる楽屋から始まります──、和のテイストを入れたり。それが結果的に海外のお客さんにとって自分たちの観たことのない日本のシェイクスピアが観られるということになる。そこが、鮮やかにいくと、お客さんは「はい、わかりました、ついていきます！」という気持ちになりますよね。

──客席はまさしくそのような気持ちでした。翻訳されてみて、いかがでしたか。

「シンベリン」は解釈がいく通りもあるフレーズや文章など不確定要素の多い作品で、翻訳はとてもたいへんでした。完成度は決して高くなく、つっこみどころが満載で、最後は登場人物みんなが「聞いてないよ」の大合唱という感じ（笑）。蜷川さんが「理屈で辻褄を合わせようとしてもできないから、そういうことを感じさせないような疾走感が必要だし、大技がいるんだ」とおっしゃった。その大技というのが、あの見事な舞台転換です。その「聞いてないよ大会」でも、聞いている人が唯一います。それは観客です。最後に舞台上の人物たちが「ええー」「そんなこと聞いてないよ」

と右往左往するのを「ふふふ、私たちは知ってる」と。つまり、いちばん情報量が多いのはお客さんで、いちばん何も知らないのが、シンベリン。シェイクスピアは一貫して人間の愚かしさを描いていますけど、情報量のなさが愚かしさにつながるということはある。シェイクスピアは、お客さんにもっとも多くの情報を与えて、お客さんを安全地帯におく。シェイクスピア劇の場合、そういう意味で「お客様は神様です」。そこが「ザ・大衆劇」である所以だし、かつ高踏的なことも込められるのが、シェイクスピアのすごいところです。その真逆が、いわゆる不条理演劇で、高踏的とかインテリ向きというのは、お客さんが神様にしてもらえないところにあるということですね。

――シンベリンがなぜタイトルロールかということがあらためてわかりました。

そうなんです。登場場面は少ないのですが、すべてがシンベリンから始まり、みんながシンベリンの巻き添えになって、ひどい目に遭い、最終的には「すべての者に『許す』という言葉を」（五幕五場）とかっこよく締めの台詞を言って、チャンチャンと終わります。シンベリンがタイトルになっている意味も含め、吉田鋼太郎さんがタイトルロールをやったおかげで気付くことがありました。

最後にシンベリンがイノジェンに「顔に見覚えがある。なぜか、どうしてか分からないが、『生きろ、少年』と言ってやりたい」（五幕五場）という場面があります。蜷川さんがこの場の背景として陸前高田の奇跡の一本松を装置として置いたことが解釈へのドアだけど、「生きろ、少年」というのが福島の子どもたちに向けて言っているように感じてしまった。それはやっぱり、鋼太郎さんのあの鮮やかな言い方があったからこそです。終わってから鋼太郎さんの楽屋にお礼を言いにいきました。

役者によって気付かされること

――役者の方によって翻訳するうえで助けられたり変化が生まれましたか。

今回はとくに役者に助けられました。大竹しのぶさん（イノジェン）、吉田鋼太郎さん（シンベリン）、勝村政信さん（クロートン）、瑳川哲朗さん（ベラリアス）は、これまでいっしょに仕事をしたことがあって、声や呼吸や動きを間近で見聞きして知っているから、そういうのを頭のなかで想像しながら訳したんです。

しのぶさんの、お姫様（イノジェン）と少年（フィデーリ）の切り替えもそうです。「私は程を超すほど会いたくてたまらないんだもの」（三幕二場）っていうところ。気持ちが逸り(はや)ポステュマスのところに行くのにお城を抜け出す前に言い訳でどうしようって。しのぶさんが気持ちの行き来を鮮やかにやってくれるだろうと思いながら訳して、まさにその通りになりました。稽古場でも笑いは絶えずありました。勝村さんがクロートン役で「ポステュマス、貴様の頭はいまはまだその両肩のあいだに生えているが一時間以内にころっと落ちる（三幕五場）」と言うところ。シェイクスピアはgrowという言葉を使っているから、私はそのまま「生える」と訳しました。勝村さんは「首が生えているが」とコートを使って左右に首を動かしながら「ころっと」「ころっと」とやりながら台詞を言った。そのたびに首が転がり落ちるように見える。あれが活きるのは、勝村さんとそっくりな首をギデリアス（浦井健治）がやがて持って出てくる（四幕二場）から。「ころっと」落ちるのは自分の首だったというのが、あとからわかってきておもしろい。

今回の翻訳は、勝村さんがクロートンを演じるということを聞いたあとだったので、勝村さんの呼吸や息遣いを意識しながら訳していきました。ここではたぶん、キュッと音を上げてくれるだろうとか。

カット作業

――ロンドン公演ということもあり、時間的制約からカット作業もおありだったそうです

ね。どのように進めていったのでしょうか。

まず私がカット案を提示して、さらに蜷川さんと演出補の井上尊晶さんが手を入れ、蜷川さんが稽古場で「カットしてもいいと思う台詞があったら、どんどん申し出てくれ」と自主カットを役者さんから募集しました。そんなことは初めてです。吉田鋼太郎さんはご自分でシェイクスピアを演出してるから、そういうところもきっちり目配りがきいている。だから鋼太郎さんのアイディアをもらったところがずいぶんあります。

自主カットで勝村さんが「ここはいらない」と言ったけど、わたしが「言ってほしい」という攻防もあったんですよ。クロートン（勝村政信）が悪いことをしようとして、ポステュマス（阿部寛）の服を持ってこいって言う長台詞（三幕五場）です。「ミルフォード・ヘイヴンで会うぞ。着いたら悪党のポステュマス、貴様を殺してやる」と言ったあと「その服ってやつが早くこないかな」というところをカットして、そこから「ポステュマスの粗末な下着のほうが、生まれも身分もずっと上の……」という台詞へいきたいと勝村さん。私は、ポステュマスへの恨みをガーッと言ったあとで「服ってやつが早くこないかな」とスポーンと話を飛ばすところがとぼけてておかしいと思うし、「服」から「下着」へ連想がいくように書かれてるんだから「これは言ってほしい」と。「どうしても言ってほしい？」「うん、言ってほしい」「どうしても？」「うん」「じゃあ、言ってあげる」って（笑）。

見せ場がすべてカットされてかわいそうだったのは、塚本幸男さんの牢番。何日目かで、蜷川さんが「塚本、ごめんな」って。私は「塚本さん、ありがとうございました。ほんとうに素敵な牢番でした」と言いました。縛り首で死んでしまえば酒場の勘定書の心配をする必要はないといった馬鹿ばなし。コントラストをつけて、リズミカルにユーモラスに言ってくれた。やったらイギリス人が大喜びしたと思うけれども、時間的制約からカットされました。あの場にいた人の記憶にしか残ってないんですよね。それと、有名な二幕二場、イノジェンの寝室の場面の冒頭。ブルーの部屋で絵が掛かってて、暖炉もある素敵な装置。それがスパーンとカットになりました。稽古場にいたひとだけが見た幻のシーンですね。

これからロンドン公演用に字幕も作ります。稽古場でカットがあるたびにそれを原文に反映させてましたが、「完全なカット台本」の仕上がりを受けて、字幕台本を作って行きます。海外公演があると、字幕という仕事も当然、入ってきます。オペレーションの野口州子さんは、ずっと蜷川さんのイギリス公演にイギリス側のスタッフとしてついてくださっている方なので、もう完璧ですね。やっぱり、いいタイミングでその言葉を出すっていうことに成否がかかっていますからね。

――稽古場では松岡先生は蜷川さんの近くにつねにいらっしゃいました。

今回は私にとって特別な稽古でした。どんどんカットが出るから、カットしたときのつなぎの言葉が必要になったり、接続詞を考えなくてはいけない。とにかく稽古場に待機していました。蜷川さんが全体を見て「ここはカット」となったら「はい、了解」とか、「このひと言は戻しましょう」と井上さんと相談、という感じでした。私が稽古場にいないときにカットや言い換えとなると、ほかの方の翻訳も参考にしながら現場で進めています。稽古場へいってみると、私だったら絶対に使わないような語彙になっていたりすることもある。そういうときには、「この言葉はこうしたら?」と代案を出したり、役者さんと相談して選んでもらったり。やっぱり言語感覚というのは、ひとりひとり違ってきます。同じ日本語を使っているのだけれど、現場には五十年以上、六十年以上生きてきた人もいるわけだし、日本語自体も変化していますから。

翻訳するのに私がすごく頭を使い苦労して、ようやくその言葉に辿りついたから、カットしないでほしいということはないんです。翻訳した私とカットする私は別。もっともカットされても鷹揚に構えていられるのは、翻訳を全文掲載する文庫版が刊行されるからかもしれません。カットされたところも面白いのでぜひ読んでください!

女性で初めてシェイクスピアを訳す

——これまでシェイクスピアはたくさんの翻訳家の方により訳されてきましたが、女性である松岡先生が訳すうえで心がけていることなどはありますか。

初めて私が翻訳のオファーを受けたシェイクスピア劇は「夏の夜の夢」でしたが、その時点では、原文の解釈にはもう私の出る幕はないと思っていました。ですから、いままである訳を使って、劇作家が日本語をアップデートすればいいのにと思うくらい引いていたんです。そのときは、一作だけ翻訳するなら罰も当たらないでしょうという感じだったのですが、それがあれよあれよという間に彩の国さいたま芸術劇場のシェイクスピア・シリーズの全作を訳すことになり、翻訳もちくま文庫ですべて刊行されることになった。その過程で、日本語のアップデートだけで済む問題ではないということが分かってきたんです。日本語のアップデートだけと思っていた最初期の段階でも、私のなかにあったのは、女が訳すのだから、女性のキャラクターの言葉遣いは、いまの女優さんがしゃべって腑に落ちる、それから女性のお客さんが聞いて、きっちり納得できるものにしようということ。それは最低、私の果たす役目だなと。自分が女だからこう読むというのが解釈にまで入ってくると思わなかったのですが「これは男の読み方だろう」というようなものが出てきました。それは現場で演出家の言葉の解釈を聞いて「ああ、そうか」と目を開かれることもあります。私にとっていちばん衝撃的だったのが、「マクベス」です。

言葉の解釈を広げる

その「マクベス」文庫本の脚注にも書きましたが、マクベスがダンカンを殺した翌朝、臣下たちがやってきて、そこで白を切るところです(二幕三場)。お付きの二人を殺してしまったと言うと、なぜそんなことをしたのかと問われる。マクベスは「誰にできる? 分別を働かせて動転し、穏やかに激怒し、/忠誠心に燃えつつ、冷淡でいる、それも同時に? 無理だ。/激しい愛がほとばしり/理性の手綱を振り切った」と答える。この「激しい愛《my violent love》」のloveは、先行訳では忠誠心、つまり王への愛と解釈されていました。「王に対する敬愛の念」と訳されるとか。じつは私も最初はそういう解釈をしていました。相当、先行訳に引っぱられるものなんです。定着した解釈を変えるのは勇気がいります。

そのとき演出のデイヴィッド・ルヴォーが「その解釈は違うよ」と。表面上はみんなに向かって王への愛のように言っているけれども、じつは妻への愛のために王を殺したと、両方の含意が重なっている、と。そのときデイヴィッドが「私を愛しているならポルシェを買って」というのと同じだと言ったんです（笑）。つまり、マクベス夫人の「私を愛しているなら王を殺して王位についてよ」というのが一方にあって、このloveは王と妻の両方への意味を持つだろうという解釈です。忠誠心という、表の、公の意味だけに収めてほしくないと言われて、ガーンとなりました（笑）。それ以来、私はloveの解釈に注意するようになった。結論を言えば、loveはパラフレーズせずに「愛」と訳すのがいちばんいいということでした。そうしたら「愛」の中身は役者が解釈するし、観客が解釈する。シェイクスピアはloveとしか書いてないんだから、こちらも「愛」でいこう。

だからここでも「激しい愛がほとばしり／理性の手綱を振り切った。眼前にはダンカン王、／（中略）銀の肌には黄金の血が縦横に走り、／大きく開いた傷口は、生命という城壁の裂け目さながら／侵入する破壊の入り口になっている。」と言うと、なみいる臣下たちは、マクベスの言うloveが王へのloveだと解釈します。だけどそれを聞いて、マクベス夫人は気を失う。彼女には、夫が自分のために王を殺したということがわかるからです。

私がひとりでこう解釈できたのなら「いい子、いい子よくわかったね」と自分で自分を褒めるところですが、残念ながら独力では読めませんでした。でも「世話(せわ)の部分」――いわば女の読み方ですよね――も忘れちゃいけないということをデイヴィッドに教えられたわけですから、それ以降は注意するようになったんです。せっかく、自分が女であって、シェイクスピアを訳すという役割を与えられたのだから、そこの視点というのはなくしてはいけない。つまり、シェイクスピアは、男女両方の視点で、というか複眼の視点で書いているということなんです。シェイクスピアが両方の視点で書いているのに、一方をつぶすことをしてはいけないと肝に銘じました。

――視点に敏感になるということが「シンベリン」ではありましたか。

たとえばポステュマスが女性嫌悪を二幕四場で吐くところ。ここは訳していてつらくなるくらいに「そこまで言うか」という。そのあとでポステュマスの命令を受けたピザーニオが血染めのハンカチを送ってくる。そこでポステュマスはイノジェンをほんとうに殺したと誤解します（五幕一場）。「血染めのハンカチ、お前を大事にとっておこう、／お前がこの色に染まるのを望んだのは俺なのだから」と言ったあと、結婚した男たちに向かって「君たちがみなこういう道をたどるなら、／どれほど多くの者が自分より優れた妻を殺すことになるだろう、／しかもほんの些細な過ちのせいで」と言う。事実は違うけれども、ポステュマスのなかでは、自分の女房がほかの男と寝たわけで、それを「些細な過ち」と言っている。これは当時の倫理観・道徳観からすれば驚嘆すべき発言だと思います。シェイクスピアですら、時代の価値観に影響されているところが多々あるんだけれど、ポステュマスのこの台詞のように、時代の枠を突き抜けて、いまの私たちに納得できる男女観や女性像というのもあるんです。

「じゃじゃ馬馴らし」は、今見ると、妻を調教するとは何さ、ということはある。それでも最終的には「なんちゃって!」になっているから、それもアリかなと思えるんです。私は日々、シェイクスピアのすごさに参っている感じです。「シンベリン」も一方で壮大な失敗作だと言われていますが、それは壮大な実験をした結果です。魅力を発掘せざるを得ない。「シンベリン」をロンドンで上演するのは、この作品を持って行きたいとこっちから言ったのではなくて、向こうからのリクエストだから、蜷川さんは一種の挑戦状のように感じていらっしゃるのではないでしょうか。

ロマンス劇の着地

――ロマンス劇である「シンベリン」には笑いがあり、悲劇もあり、それでも最後はうまく着地します。笑いのシーンではどのような感じで訳していらっしゃいますか。

悲喜劇とも言われるこの作品の笑いで典型的なのは最後の大団円の場ですね。まさに悲と喜が隣り合わせになっている。「このままだとここで笑いが起きるけど、いいのかい？　英語でも笑っちゃったから、日本語でも笑かすけど、いいの、シェイクスピアさん？」訳しながらそんな思いが湧いてきました（笑）。最初の読み合わせでは私がカットした段階の本を読んだのですが、最後の五幕五場では稽古場中が大爆笑。こんなに笑いが起きて大丈夫かなと思ったのですが、ちゃんと感動に着地するんですね。侍医コーネリアス（飯田邦博）が「お妃様がお隠れになりました」と言い、王妃（鳳蘭）のいまわの際の告白を報告する。それに対するシンベリンの反応がオカシイ。本番の舞台でもお客さんは、このくだりのシンベリンの反応に大笑いしていました。あれでいいんです。そういうものをシェイクスピアは書いた。笑いの方向に行きっぱなしで帰ってこられなくなると思ったら、ちゃんと帰ってきて感動に着地する。そこがシェイクスピアのすごいところなんです。

——悲しみのシーンはどのような気持ちで訳されましたか。

悲劇的なシーンでも同じで、たとえば、四幕二場で、イノジェンがクロートンの首なし死体をポステュマスの死体だと思って嘆く、なんとも異様な場面です。あそこは、お客様は神様だから、実はポステュマスの死体ではないということを知ってるわけです。だからものすごく滑稽でグロテスクに感じられるはずです。だけどイノジェンの立場からしたら、最愛の人が惨殺されたと思っているから、大竹イノジェンは身も世もなく嘆きますよね。観客は事実を知っていても笑えない。それはなぜかというと、状況はねじくれてるけど、その嘆きは本物だからです。悲劇のほうにダーンと突入して、状況は喜劇的でグロテスク。それでも悲劇としてちゃんと戻ってきて、ほんとうにうまくできています。

——あらためてシェイクスピアのすごさを感じます。「シンベリン」ってよくできていますね。

そうなの。「シンベリン」って実はやりがいのある作品。そういうことで言えば、シェイクスピア自身がものすごく高いハードルを自分の前に置いたともとれます。どの程度まで笑わせてもシリアスな地点に戻ってこられるか。どこまで悲劇的な状況を書いても、ハッピーエンドにもってこられるかと。

新解釈

――おもしろいですね。「シンベリン」で新解釈だったり、発見などはありましたか。

五幕一場の「ああ、イノジェン、僕は君のために死ぬ、そうとも君のために僕の命は、僕は、息を吸うたびに死に、吐くたびに死ぬ」っていうところ。ものすごくすてきに阿部寛さんがやってくれて、わかってくれている！とうれしくなった場面でもあるのだけど。その原文は For thee O, Innogen, even for whom my life/ Is, every breath, a death; です。最初にここを読んだときに、どういう構造になっているのかわからなくて途方に暮れました。でも、繰り返し幾度も読んでいるうちに、そうか、主語を二度言っているんだ、言い替えているんだと分かったんです。My life is a death. と Every breath is a death. と。私の知るかぎり、シェイクスピアはこういう書き方はあんまりしていない。でもそう書いてあるんだから、分かりやすく平らに均したらだめだと思って、「君のために僕の命は、僕は、息を吸うたびに……」としました。私の妄想だけど、ひょっとして、シェイクスピアが誰かに口述筆記させたのかもしれないと思ったくらいです。

ちょうど作家の松井今朝子さんに会ったので、歌舞伎に口述筆記があったか聞いてみました。歌舞伎とシェイクスピアは劇場の構造からお芝居の作り方、上演の形態まで、すごく共通点が多いから。そうしたら、めったにないけど、なかったわけではないと。パート、パートで共作はあったのもシェイクスピアの時代にはよく行われたこと。この「シンベリン」ではシェイクスピアが書いたのは最初の二幕で、あとの三幕は別の人が書いたという説をとなえる学者もいるくらい、それほど共作は当たり前だった。でも今回は、こんなふうに主語を言い替えるという例がすごく多いんです。普通の私たちのしゃべり方も、一旦言ってみて、「あ、違った」ってすぐ補足してしゃべりますよね。シェイクスピアの無韻詩（ブランク・ヴァース）はアイアンビックペンタミター（弱強五歩格）といって、弱強弱強のリズムがあるから、この台詞もその調整のために言葉が倒置されたりしているんでしょうけど、それと同時に、人間の話す言葉のリアリズムを追求していると思いました。確かにシェイクスピアの語彙やイメージは日常会話とはかけ離れたものが出てきます。でも、ひとつの主語を言って、それを別の言葉で言い換えるとか、逆に目的語をひとつ言って、すぐ次の言葉で言い替えるとか、つまりはノッキングを起こしてるんです。訳してるとき、これまでこういうノッキングはないぞと思って。口述筆記は私の妄想ですけれど、そういう妄想をかきたてるほど、私たちの発語のリアリズム、普通の会話を目指してる感じがとてもしました。そういうことは私にとって「シンベリン」が初めてです。これもシェイクスピアの実験のひとつかもしれないという気がします。

言葉の入れ替え

――さまざまに意味がとれる言葉をどのようにして決めるかも興味があります。

ヤーキモー（窪塚洋介）は、イノジェンと寝た証拠を持って帰ると断言して、ポステュマスと賭けをし、ブリテンへ行ってイノジェンに対面します（一幕七場）。夫が遊んでいることをほのめかされたイノジェンは、ヤーキモーに「なぜ私を哀れとお思いなのですか？　私の中に憐みを誘うような災難のきざしでも見えるのですか？」と言います。その「災難」という言葉にしのぶさんが引っかかって、「不幸のきざし」じゃ駄目かと。私は「災難のきざし」のままでやってほしいと思ったのですが、しのぶさんは抵抗があるみたいなので、困ったんです。私が「災難」と訳したのは wrack という語で、英英辞典では ruin（破滅）とか destruction（滅亡）と説明してある。確かにこの状況で使うにはオーバーな言葉ですよね。しのぶさんにはそのオーバーさが引っかかるらしい。困ったときに私がいつも頼りにするのは「シェイクスピア・コンコーダンス（シェイクスピア作品内に登場する語彙索引辞典）」。或る語を引くと、どの作品の何幕何場で誰の台詞に使われているかが載っている。シェイクスピアがほかにどんな文脈で wrack を使っているか知りたかったので、引いてみると、驚いたことに、たった二例しか出ていない。コンピュータのない時代に作られたから漏れてるのもあって、wrack の場合「シンベリン」のこの箇所が漏れていた。これだけ膨大な語彙を使っているシェイクスピアなのに、wrack は「シンベリン」を入れてたった三カ所。ひとつは「マクベス」です。妻の死の知らせを受けたマクベスが、有名なトゥモロー・スピーチのあとで Blow, wind! Come, wrack! と言うのです。「風よ、吹け！　破滅よ、来い！」と私は訳しました。もうひとつは「ペリクリーズ」の語り手ガワーが「妬みという怪物はせっかくの称賛を破壊する」というふうに使っている。シェイクスピアとしてもめったに使わない、相当スケールの大きな言葉だということが分かります。それほどの言葉をここで言わせてるのはなぜ？　私の中で出た結論は、イノジェンにはこの段階ではまだ余裕があるということ。だから敢えてオーバーな言い方をしてるんじゃないか、もしかしたら微笑さえ浮かべて。私はしのぶさんのところへ行って、そういう説明をしました。そしたら納得してくれて、いま舞台で大竹イノジェンは「災難」と言っています。

もうひとつ、大竹さんのおかげで目ウロコものだった箇所があります。例の大団円のシーンの「聞いてないよ」のひとつ。侍医が仮死状態をもたらす薬の説明をして、「あれをお飲みになったのですか?」と尋ねる。その問いへのイノジェンの答えは「そうらしい、だって私は死んだのだから」。でもしのぶさんは「だって私は一時的に死んだのだから」と言ってしまう。この場面を返すたびに。私が、「一時的に」というのは原文にないから省いて、と言いに行くと、「んーん」と不満げな顔をしてる。私は「ちょっと待って」と言って原文を見直してびっくりしました。Most like I did, for I was dead. であって、I died. ではなかった。私はあたかも原文がI died. であるかのように訳していた、dead(死んでいる、死んだ「状態」にあるという形容詞)をdie(死ぬという行為の動詞)として訳していたんですね。しのぶさんは原文と突き合わせたわけでもないのに、私の微妙なミスを嗅ぎ当てた。「ごめん、じゃあ、『だって私は死んでいたのだから』なら言える?『一時的に』なしで」「うん、それなら言える」。

違和感を持つことが大切

――稽古場は役者さんもですが、松岡先生も発見される場でもあり、戯曲の翻訳は稽古場で完成されていくものでもあるということがわかりました。

とくに蜷川さんの稽古場は、蜷川さんがビリヤードのキューを持って、どこかの球をツンと突くと、パンパンパーンッと連鎖的に役者が動きスタッフが動きというふうにして、スポーンとポケットに入るような感じです。しのぶさんに言葉を変えてほしいといわれなかったら、「シェイクスピア・コンコーダンス」でwrackなんて引かなかったと思う。役者さんから疑問が来たり、言葉を変えてほしいと言われたときに、それを受け止めて考える。おかげでマクベスが危機的な状況で使ってる言葉を、たかがイタリアからやってきて、夫の近況を告げる男に向かって使うってどういうこと、と考える。すると書斎でシコシコやっていた時にはぜんぜん見えなかったことが見えてくる。これがやはり現場にいることの醍醐味です。役者さんが台詞を声に出して動いて、違和感を持ってくれたおかげで、その違和感の源の説明ができた。大竹しのぶさんが違和感を持ったのは正しかったんです。違和感って大事。さっき言った、主語の言い替えを読んだときに私が感じたノッキングも違和感ですよね。すっすっと読めないわけだから。違和感をむしろ大事にして訳していく。それが翻訳する上でも大切なことなんです。そうしないと、するするっと、つるつるっとした言葉に訳してしまう。そのほうがわかりやすいから。無論そちらをとらなきゃいけない場合もあります。でもシェイクスピアが原文を、そういう違和感なりノッキングなり起こすように書いているなら、日本語でもやっていきたいですよね。それが言葉の上でのリアリズムなんです。

――つねに言葉に敏感にアンテナをはっていなくてはいけないですね。きょうは貴重なお話をどうもありがとうございました。

(『悲劇喜劇』二〇一二年六月号)

謝辞——the last, not least

この本は、言葉の綾でなく本当に多くの方々のお力添えで世に出ることができた。

女性誌『SPUR』が創刊したとき、シェイクスピアのことを書くよう勧めてくださった集英社の松野誠さん、初めて本の形にすることを示唆してくださった早川書房の三好秀英さん、筑摩書房に紹介してくださった池内紀さん、川本三郎さん、『SPUR』連載中から拙稿を読み、様々なアドヴァイスや励ましを与えてくださった先輩で立教大学教授の村上淑郎さん、同僚の前沢浩子さん、演劇評論家の扇田昭彦さん、筆の進みの遅い私に辛抱づよくつき合い、いろいろなアイディアを出してくださった筑摩書房の打越由理さん、そして言うまでもなく、私に様々なインスピレーションと啓示を与えてくださったシェイクスピア劇の舞台の作り手の皆様、ありがとうございました。

また、学部時代、シェイクスピアに限らず英米の演劇の面白さに目を開かせてくださり、現在に至るまで何かとお教えを請うている東京女子大のC・L・コールグローヴ先生（母校からシェイクスピア入門の講義を依頼されたとき、とても無理ですと後込みしている私に向って先生はおっしゃった――そんなに堅く考えることはない、シェイクスピアのPRをすればいいんだよ、と。ああ、それなら私でも務まるかもしれない、と肩の力が抜けたものだ。このお言葉は折りに触れて思い出す。考えてみれば、この本も私なりのシェイクスピアPRの一環なのである）、そして大学院時代、エリザベス朝・ジェイムズ朝の演劇に関しご指導いただいた亡き小津次郎先生、お二人にもこの場を借りて感謝と敬意を献げます。

松岡　和子

文庫版あとがき

『すべての季節のシェイクスピア』は一九九三年九月に筑摩書房から単行本で出版されたが、二刷のあと長らく絶版になっていた。このたびちくま文庫版の「シェイクスピア全集」三十三巻の完結を機に、書き下ろしを加えて文庫のかたちで蘇ることになった。ありがたい。

新たに加えたのは『終わりよければすべてよし』について書いた章と、「エピローグⅡ」の『シンベリン』についてのインタヴューである。それ以外は「謝辞」にいたるまで単行本のままになっている。ただし文中のシェイクスピア劇の台詞には、初版における引用とは違っているところもある。

なぜか？　夢にも思わなかったシェイクスピア劇翻訳の仕事をすることになり、本書の引用にもそれを使うのが妥当だと思ったからだ。

ここからは筑摩書房の広報誌『ちくま』（二〇二一年五月号）に寄せた「ちくま文庫

のシェイクスピア全集はいかにして生まれたか」を転載させていただく。

二〇二〇年十二月十八日、シェイクスピアの喜劇『終わりよければすべてよし』を訳了した。

振り返れば、『終わりよければ』を先頭に「前へならえ」のかたちでシェイクスピアの戯曲三十七本がずらっと一列に並んでいる。一番遠くに立つのは一九九三年に訳した『間違いの喜劇』だ。各作品それぞれに拙訳を使って上演された様々な舞台が寄り添っている。

振り返れば二十八年経っている。その歳月の道筋のそこかしこに、私をここまで連れてきてくれたあの人この人の顔が――。

一九九三年まで、私はシェイクスピアから逃げまくっていた。逃げたつもりでいると、その都度シェイクスピアに通せんぼされた。通せんぼの大半に『夏の夜の夢』がからんでいる。

最初の逃走と通せんぼ。大学二年で英文科に進んだ私は、英文学専攻なのだから卒業までにシェイクスピアの一本も読んでおかねばと殊勝な気を起こし、シェイクスピア研究会というサークルをのぞいてみた。先輩たちが『ハムレット』を読んでいた。

ダメだ、何が何だかまるで分からない、難しすぎる、入部はやーめた。ところがその年の秋だったか、先輩たちに呼び止められ、「来年の新入生歓迎の公演で『夏の夜の夢』を取り上げるから、ボトムをやって」と言われた。結果的にこれをきっかけに俄然芝居というものが面白くなり、三年次では英米の現代劇の講義を取り、この講義で出会ったテネシー・ウィリアムズに夢中になり、卒論のテーマにした。

指導教官のC・L・コールグローヴ教授が「あの顔この顔」の第一号。二〇一五年に先生がアメリカにお帰りになるまで、私の生き字引になってくださった。ほぼすべての作品の「訳者あとがき」に先生への感謝を記した所以である。

卒業後もどんな形でもいいから芝居に関わって生きて行きたいと思いつめた私は、当時文学座から分裂して福田恆存氏と芥川比呂志氏が創設した劇団雲の文芸部研究生になった。雲の旗揚げ公演『夏の夜の夢』（！）がとてつもなく面白かったのも動機の一つ。

だが、演劇の実質的経験が何もない私はたちまち尻尾を巻く。顔を洗って出直してきますと、一浪して東大の大学院に入り、小津次郎先生のもとでシェイクスピアを勉強するつもりだったものの、やはり歯が立たない。修士論文はシェイクスピアから逃げて、一六三二年ごろ活躍した後輩劇作家のジョン・フォードについて書くことにした。ところが、フォードは『哀れ彼女は娼婦』を始め、もろにシェイクスピアの影響を受けている。どの作品を論じようが、その源泉であるシェイクスピアを読み込まねばならない。たとえば『哀れ彼女は娼婦』なら『ロミオとジュリエット』を。

東大闘争があり、結婚して子供が生まれたこともあり、修士課程修了まで四年もかかってしまった。演劇の現場に戻ることは難しくなり、非常勤講師をするかたわら美術評論などの翻訳を始めた（発端は私の妹が編集に携わっていた雑誌）。ハナシを少し端折ると、美術関係の仕事から池田満寿夫さんや朝倉摂さん、有元利夫さんなどとご縁ができ、東京医科歯科大学の専任にもなり、小説の翻訳（ノラ・エフロン作『ハートバーン』など）を手がけるようになる。

いまの仕事に直結する決定的な出会いは劇書房の笹部博司さんとのそれである。劇書房は今はもうないが、英米の現代劇を翻訳出版し、そのプロデュースもするという野心的な出版社だった。イギリスの女性劇作家キャリル・チャーチルの『クラウド9』は、唯一私から翻訳したいと申し出た戯曲だ。一九八一年夏にニューヨークで見て衝撃を受け、是非日本でも上演を、と思ったのだ。

これを機に八五年から八八年まで劇書房から出版され、舞台化もされた戯曲は、『エドマンド・キーン』（レイマンド・フィッツサイモンズ作、十八世紀から十九世紀にかけて活躍したシェイクスピア俳優が主人公の一人芝居）、『ローゼンクランツとギルデンスターンは死んだ』（トム・ストッパード作、いわば『ハムレット』を裏返しにした芝居）、『ドレッサー』（ロナルド・ハーウッド作、第二次大戦中のイギリスのある劇団を描く。劇中劇に『リア王』）。そして九二年に訳した『くたばれハムレット』（ポール・ラドニック作、白水社）までは、いまにして思えば「シェイクスピア部分訳の時代」。シェイクスピアから現代劇へと逃げたはずだったのだが……。

一九八九年八月、高校生の娘と一緒にイギリスへ行き、ロンドンとストラットフォード・アポン・エイヴォンで観劇三昧の日々を送ったのだが、そのうちの一本がジョン・ケアード演出の瞠目すべき『夏の夜の夢』だった。

その年、集英社の女性誌『SPUR』が創刊された。演劇評論家の長谷部浩さんは当時まだ同社の編集者で、私にシェイクスピアについて書けとのお達し。「とんでもない、私はシェイクスピアの専門家じゃないし、シェイクスピアの何をどう書いたらいいか分からないから無理」と断った。すると「え、だって松岡さんはそのうちシェイクスピア劇を訳すんでしょう?」「まさか、なに言ってるの!」

九三年九月、この連載を中心として『すべての季節のシェイクスピア』が筑摩書房から出版された。

そして、とうとうシェイクスピアから逃げも隠れもできなくなった。開場したシアターコクーンの初代芸術監督、串田和美さんから『夏の夜の夢』翻訳のオファーが来たのだ。ほぼ同時期に東京グローブ座からも『間違いの喜劇』の訳を依頼される。上演は後者が先だった。九三年十一月から九四年一月まで二ヶ月の在外研修のあいだに『間違いの喜劇』を訳し上げ、この年の三月には串田版『夏・夢』の稽古に入っているのだから、今では考えられないハイペースだ。

ちょうどこの時期に蜷川幸雄さんも、彼にとって初のシェイクスピア喜劇である『夏・夢』の稽古に入っていた。それまでに私は、劇評を書くようになっており、朝日新聞の演劇記者だった扇田昭彦さんに蜷川さんを紹介されてもいた。ある日、蜷川版『夏・夢』のヒポリタ／ティターニア役の白石加代子さんと親しくさせてもらったこともあり、ベニサン・ピットの稽古場を訪ね、私の訳を「よかったら読んで」と蜷川さんに手渡した。

これが九五年の銀座セゾン劇場での『ハムレット』（真田広之主演）の訳のオファーにつながったと推測する。

九四年の秋に『ロミオとジュリエット』を訳した私は、ダメ元で筑摩書房にお伺いを立てた。「訳した三本だけでも活字にしていただけないでしょうか？」

その願いが快諾されたばかりか、いっそ全集にしましょうというちくま文庫からの有難い申し出である。武者ぶるい。

　ここで安野光雅さん登場。先述した妹が仕事でお付き合いがあったこともあり、かねてから憧れていた安野さんに是非とも表紙絵を描いていただきたい。担当編集者からそう伝えてもらうと、時を置かず安野さんご自身から電話があった。講談社の『本』というPR誌に毎月シェイクスピア劇を取り上げることになった、ついてはその個々の戯曲についてエッセイを書いて欲しい、このバーターに応じるならちくま文庫版シェイクスピア全集の表紙を描きましょう。応じなくてどうする！

『本』の連載が始まる前に、安野さんの運転で「シェイクスピア歌枕の旅・英国編」を、そして「イタリア編」を敢行した。至福の日々だった。毎日笑って過ごした。

　そして、九六年の八月ごろのある日の夕方、東京グローブ座のアトリウムで蜷川さんにばったり会った。彼は言った、「今度、彩の国さいたま芸術劇場で、僕が芸術監督になってシェイクスピアの全作品を上演することになった。ぜんぶ松岡さんの訳でやるからね」

　運命としか思えない。

　というわけです。

この文庫版の『シンベリン』の稽古現場に関するインタヴューは、早川書房から出ている演劇雑誌『悲劇喜劇』二〇一二年六月号からの転載である。インタヴューをしてくださったのは当時の同誌の編集長、今村麻子さん。今村さんは現在、会社を立ち上げ、編集者・演劇評論家として活躍していらっしゃる。

「謝辞」で感謝を捧げた方々にも悲喜こもごもの後日譚がある。なにしろ初版から二十九年経ったのだからいろいろあって当然だけれど。池内紀さん、村上淑郎さん、扇田昭彦さん、そして「シェイクスピア劇の舞台の作り手」の最大の存在である蜷川幸雄さんが鬼籍に入られた。また、四十年近く東京女子大で教鞭をとられた恩師C・L・コールグローヴ先生は二〇一五年七月にアメリカにお帰りになり、翌年お亡くなりになった。「集英社の松野誠さん」は、その後東京藝術大学美術学部先端芸術表現科の教授として教鞭をとり、「長谷部浩」名で現代演劇から歌舞伎まで幅広い評論活動を繰り広げておいでだし、「早川書房の三好秀英さん」は現在集英社クリエイティブで編集の仕事をお続けだ。また「(東京医科歯科大学教養部の)同僚の前沢浩子さん」は獨協大学教授としてシェイクスピアの研究を続けておいでになる。

そして「筑摩書房の打越由理さん」は、「シェイクスピア全集」の刊行が始まると、その編集を担当。三十三巻の完結までには担当さんが何代か代ったが、最後の六巻ではフリーの編集者として再びこのめんどくさい仕事に携わってくださった。不思議なご縁と言うほかない。
「芝居日記1」と「『ハムレット』見られずに見て……」に登場するスウェーデンの俳優・演出家ペーター・ストルマーレは、ハリウッドをベースとしてテレビドラマ『プリズンブレイク』や日本映画『太陽の子』などに出演し、英語読みのピーター・ストーメアで知られている。

最後に、「私のシェイクスピア事始め」で触れた『ハムレット』一幕五場の亡霊の言葉──「お前の叔父が……毒をこの耳に注ぎこんだのだ」──のその後に触れよう。

ロンドンはテムズ川南岸のサザークにシェイクスピアのグローブ座が復元されたのは一九七九年の初夏だが、そのグローブ座がGlobe to Globe（グローブ座から世界へ）と謳って、二〇一四年四月から一六年四月まで世界各地、ほぼ二百カ国で『ハムレット』を上演した。二〇一五年八月には彩の国さいたま芸術劇場小ホールにもやってきた。演出はドミニク・ドロムグールとビル・バッカースト。俳優は十二人という小ぢんまりした編成で、旅回りの小さな劇団が『ハムレット』を演じるという外枠をもうけてあった。

で、このときの劇中劇「ゴンザゴー殺し」(三幕二場)を見て、私は本当に「あっ」と声をあげた。劇中のルシアーナスが眠っているゴンザゴーの片耳に毒を注ぎ、その頭をくるっと反転させてもう一方の耳にもたらり、とやったからだ。私と同じようにears に注意を向ける演出家がいた、と嬉しくなった。その後さらに気をつけて読むと、一幕四場の亡霊の台詞には in the porches of my ears とある。複数形になっているのは ears だけでなく、その porches(入り口)もであり、三幕二場のこのシーンのト書きも「*Pours the poison in the sleeper's ears.*(眠る劇中の王の耳に毒を注ぐ)」。ここの耳もやはり複数! 単なる「筆の走り」ではなく、シェイクスピアは「両耳」を想定していたようだ。両耳に毒を流しこむのは、兄王を確実に殺そうとするクローディアスの執念の現れということだろう。

これもまた、「私のシェイクスピア事始め」から発した流れのひとつの帰結である。

二〇二二年二月　松岡和子

本書は一九九三年九月、筑摩書房より刊行された。

文庫化にあたり、『終わりよければすべてよし』についての書き下ろしと「インタヴュー　現場の醍醐味」（『悲劇喜劇』二〇一二年六月号より転載）を増補した。

ちくま文庫

すべての季節(きせつ)のシェイクスピア

二〇二二年四月十日　第一刷発行

著　者　松岡和子（まつおか・かずこ）
発行者　喜入冬子
発行所　株式会社　筑摩書房
東京都台東区蔵前二―五―三　〒一一一―八七五五
電話番号　〇三―五六八七―二六〇一（代表）
装幀者　安野光雅
印刷所　明和印刷株式会社
製本所　株式会社積信堂

ISBN978-4-480-43807-2 C0195